Im Zeichen des Ypsilon

VORSICHT, HOCHSPANNUNG!

Dimitri Clou

Im Zeichen des Ypsilon

Thienemann

Für Doris-Katharina

Es lag ein Duft von Schnee über der Stadt der Kirchtürme und Schlote, als Finn Hasselblatt an jenem Abend sein Versteck verließ, um dem geheimnisvollen Mädchen eine Falle zu stellen. Finn schob vorsichtig die Luke auf und hielt seine Nase in den launigen Wind. Mal heulte er schaurige Lieder zwischen die Ritzen der Häuser, dann griff er wütend unter die Ziegel der Dächer. Die ganze Stadt duckte sich in das Tal am großen Fluss, damit sie nicht durcheinandergewirbelt wurde, und die Türme der Kathedrale streckten sich in den Himmel, als ob sie sich an den Sternen festhalten wollten.

Finn schwang sich durch die Dachluke hinaus auf die Ziegel, schlug den Fellkragen seiner Lederjacke hoch und hockte sich nach ein paar schnellen Schritten in den Schatten eines Schornsteins. Rauch von brennendem Holz paffte in kleinen Wölkchen heraus. Finn schloss die Augen und zog den Geruch durch seine Nase wie ein edles Parfüm. Er griff nach einem Handschuh aus grobem Leder, steckte seine rechte Hand hinein und zupfte eine tote Maus aus der Hosentasche. Das war das Abendbrot für seinen besten Freund. Mit einer schnellen Mundbewegung stieß er einen scharfen Pfiff aus und es dauerte nur einen Augenblick, bis Finn ihn sah. Zuerst als winzigen Punkt hoch oben in der Luft, kurz darauf landete er mit seinen Krallen auf Finns Faust. Wie immer war der Blick von Six, dem Turmfalken, an Kühnheit nicht zu überbieten. Six drehte den Kopf nach rechts und links, als prüfe er, ob bei Finn alles in Ordnung war.

»Na, alter Freund, wieder Tauben gejagt?«, fragte Finn und strich ihm über die blauschwarzen Federn. Six rieb seinen Schnabel am Leder des Handschuhs, wie um sich dafür zu entschuldigen. »Schon okay, ich weiß doch, dass du nichts anderes machst den ganzen Tag«, sagte Finn und Six zupfte mit einer geschickten Bewegung seines Schnabels an der Maus herum. Die verzweifelten Tauben, die sich in den Winkeln und Ecken der Kathedrale vor Six verkrochen, taten Finn zwar leid, aber er kannte den Grund für die Feindschaft zwischen Six und den Tauben. Taubenzüchter hatten seine Eltern vergiftet und fünf seiner Geschwister im Nest getötet. Allein das sechste Junge lebte noch, als Finn es in einer Dachrinne fand.

Nachdem er die Maus vollständig verspeist hatte, drehte Six den Kopf, sah zur Kathedrale hinüber und wieder zurück zu Finn. »Wartet dort jemand auf dich?«, fragte er. »Dann pass nur gut auf ihn auf. Aber bleib in der Nähe, vielleicht brauche ich dich heute Nacht. Mir ist jemand auf den Fersen, eine merkwürdige Gestalt schleicht seit einigen Nächten hier oben in meinem Revier herum. Ich glaube, es ist ein Mädchen. Kann sein, dass es Ärger gibt.« Six gab ein kurzes »Kick-kick« zur Antwort, schoss hoch in die Luft und tauchte wie eine Rakete mit spitzen Flügeln in eine Häuserschlucht, als habe er genau verstanden.

Finn dachte wieder an die geheimnisvolle Schnüfflerin. Was wollte sie hier oben auf den Dächern, hier, wo sonst nie jemand herkam? Suchte sie Finns Versteck? Als er sie zum ersten Mal entdeckt hatte, kam es ihm so vor, als untersuche sie jeden Winkel, um sich mit der Umgebung vertraut zu machen.

Finn kannte hier oben jeden Ziegel, die Zugänge zu den Treppenhäusern, die Luken auf die Dachböden und die Lage der Schornsteine. Für seine Falle hatte er sich ein robustes Seil von einem der Flusskähne besorgt und es um einen stabilen Kamin gebunden. Als Rettungsanker für alle Fälle. Er war sicher, dass die Fremde in seine Falle tappen würde. Sobald sie auftauchte, wollte er sie ein Stück über die Dächer gehen lassen und ihr dann den Rückweg abschneiden. Ihre einzige Fluchtmöglichkeit – eine Luke, die auf den Dachboden eines Bürogebäudes führte – hatte Finn von innen verriegelt und verrammelt.

Er musste nur noch warten, bis sie ihm ins Netz ging, und dafür hatte er sich den besten Platz ausgesucht. Von hier, aus dem Schatten des Schornsteins, lagen die umliegenden Häuser in seinem Blickfeld. Nach hinten konnte er durch die Baumgerippe in den großen Park sehen. Wenn er sich etwas in die Höhe reckte, erkannte er sogar den Fluss, den alten Hafen und die Insel.

Vom anderen Flussufer her blies der Wind jetzt immer eisiger. Er schnappte so unverschämt nach Finn, dass er öfters das Gleichgewicht zu verlieren drohte. Dann musste er sich mit den Armen wieder in die Balance rudern, sonst wäre er im hohen Bogen in die Tiefe gefegt worden.

Allmählich zitterte er auch vor Kälte, ballte aber seine Hände zu Fäusten und zog den Kopf tiefer zwischen den Jackenkragen. »Und wenn es die ganze Nacht dauert«, murmelte er, »ich kriege dich.« Er rieb sich die Hände, ohne sie aus den Jackentaschen zu nehmen.

Nach einer Stunde begann es zu schneien und der Himmel machte den Eindruck, erst Ruhe geben zu wollen, wenn die Stadt unter einem Berg von Schnee versunken war. Finn kam es so vor, als ob sein Rücken an dem Schornstein festgefroren war. Genau in diesem Moment entdeckte er sie! Zuerst sah er ihren Kopf an einem Ziegelgrat auftauchen – wieder hatte sie eine Wollmütze über ihr Gesicht gezogen, nur die Augen waren unverhüllt. Einen Moment später konnte er ihren ganzen Körper sehen. Tatsächlich ein Mädchen, dachte Finn, mit den Bewegungen einer Tänzerin! Sie trug einen blauen Anzug, der im Nachtlicht glänzte, die lange Jacke war von oben bis unten zugeknöpft.

Um ihren Hals baumelte ein feiner Schal und ihre Hände steckten in bunten Handschuhen, aus denen nur die Fingerkuppen hervorsahen.

Sie spähte in alle Richtungen und schien die Lage auf dem Dach genau zu prüfen. Eine Füchsin, die ihren Bau verlässt, dachte Finn. Schließlich begann sie über die Ziegel zu springen. Und wie! Als ob die dünne Schneeschicht nur Luft gewesen wäre. Dabei konnte jede falsche Bewegung zu einer tödlichen Rutschpartie in den Abgrund werden. Doch sie trippelte auf Zehenspitzen über die Ziegel, berührte sie kaum, als wären es kleine Eisschollen, die sofort nach der Berührung untergingen.

Aber etwas war anders als die vergangenen Male. Das Mädchen wirkte gehetzt, hielt immer wieder kurz inne, horchte und spähte über ihre Schulter zurück in die Richtung, aus der sie gekommen war. Finn fiel plötzlich auf, dass sie mit einer Hand einen Gegenstand umklammert hielt. Er war sicher, dass es etwas aus Glas war. Er selbst kannte diese Art zu rennen und sich umzuschauen. Oft genug hatte er selbst so rennen müssen, und zwar immer dann, wenn er vor seinen Entdeckern fliehen musste. Doch wenn das geheimnisvolle Mädchen die Gejagte war, wo blieb dann ihr Jäger?

Finn schwenkte seinen Blick und peilte den Dachfirst an, hinter dem das Mädchen gerade eben aufgetaucht war. Er zuckte leicht zusammen, als er dort tatsächlich die Konturen eines Mannes bemerkte. Er trug einen weißen Mantel mit großen dunklen Knöpfen. Sein Kopf steckte so tief zwischen dem hochgeschlagenen Kragen, als wäre ihm etwas Schweres daraufgefallen. Auf dem Kopf des Mannes saß ein schwarzer Hut und aus dem runden Gesicht leuchtete eine von der Kälte gerötete Nase. Finn musste insgeheim lachen, denn der Kerl sah aus wie ein wild gewordener Schneemann.

Zuerst stand der Schneemann nur da und schien abzuwarten, in welche Richtung das Mädchen lief, aber an seinen Armbewegungen erkannte Finn, dass der Mann vor Wut zu platzen schien. Jetzt blieb er stehen, riss einen Ziegel aus dem Dach, visierte das Mädchen an und schleuderte ihn wie einen Diskus hinter ihr her. Doch das Mädchen hörte die schwere Dachpfanne heranrauschen und duckte sich in letzter Sekunde. Der Ziegel zerschellte an einer Hauswand und die Einzelteile hagelten in den Park hinunter.

»Gut gemacht!«, flüsterte Finn zu sich selbst. Doch dann blieb ihm fast das Herz stehen. Das Mädchen lief geradewegs in die Falle, die er gelegt hatte! Sie rennt zur Dachluke, dachte Finn. Aber diesen Fluchtweg hatte er ja selbst versperrt. Rechts und links von dem Mädchen lagen unüberwindbare Schluchten zwischen den Häuserblocks und hinter ihr stampfte der wütende Schneemann. Finn konnte sich nicht freuen, dass seine Falle gleich zuschnappen würde.

Obwohl er das Mädchen bis eben noch selbst in die Enge treiben wollte, wie es jetzt der Mann in dem weißen Mantel versuchte.

Er überlegte, was er tun konnte, blieb aber noch in Deckung hinter dem Schornstein. In diesem Moment erreichte das Mädchen die Dachluke. Als sie den kleinen Glaskörper ablegte, erkannte Finn, dass es eine Flasche war. Sollte das der Grund für ihre Flucht sein? War der wütende Schneemann hinter dieser Flasche her? Das Mädchen riss heftig an dem Griff der Luke und erstarrte, als sie sich nicht öffnen ließ. Mit schnellen, festen Tritten versuchte sie die Scheibe in der Luke zu brechen – vergeblich. Doch statt in Panik zu verfallen, hob sie ruhig den Kopf und sah sich um. Finn war gespannt, was sie jetzt tun würde, und kam sich ziemlich mies vor, weil er ihre Flucht verhindert hatte. Nun sah er an ihrer Körperhaltung, dass sie sich zur Verteidigung gegen den Angriff des Schneemanns entschlossen hatte. Doch diesen ungleichen Kampf wollte Finn nicht zulassen. Er gab seine Deckung auf, sprang aus dem Schatten an die Dachkante, packte das Seil, das er dort zur Sicherheit ausgerollt hatte, machte einen dicken Knoten in das eine Ende und schmiss es mit einem kräftigen Wurf über die Häuserschlucht auf das Dach, auf dem das Mädchen stand. Zum Glück fiel der schwere Knoten des Seils in die Dachrinne und verfing sich dort. »Renn zum Seil und spring!«, schrie er.

Als das Mädchen begriff, zögerte sie. Sie suchte nach

Finns Augen, aber für einen Blickkontakt quer über die Häuserschlucht war es zu dunkel. Sie schätzte ab, ob das Seil sie in eine neue Falle führte. In diesem Moment griff der Schneemann nach der Schulter des Mädchens. Mit einer geschickten Bewegung riss sie sich aber wieder los. Schnell setzte sie sich aufs Dach und begann wie auf einer Rodelbahn zu rutschen, dass die Ziegel im Takt auf den Dachlatten klapperten.

Wenn die Regenrinne sie nicht abbremst, ist sie verloren!, dachte Finn und traute sich kaum hinzuschauen. Am Ende der Rutschbahn stießen die Füße ihrer ausgestreckten Beine mit Wucht in die Regenrinne. Das Blech bog sich, aber es hielt!

»Pack endlich das Seil und spring!«, schrie Finn wieder, als er bemerkte, wie jetzt auch der Schneemann auf den Ziegeln zu rutschen begann. Es irritierte Finn, dass das Mädchen immer noch zögerte. Aber mit einem Mal wusste er, warum! Sie konnte das Seil gar nicht mit beiden Händen halten, weil sie mit der einen die Flasche umklammerte. Sie musste sich entscheiden – entweder sich selbst oder die Flasche retten!

Jetzt lass doch die blöde Flasche, dachte Finn verzweifelt und schrie wieder: »Pack das Seil und spring!«

Doch das Mädchen tat es nicht. Sie stellte sich auf, atmete tief ein, holte mit dem rechten Arm weit aus und warf die Flasche hoch in die Luft. Im Moment des Loslassens schrie sie wie eine Speerwerferin, um ihrem Wurf mehr Kraft zu geben. Wie ein Kegel schraubte die Flasche sich hoch in das Gewimmel der Schneeflocken. Finn sah der Flasche nach und berechnete instinktiv die Flugbahn. Hastig kletterte er einige Ziegel weiter nach vorne zur Dachkante, rutsche beinahe ab, hielt sich mit einer Hand aber am Seil fest und ließ die Flasche keine Sekunde aus den Augen. Wenn er sie verfehlte, würde sie in die Tiefe stürzen und sich in ein tausendteiliges Scherbenpuzzle verwandeln. Instinktiv machte er sich so lang er nur konnte und streckte einen Arm weit über den Abgrund zwischen den Häusern. Er spürte den gebannten Blick des Mädchens von der anderen Seite der Häuserschlucht. Ohne zu ahnen, was es mit der Flasche auf sich hatte, riskierte Finn alles. Aber es reichte nicht. Er hätte springen müssen, um sie zu fangen, dann aber hätte er das Gleichgewicht verloren und wäre selbst in die Tiefe gestürzt. Nur mit den Spitzen zweier Finger konnte er sie berühren, ihre Fallrichtung ein wenig verändern und für einen Augenblick das kunstvolle rote Siegel erkennen, mit dem die Flasche verschlossen war. Was war das für ein Gegenstand, der darin steckte? Bevor Finn ihn identifizieren konnte, schlug die Flasche in die Dachrinne, zerbrach aber nicht, sondern kullerte scheppernd ein Stück, bis sie in ein steil fallendes Regenrohr torkelte. Sie passte genau in das Rohr hinein. Die Flasche, für die das Mädchen ihr Leben riskierte, verschwand in einem Labyrinth von Blech, trommelte im Takt gegen die Rohrwände, wechselte an den Weichen mehrfach die Richtung, wanderte nach rechts, holte weit links aus und kreischte in den endlosen Blechröhren unaufhaltsam Richtung Straße. Finn, der hier jeden Meter des Regenrohrnetzes kannte, versuchte sich auszurechnen, wo die Flasche ungefähr aufschlagen und vermutlich zerschellen würde. Vielleicht fiel sie auch gleich durch bis in die Kanalisation und verschwand für immer. Er verfolgte sie mit seinem Blick, bis die Dunkelheit des Schlunds zwischen den Häuserwänden alle Rohre im schwarzen Nichts enden ließ. Finn hob den Kopf und sah schnell zurück auf die gegenüberliegende Dachseite. Seit dem Schrei wusste er, dass dieses Mädchen eher gestorben wäre, als die Flasche dem wütenden Schneemann zu überlassen.

Es waren nur Sekunden vergangen, seit die Flasche im Regenrohr verschwunden war, aber Finn kam es endlos vor. Schnell sah er wieder zu dem Mädchen zurück. Sie starrte wie gelähmt in die Tiefe, als ob dort ein Teil von ihr selbst abgestürzt wäre. Finn rappelte sich hoch und rief ungeduldig: »Beeil dich! Spring doch, ich halte dich!«

Jetzt endlich packte sie das Ende des Seils, als ob sie Finn nun vertraute, und sprang. Er presste Luft in seine Lungen und spannte jeden Muskel in seinem Körper an. Als er den dumpfen Aufprall etwas unterhalb der Dachrinne an der Hauswand hörte, stieß er den angestauten Atem aus. Er begann zu ziehen, was seine Kräfte hergaben. An dem Gewicht merkte er, dass das Mädchen noch am Seil hängen musste. Finn spürte, dass der Mann gegenüber überlegte, wie er die Situation noch zu seinen Gunsten ändern konnte. Plötzlich rief er mit einer vor Wut bebenden Stimme zu Finn hinüber: »Er bringt dir den Tod. Lass ihn fallen!«

Unwillkürlich hielt Finn mit dem Ziehen des Seils inne, obwohl er spürte, wie seine Kraft rapide nachließ. Der Schneemann hatte also nicht erkannt, dass er ein Mädchen verfolgte! Was aber, wenn er recht hatte? Was, wenn das geheimnisvolle Mädchen Finn den Tod brachte? »Lass ihn einfach fallen! Ein tragischer Unfall, mehr nicht«, brüllte der Schneemann.

Doch in diesem Augenblick – seit dem Schrei des Mädchens waren nur wenige Sekunden vergangen – schoss Six wie ein Pfeil aus dem Nachthimmel. Instinktiv hatte der Falke den Mann mit dem Hut zum Feind erklärt und griff mit seinen scharfen Krallen nach seinem Kopf. Der Mann zog seinen Kopf noch tiefer in den Mantel, duckte sich und schlug wütend nach Six, aber der Falke konnte den Hut greifen und ließ ihn in die Tiefe segeln. Sofort stieg der Falke wieder hoch in die Luft zur Vorbereitung auf seinen nächsten Angriff. Finn sah der Gestalt unterdessen ins Gesicht. Jetzt lag der Schatten der Hutkrempe nicht mehr darauf und er erkannte zwei zornige Augen in tiefen Höhlen. Der Schneemann fuchtelte mit den Händen in der Luft wie auf der Suche nach etwas, das er zerfetzen konnte. Noch bevor Six zum zweiten Angriff überging, zog Finn wieder kräftig am Seil. Der Mann schrie: »Sterben werdet ihr! Alle beide!« Er wollte in die Richtung fliehen, aus der er gekommen war. Aber Six zischte haarscharf an seinen Ohren vorbei und wich den Hieben des Mannes geschickt aus. Ihm blieb nichts anderes übrig, als sich in einen kleinen Giebel zu ducken. Six erkannte, dass er dort nicht an ihn herankam, und setzte sich ein Stück über ihm auf den Dachfirst. Der Falke wartete nur darauf, den nächsten Angriff zu fliegen, falls der Mann auch nur seine Nase aus dem Giebel stecken sollte.

Finn musste noch vier Mal kräftig am Seil ziehen und aufpassen, dass er nicht mit dem Mädchen zusammen abstürzte. Keuchend zog er weiter, bis er sie über die Dachkante zerrte und sie auf den Ziegeln in Sicherheit lag. Finn war erschöpft und fiel der Länge nach hin. Seine Handflächen glühten, dass er nicht anders konnte, als sie im Schnee auf den Ziegeln zu kühlen. Er spürte, wie das Mädchen ihn mit ihrem Blick abschätzte, als ob sie eine verwundbare Stelle suchte. Finn erwiderte den Blick und dachte: Durchtrainiert ist sie. Nicht älter als vierzehn. Unter der Wollmütze, mit der sie ihr Gesicht vermummt hatte, konnte er eine gerade, feine Nase erahnen. Sie schnaufte durch die Mütze, die auch ihren Mund verdeckte, und beim Ausatmen stieß ihr heißer Atem Dampfwölkchen in die Luft.

»Ich dachte schon, du hörst auf ihn und lässt mich fallen«, keuchte sie und rieb sich die Handgelenke.

»Ich höre auf niemanden, nur auf mich selbst«, japste Finn.

»Wo ist er?« Sie blinzelte durch den Vorhang von Schneeflocken auf die gegenüberliegenden Dächer.

»Er hat sich verkrochen. Mein Falke Six hält ihn in Schach. Wer bist du? Wie heißt du?«, fragte Finn.

»Ich heiße Delphine.«

»Delphine? Wo hast du so springen und klettern gelernt?«

»In Tibet.« Sie sagte das, als ob es ein Spielplatz um die Ecke war und nicht ein einsames Bergland am anderen Ende der Welt.

»War das eine Flasche?«, fragte Finn und zeigte in den Abgrund.

»Ja. Was schätzt du, wo sie gelandet ist?«

Finn sah an der Dachrinne in die Tiefe. »Na ja, irgendwo in dem Labyrinth der Regenrohre oder in der Kanalisation. Flaschenpfand bekommst du jedenfalls keins mehr. Die ist in tausend Teile zersprungen. Es sei denn, ein Flaschengeist hat sie beschützt.«

»Sehr witzig«, antwortete sie ernst. »Wie komme ich da am schnellsten runter?«

»Von hier dauert es mindestens eine halbe Stunde.«

»So viel Zeit hab ich nicht.«

»Warum riskierst du so viel für eine Flasche?«, wollte Finn wissen. »Was hat es damit auf sich?«

»Gestohlen.«

»Wem? Dem wild gewordenen Schneemann?«

Finn spürte, wie Delphine unter der Mütze lächelte, und er wünschte sich, ihr Gesicht zu sehen. »Schneemann ist gut«, sagte sie. »Nein, aus einem Grab.«

»Du raubst den Toten ihr letztes Hab und Gut?«

»Ja! Ach, nein! Na ja, irgendwie schon.«

»Na, was jetzt?«, sagte Finn. »Ja oder nein?«

»Der Direktor der Kummerschule hat die Flasche an

einem Ort versteckt, der wirklich aussah wie ein Grab. Ich glaube, die Flasche ist so etwas wie sein Fluch!«

»Woher willst du das wissen?«

»Ich hab gehört, wie er …«

»Na, was?«

»Er hat an dem Grab gestanden und heimlich mit der Flasche gesprochen.«

Finn musste lachen. »Und – was hat er ihr erzählt?«

»Man konnte daraus folgern, dass er die Flasche fürchtet.«

»Was soll denn einer, der so reich und mächtig ist, dass er sich eine Insel kaufen kann, darauf eine Privatschule errichtet und darin nur die schlimmsten Schüler …«

Finn brach ab und schluckte die nächsten Worte hinunter. Ihm wurde mit einem Schlag klar, dass Delphine selbst eine Schülerin der mysteriösen Schule auf der Insel sein musste, die von den Menschen in der Stadt nur *Kummerschule* genannt wurde. Er hätte zu gerne gewusst, was Delphine auf dem Kerbholz hatte, dass sie in der Kummerschule angenommen worden war, fragte aber: »Was soll der Direktor von einer Flasche fürchten?«

»Ich weiß es noch nicht«, antwortete Delphine. »Sie war nicht einfach so beerdigt, sondern in einer richtigen Gruft weggesperrt wie ein böses Tier, eingekerkert wie eine Bestie, die nie mehr das Licht sehen soll.«

»Uhhhh, wie gruselig!«, brummte Finn und grinste. Allmählich fand er die Sache aberwitzig. Sie redeten doch nur von einer Flasche! Aber Delphine ließ sich davon nicht beirren.

»Sie steckte in einem tiefen Schacht, der in den Boden geschlagen war. Oben war der Schacht mit einem dicken Eisengitter gesichert wie das Fenster eines Kerkers.«

Finn zog misstrauisch eine Augenbraue hoch. Ein Blick auf Six zeigte ihm, dass sein Falke den Schneemann weiterhin bewachte. »Das hört sich ja fast so an, als ob die Flasche, na ja, als ob sie irgendwie lebt. Wie hast du sie denn aus dem Schacht herausbekommen?«

»Physik. Dicke Wasserleitung angezapft und den Schacht von oben volllaufen lassen. Fast fünf Nächte hat es gedauert, bis das Wasser die Flasche nach oben spülte.«

»Und das Gitter?«, fragte Finn.

»Chemie. Säure auf das Eisen geträufelt, bis es zerfressen und der Zwischenraum breit genug war für die Flasche«, erklärte Delphine.

»Und dabei hat der da drüben dich erwischt? Ist er einer der Geheimen Doktoren aus der Kummerschule?«

Delphine nickte. »Ich muss jetzt wirklich schnell zurück, solange er noch festsitzt. Kannst du mir helfen?«

»Wobei?«, fragte Finn.

»In der Flasche war etwas drin.«

»Was denn?«

»Hör mal, ich hab jetzt keine Zeit für ein Ratespiel, kannst du mir helfen oder nicht?«, fragte sie.

»Ja, unter einer Bedingung.«

»Welche?«

»Zeig dein Gesicht! Zieh diese gruselige schwarze Mütze aus.«

Sie schnaufte. »Das ist glatte Erpressung!«

»Du hast die Wahl. Soll ich dir helfen oder nicht?«

Delphine schien abzuwägen. Sie vergewisserte sich, dass der Geheime Doktor die Stelle, an der sie hockten, nicht einsehen konnte, und zog sich mit einem Ruck die Wollmütze vom Kopf.

Finn starrte sie an. Ihre Haut hatte die Farbe von feinem, warmem Sand und Finn traf ein trotziger Blick aus großen blauen Augen. Ihr Haar war nass vom Schweiß und stand wild in alle Richtungen ab. Delphine war so schön und ungewöhnlich, dass Finn sie mit offenem Mund fixierte und kein Wort herausbrachte.

»Und du, wer bist du?«, fragte sie.

»Ich, ähm, heiße Finn.«

»Du lügst«, sagte sie ruhig. »Dein richtiger Name ist Silber.«

Finn sah das Mädchen ungläubig an. Hatte er sich verhört? »Silber? Du kennst diesen Namen?« Seine Stimme zitterte.

»Du bist doch der berüchtigte Silber, oder?«

Finn schwieg.

»Du bist es, ich weiß es. Du hast früher in der Stadt Figuren gemalt, an Orte, an die höchstens noch dein Falke hinfliegen kann. Bis zu dem Tag, an dem du plötzlich verschwunden bist. Du hast mit dem Malen aufgehört, von einem Tag auf den anderen, als hätte man dir beide Hände gebrochen.«

Finn hielt seinen Kopf gesenkt, als ob Delphine eine Anklage verlesen hätte. Dann nahm er sich zusammen und antwortete ruhig: »Du scheinst Fantasie zu haben und es ehrt mich auch, dass du mich für den großen Silber hältst. Aber du irrst dich. Silber ist tot.«

Delphine stand auf, schüttelte sich den Schnee vom Leib und lächelte Finn mysteriös an. »Komisch ist nur, dass du dem Foto von Silber, das die Polizei damals in der Zeitung veröffentlicht hat, ziemlich ähnlich siehst.«

Finn zuckte beiläufig mit den Schultern und blickte schweigend auf die Dachziegel.

»Okay, Silber oder wer auch immer, ich muss fort. Dein Falke kann den Geheimen Doktor nicht ewig bewachen. Du schuldest mir etwas.« Sie zog sich die Mütze wieder übers Gesicht.

»Was soll ich dafür tun?«

»Finde die Flasche und zerschlage sie!«

»Höchstwahrscheinlich ist das ohnehin schon geschehen ...«

»Es geht nicht um die Flasche selbst, sondern um das, was sie enthält. Lass es frei!«

»Sag mir zuerst, was daran so wichtig sein soll!«

Delphine dachte kurz nach und spähte wieder nach dem Geheimen Doktor, der vorsichtig seinen Kopf aus dem Erker schob.

»Der Direktor der Kummerschule fürchtet die Flasche wie ein Kaninchen die Schlange. Sonst hätte er sie nicht auf diese Weise weggesperrt. Die Flasche hat eine geheimnisvolle, vernichtende Kraft. Diese Kraft muss so schnell wie möglich ihre Wirkung entfalten!«

Finn starrte sie an. »Warum sollte ich da mitmachen? Der Direktor der Kummerschule ist mir egal. Die ganze Kummerschule ist mir egal.«

»Du scheinst tatsächlich nicht Silber zu sein! Denn ihm wären die Kinder nicht egal, die nach ihrer Geburt keine Namen bekommen!«

»Warum bekommen sie keine Namen?«, flüsterte Finn erstaunt.

»Weil es sich für die Eltern nicht lohnt, ihnen Namen zu geben. Die Kinder werden geboren, nur um gleich darauf zu sterben.«

»Und was hat der Direktor der Kummerschule damit zu tun?«

»Er kennt das Geheimnis, das diese Kinder retten kann. Ich weiß, dass er es irgendwo auf der Insel versteckt hält. Und wenn er es nicht preisgibt, verdient er den Tod. Ob mit deiner Hilfe oder ...«

Delphine verstummte. Ein Schrei von Six ließ sie hochfahren. Der Geheime Doktor hatte sich seinen weißen Mantel über den Kopf gestülpt und stolperte unter wütenden Attacken von Six über die Dächer. Bald würde er dem Falken durch die Dachluke entwischen, durch die er Delphine auf die Dächer verfolgt hatte.

»Ich muss zurück in die Kummerschule, sonst bemerken sie noch, dass ich weg bin.«

»Warum gehst du überhaupt zurück? Warum bleibst du nicht hier?«, fragte Finn.

»Weil ich dort noch etwas zu erledigen habe …« Delphine klang düster.

»Und was, wenn ich die Flasche zu Brei geschlagen habe?«

»Dann gib mir Nachricht.«

»Wie denn?«

»Das Siegel. Die Flasche hat ein Siegel, ein kunstvolles Siegel. Male es auf das Glasdach der Kummerschule. Dort ist es nicht zu übersehen. In der Nacht darauf komme ich hierher.«

Finn schrie: »Ich male nicht mehr. Nie wieder! Begreifst du das nicht? Silber ist tot. Tot! Und wenn er noch leben würde – selbst Silber hätte nie auf das Glasdach der Kummerschule klettern können. Das wäre Selbstmord!«

Sie kniff die Augen zusammen und sah ihn an wie mit einem Röntgenblick. »Dann hättest du mich auch gleich fallen lassen können ...«, flüsterte sie und die Enttäuschung in ihrer Stimme war nicht zu überhören.

Plötzlich erklomm sie – nach der kurzen Verschnaufpause beinahe schon wieder leichtfüßig wie eine Tänzerin – in wenigen Sätzen die Dachschräge und verschwand im Dunkel der Nacht.

Mit offenem Mund starrte Finn ihr nach, sammelte aber schnell seine Kräfte und robbte rasch auf den Dachfirst. Doch von Delphine war nichts mehr zu sehen.

Finn stieg zu der Luke hinter dem Schornstein hoch. Während er auf den Dachboden zurückkletterte, hörte er den Klang des Namens *Silber* in seinen Ohren wie den Ruf aus einer Zeit, die Finn Hasselblatt mit aller Macht vergessen wollte.

Für jemanden, der ungebetenen Besuch von sich fernhalten wollte, war die Insel im Fluss ein guter Ort. Für jemanden, der einen finsteren Plan verfolgte und unter allen Umständen vermeiden wollte, dass er vor seiner Zeit ans Licht kam, war sie ein Paradies.

Wie eine Faust aus Stein schien sie vor Urzeiten von tief aus dem Erdinnern das Flussbett durchstoßen zu haben und seither trotzig und unnahbar in den grauen Fluten zu stecken. Seit Nonnen im Mittelalter eine warme Quelle auf der Insel entdeckten, dem Quellwasser heilende Wirkung zusprachen und ein Klostersanatorium erbauten, galt sie als heilsamer Ort. Doch als die Pest wütete, wurden die Kranken und Aussätzigen von den Gesunden dorthin verbannt, um hier den unerbittlichen schwarzen Tod zu sterben. In dieser Zeit schien das Gute diesen Ort für immer verlassen zu haben. Flusspiraten operierten später von dort, erpressten Zölle von Handelsschiffen, mordeten und raubten und gruben ein sagenhaftes Höhlenlabyrinth, in dem sie Gefangene hielten, tief in das Flussbett hinein. In der Folge baute ein Despot auf der Insel ein Gefängnis und sperrte Andersdenkende für den Rest ihres Lebens hinein. Vor nicht ganz einem Menschenleben schließlich war eine Fabrik errichtet worden, in der Arzneien hergestellt worden waren. Der Besitzer der Fabrik hatte eine schmale Brücke aus Eisen konstruieren lassen, die Insel und Stadt verband, damit die Arbeiter auf direktem Weg zu ihren Schichten an den Maschinen gelangen konnten. Trotz dieser Brücke galt die Insel aber weiterhin als praktisch unerreichbar, denn der Übergang konnte jederzeit an schweren Ketten wieder im Wasser versenkt werden. Arbeiter, die zu spät kamen, fanden sich vor hinabgelassener Brücke wieder und mussten sich neue Arbeit suchen. Niemand konnte ohne den Willen des Fabrikanten das Eiland betreten oder verlassen. Wenn sich die Ketten auch quietschend über die Walzen quälten, der Mechanismus funktionierte selbst dann noch, nachdem die Fabrik längst einem verheerenden Feuer zum Opfer gefallen war. Sonst erinnerten nur noch zwei dunkle Schlote an diese Zeit. Wie mahnende, rußgeschwärzte Finger zeigten sie in den Himmel.

Es sah so aus, als ob sich der Name *Kummerfelsen*, den die Menschen der Insel im Laufe der Jahrhunderte gegeben hatten, immer wieder als treffend herausstellen sollte. Nach dem Brand blieb sie viele Jahre ein großer, unbewohnter Felsen in der Mitte des Flusses. Bis eines Tages ein hagerer Mann mit dunklen Augen, der älter wirkte, als er war, und der nichts bei sich trug als einen kleinen ledernen Koffer, in der Stadt am

Fluss auftauchte und erklärte, die Insel kaufen zu wollen. Dieser Mann war Konstantin York.

Schon bei den Verhandlungen um den Erwerb des Felsens verbreitete er eine unheimliche Atmosphäre, die seine Gesprächspartner – den Verkäufern und städtischen Behörden, von denen Genehmigungen für die Bebauung und Nutzung der Insel einzuholen waren – in einen mysteriösen Bann schlug. Bei manchen blieb nach der Begegnung mit Konstantin York eine unerklärliche Beklemmung zurück, ein mulmiges Gefühl, wie es eine junge Fliege bei ihrer ersten Begegnung mit einer durchtriebenen Spinne haben musste. Es war vor allem Yorks Blick, der sein Gegenüber zu lähmen schien, als habe es ein unsichtbarer Pfeil mit Nervengift getroffen.

Obwohl manche irritiert waren, erkannte in Konstantin York niemand den fröhlichen Jungen wieder, der einst in der Stadt gelebt hatte, bevor er sie bei Nacht und Nebel verlassen hatte. Nichts erinnerte an den Jungen mit dem federnden Schritt, dem man zugetraut hätte, jeden Augenblick in die Luft zu springen, nur um den Himmel zu umarmen. Der mit seinen mondsteinblauen Augen das Wesen der Dinge verstanden hatte wie kein anderer. Wenn er von den Elementen und den Planeten erzählte, gestikulierte er wild mit den Händen, um sein Wissen wie eine Symphonie in die Welt zu dirigieren. An diesen Jungen erinnerte bei Konstantin York nichts mehr. Sein Schritt war schwer geworden, als ob er an Ketten ging. Sein Gesicht spannte sich glatt über die Backenknochen, um alle Spuren zu verwischen, die das Leben sonst in Gesichter schrieb. Kein verräterisches Fältchen umgab seinen geraden Mund, der kein Lächeln mehr auf die Lippen bringen wollte. Es war, als hätte Konstantin York den Jungen, der er einst gewesen war, aus sich herausgepresst wie einen giftigen Dorn, und es sollte sich zeigen, dass Konstantin York mit dem Kauf der Insel einen Plan verfolgte, der ihrem Namen *Kummerfelsen* alle Ehre machen würde.

Schon bald ließ er ein Gebäude auf der Insel errichten, das mit seinen Fenstern und den beiden Schornsteinen der abgebrannten Fabrik wie ein Ozeandampfer aussah. Bei Nacht, wenn die vielen runden Fenster als Punkte leuchteten, erinnerte es an ein rätselhaftes Sternenbild. Ein mächtiger Turm teilte das Gebäude in zwei Hälften. Auf die Spitze des Turms ließ York eine gigantische Glaskuppel bauen, in deren Zentrum ein mächtiges Teleskop stand, für das Linsen und Spiegel in den bedeutendsten Fabriken der Welt hergestellt worden waren. Neben dem Zentralteleskop standen kleinere Fernrohre unter dem riesigen runden Fenster, und die Kuppel mit ihren tausenden Glasfeldern wirkte von der Stadt aus wie das Facettenauge eines gierigen Insektes, das den Himmel nach Beute absucht.

Wie sich bald herausstellte, war die Sternwarte nur

ein Teil von umfangreichen Ausbildungsstätten, die York in dem Gebäude errichten ließ. Überrascht nahmen die Menschen in der Stadt zur Kenntnis, dass auf dem Kummerfelsen etwas entstand, woran es in der Stadt schon lange mangelte – eine gute Schule für die besten Schüler der Umgebung. Laboratorien mit modernsten Apparaturen, Experimentierräume, eine Bibliothek, ein Kartenraum, ein zentraler Hörsaal und ein gewaltiges Planetarium – die Einrichtung kam der einer Eliteuniversität für Astronomie gleich. Die Menschen in der Stadt wunderten sich immer mehr über das Vorhaben des Konstantin York, doch bald schon sollte die Verwunderung in Entsetzen umschlagen.

Schon während der Bauarbeiten an dem Gebäude kamen vier Männer in die Stadt und unterstützten Konstantin York bei der Planung des Gebäudes. Weil niemand ganz genau verstand, was deren Aufgaben waren, und weil sie bei jeder Gelegenheit ihre langen weißen Mäntel mit den großen schwarzen Knöpfen trugen, wurden sie die *Geheimen Doktoren* genannt. Man hielt sie für die künftigen Lehrer an der Schule, die York ganz offensichtlich auf dem Kummerfelsen errichtete. Die vier Geheimen Doktoren dienten Konstantin York auf seltsame Weise. Sie schliefen nur sehr wenig oder gar nicht. Nachts saßen sie unermüdlich über Karten und Pläne gebeugt, zeichneten und vermaßen, justierten Apparaturen, richteten Maschinen ein oder kalibrierten Teleskope, durch die sie in den

Himmel starrten. Es hieß, dass Konstantin York die Geheimen Doktoren einst selbst ausgebildet hatte. Sie waren alle vier etwa gleich alt, um die dreißig Jahre, und ihre Namen gaben einen Hinweis darauf, dass sie aus aller Herren Länder stammten. Ein Rätsel aber blieb, wie es York gelungen war, die vier auf eine todestreue Ergebenheit ihm gegenüber einzuschwören, die man sonst nur von Hunden zu kennen glaubte.

Als die Arbeiten auf der Insel abgeschlossen waren, mehrten sich die Fragen nach den Schülern, die künftig die Lehranstalt auf der Insel besuchen sollten. Namhafte und einflussreiche Familien aus der Stadt wollten sich angesichts der üppigen Ausstattung der Schule Plätze für ihre Kinder sichern lassen. Doch als bekannt wurde, wer künftig auf der Insel ausgebildet werden sollte, verschlug es den Menschen in der Stadt die Sprache. Es waren nicht etwa die besten oder erfolgreichsten Schüler der umliegenden Schulen, sondern das genaue Gegenteil. Konstantin York als Direktor achtete persönlich darauf, dass nur Kinder und Jugendliche aufgenommen wurden, die von den Eltern verstoßen oder in Heime gesteckt worden waren. Junge Leute, die sich auf der Straße behaupten mussten und sich von Abfall ernährten, kaputte Typen, mit denen normale Jugendliche nichts zu tun haben wollten. Ausreißer, Drogensüchtige, junge Diebe, gemeine Schläger und Räuber, die von den Geheimen Doktoren aus Heimen geholt und auf die Insel gebracht wurden. Je schlimmer der Lebenslauf eines Schülers, desto größer war die Chance, an der Schule angenommen zu werden. Die Menschen in der Stadt waren misstrauisch und beäugten die Schule fassungslos, aber insgeheim waren sie froh, wenn sich die Brücke hinter den jungen Menschen, die sonst nur Schwierigkeiten machten, wieder in die Tiefen des Flusses versenkte und das Elend aus ihrem Blickfeld verschwand. Fortan wurde die Schule auf der Insel *Kummerschule* genannt und obwohl diese Bezeichnung eigentlich harmlos klang, sprach niemand sie ohne einen schaurigen Unterton aus und nicht, ohne neuen Gerüchten Nahrung zu geben.

Von geheimen Experimenten und verbotenen Forschungen wurde getuschelt, von mysteriösen Besuchern in dunklen Booten, die nur nachts an der Insel anlegten und vor dem Morgengrauen wieder verschwanden. Von Yorks unheimlichen Verbindungen in alle Welt wurde erzählt und davon, dass die Kummerschule nur die Fassade für ein geheimes Ziel Konstantin Yorks war. Die wenigsten ahnten, wie nah sie damit der Wahrheit kamen.

Schauermärchen rankten sich auch um den Unterricht selbst. Von magischen Riten und schaurigen Ritualen erzählte man sich und wunderte sich wortreich darüber, dass noch nie etwas über einen Laboranten, wie die Schüler der Kummerschule genannt wurden, bekannt geworden war, der die Schule je wieder verlassen hatte.

Abgesehen von dem Gerede der Menschen gab es jedoch keine Anhaltspunkte dafür, dass die Kummerschule mehr war als ein Ort, an dem junge Menschen, auf die keiner mehr einen Pfifferling gab, Vokabeln paukten, Grammatik studierten und in den Naturwissenschaften unterrichtet wurden, den Himmel beobachteten, lernten, wie Sterne geboren wurden und verglühten, wie anhand von Gasanalysen das Lebensalter der Planeten errechnet wurde, verstanden, wie Sternenhaufen sich zu Galaxien entfalteten, ganze Universen erloschen und von der Bildfläche verschwanden, wenn die Brennkraft ihrer Sonnen aufgebraucht war.

Doch in dieser Nacht blieben die Teleskope in der Glaskuppel auf dem mächtigen Turm unbesetzt. Die Wände der Kuppel waren mit langen schwarzen Samtvorhängen verhüllt und unzählige kleine Scheinwerfer warfen von hoch oben aus der Wölbung Licht. Die vier Geheimen Doktoren saßen in ihren weißen Mänteln, die sie nie auszogen, an einem großen Tisch aus dunkelblauem Marmor, in den die Sterne unserer Galaxie graviert waren. Sie unterhielten sich leise und warteten auf Konstantin York. Der Gedanke daran, was ihnen gleich blühte, ließ ihre Kehlen trocknen, als hätten sie einen Stapel Löschpapier gegessen. Sie wussten, dass etwas schiefgelaufen war. Etwas, das niemals hätte geschehen dürfen.

Gerade betrat ein Laborant mit einem Tablett den

Saal. Der Schüler brachte eine Kanne Tee und fünf Gläser. Er war noch jung und man sah an seinen unsicheren Bewegungen, dass er diese Arbeit noch nicht oft getan hatte. Während er die Gläser so leise wie möglich auf den Marmor vor die Geheimen Doktoren stellte, machte einer plötzlich seiner Nervosität Luft und begann den Jungen aus heiterem Himmel zu testen.

»Laborant, eine Frage!«, sagte der Geheime Doktor Lámass.

Der Angesprochene erstarrte. »Ja?«, fragte er unsicher.

»Das Kürzel *H* bezeichnet welches Element?«, fragte der Geheime Doktor wie ein schlechter Quizmaster. Er hatte von seinem nächtlichen Ausflug über die Dächer immer noch eine rote Nase, die er dauernd putzen musste.

»*H* steht für Wasserstoff«, antwortete der Laborant schnell.

»*Al* ist das Kürzel für …?«

»Aluminium!«

»*P*?«

»Phosphor!«

»*Fe*?«

»Eisen!«

Lámass gefiel es gar nicht, dass der Schüler offenbar so gut über die chemischen Elemente Bescheid wusste. Die anderen Geheimen Doktoren grinsten, als ob sie es genossen, dass der Laborant die Antworten parat hatte.

Geheimer Doktor Smith, der eine kleine runde Brille trug, fragte mit leichtem Spott: »Geht es auch ein bisschen anspruchsvoller, Herr Kollege Lámass?«

Smith forderte Lámass heraus, der an der Kummerschule neben dem Pflichtfach Astronomie, das alle Geheimen Doktoren lehrten, auch Chemie und Physik unterrichtete. Lámass war bei den anderen Geheimen Doktoren wegen seiner Hinterhältigkeit verrufen. Tückisch ließ er seinen Blick über das Rad der Elemente wandern, das inmitten der Sterne in den blauen Marmor des Tisches eingelassen war.

»Gut, wie Sie wünschen, Herr Kollege! Laborant, dieser blaue Marmortisch stellt unsere Galaxie dar. Im Zentrum erkennst du das Rad der Elemente. 113 Elemente, aus denen sich das gesamte Universum zusammensetzt und deren Kürzel am Rand des Rades eingraviert sind. In der Mitte erkennst du ja hoffentlich die Figur eines Mannes, nicht wahr? Wen stellt dieser Mann dar?«

Der Laborant runzelte die Stirn. Er starrte auf die Figur des nackten Mannes, der in der Mitte des Rades lag, schielte auf das volle lockige Haar und untersuchte mit seinem Blick die Mundwinkel des in Marmor geschlagenen Gesichts. Sie waren grimmig nach unten gezogen, der Blick der Figur war in den finsteren Augenhöhlen nicht zu erkennen. Seine Beine waren gespreizt, seine Arme ausgestreckt wie die Schwingen eines Vogels. Die beiden Spitzen des Zeigefingers und die beiden großen Zehen zeigten jeweils auf ein Element. Der Junge wusste nicht, wen diese Figur darstellte, und man sah ihm an, dass er sich mit der Suche nach einer Antwort quälte. Er begann zu schwitzen.

»Es stellt den Direktor dar als den Meister der Elemente!«, erlöste ihn der Geheime Doktor Gonzales, ein dicker Mann mit einer Glatze.

»Bravo, Gonzales! Wenigstens Sie haben Ihre Hausaufgaben gemacht«, spottete Lámass.

Einer der Geheimen Doktoren, ein beinahe zarter Mann, der selten sprach und immer in Gedanken versunken schien, beteiligte sich üblicherweise nicht an diesen Spielchen. Doch jetzt wollte er Lámass das Maul stopfen. »Und nun eine Frage an Sie, Kollege Lámass. Sie wissen doch um die Bedeutung des Kürzels *Yo*?«

Die Frage verfehlte ihre Wirkung nicht. Lámass wechselte die Gesichtsfarbe. Er ahnte, worauf der andere hinauswollte, ließ sich aber nichts anmerken. Der Laborant hingegen war erleichtert, nicht mehr die Aufmerksamkeit von Lámass auf sich zu ziehen, und entfernte sich still aus dem Saal.

»*Yo* bedeutet Yorkium! Es ist aber kein Element, sondern eine Verbindung mehrerer Stoffe!«, antwortete Lámass.

»Bravo. Und Sie als Doktor der Chemie wissen doch

sicher auch, aus welchen Stoffen sich Yorkium zusammensetzt?«

Wut, gemischt mit Ehrgeiz, kroch in Lámass hoch. Er wirkte wieder hilflos wie auf dem Dach, als ihm Delphine entwischt war und Six ihn angegriffen hatte. Man merkte ihm an, dass er die Antwort gerne gewusst hätte. »Sie wissen so gut wie ich, dass die Zusammensetzung des Yorkiums ein Geheimnis des Direktors ist, ein Stoff, den er sein halbes Leben schon sucht und der kurz vor der Vollendung steht. Und Sie, Jungbluth, werden der Erste sein, der eine Überdosis davon nehmen darf, denn Yorkium soll einem die Intelligenz eines Supergenies mit drei Gehirnen geben!«

Jungbluth grinste. »Aber gleich darauf nehmen Sie es, Lámass, denn Yorkium soll das Altern extrem verlangsamen und ...«

»Meine Herren, mäßigen Sie sich, wenn Sie Ihren Kopf behalten wollen. Der Direktor kommt!«

Im Gang vor dem Gläsernen Saal hörte man Schritte. Keiner der Geheimen Doktoren sprach mehr ein Wort.

Konstantin York trug einen dünnen weißen Mantel mit einem hohen Stehkragen, der seinen langen Hals bedeckte. Unter dem Mantel trug er eine weiße Hose mit strenger Bügelfalte und Schuhe aus weißem Leder. Seine vollen silbergrauen Haare hatte er streng nach hinten gekämmt, was die geraden Formen seines Kopfes unterstrich. Sein Schritt, der noch schwerer schien als sonst, führte ihn zu einem hohen Stuhl an der Stirnseite des Tisches. Er setzte sich. Ein flüchtiger Blick in die Gesichter der Anwesenden, dann atmete er tief durch die Nase ein. »Berichten Sie!«, befahl er und fixierte Smith.

»Jawohl, Herr Direktor. Ein Dieb konnte offenbar in Ihre persönlichen Gewölbe tief im Innern der Kummerinsel eindringen. Er hat die Flasche gestohlen!«

Yorks Blick schien im Bruchteil einer Sekunde zu gefrieren. »Wie konnte das geschehen?«

»Wir arbeiteten wie immer in den Laboren, als wir entdeckten, dass dort jemand eine Wasserleitung angezapft hatte. Die Spur des Wassers führte uns in die Gewölbe unter der Schule. Dort entdeckten wir, dass die Gruft geflutet war, in der Sie die Flasche aufbewahrt hatten.«

»Geflutet? Wer konnte dies unbemerkt tun?«, flüsterte York. Wenn Konstantin York zu explodieren drohte, sprach er leise. Langsam prüfte er die Gesichter der Geheimen Doktoren.

»Wir sind der Meinung, dass nur ein Laborant dafür infrage kommt, Herr Direktor«, antwortete Smith.

»Weiter!«, zischte York.

»Der Dieb hat seine Flucht von langer Hand vorbereitet. Er gelangte auf das Dach des Laborantenhauses an der Nordspitze der Insel. Von dort balancierte er über das Energiekabel, das von der Insel zum Ufer der Stadt gespannt ist. Doktor Lámass nahm die Verfolgung auf.«

»Lámass, berichten Sie!«, sagte York.

»Ich konnte den Dieb bis auf die Dächer der Stadt verfolgen und versuchte, ihn vom Dach zu stürzen. Als ich ihn bereits gepackt hatte, wurde ich von einem ganzen Schwarm Raubvögel angegriffen und musste die Verfolgung aufgeben. Ein Komplize, ein kräftiger Junge von vielleicht 14 Jahren, half dem Dieb, mit einem Seil über eine Schlucht zwischen den Häusern zu entkommen.«

»Was geschah mit der Flasche?«, fragte York.

»Sie verschwand in einem Labyrinth aus Regenrohren, Herr Direktor. Nachdem ich den Vögeln entkommen konnte, bin ich gleich hinunter, habe die Rohre abgeklopft, aber die Suche war ohne Ergebnis.« Er ergänzte gequält: »Ich befürchte, die Flasche ist in tausend Teile zersprungen, Herr Direktor.«

Nur an den Bewegungen seiner Kiefermuskeln konnte man den Vulkan erahnen, der im Innern Konstantin Yorks brodelte. »Nichts, keine Macht der Welt, kann diese Flasche zerstören. Selbst ich habe es vergeblich versucht. Man kann sie nur verstecken, damit das Unheil aus der Flasche niemals ans Tageslicht kommt!« Konstantin York atmete heftig.

Verstohlen blickten die Geheimen Doktoren auf die Hände ihres Herrn. Wie Schraubstöcke hatten sie sich um die Lehne des Stuhls geklammert, als ob sie den letzten Rest Saft aus dem alten Holz quetschen wollten.

»Finden Sie die Flasche! Durchforsten Sie die Stadt! Zerfetzen Sie jeden Zentimeter Regenrohr, schlagen Sie die Mauern der Häuser ein, brechen Sie die Straßen auf! Finden Sie den Dieb und seinen Komplizen! Halten Sie Ausschau nach Raubvögeln, so viele gibt es in der Stadt davon ja nicht. Egal wie – aber bringen Sie mir die Flasche! Wenn sie gefunden ist, tasten Sie das Siegel nicht an. Es darf niemals brechen! Stellen Sie bis dahin alle anderen Arbeiten zurück!«

Die Geheimen Doktoren schwiegen, bis Gonzales sich zu fragen traute: »Herr Direktor, heißt das, es wird am ersten Tag des Februar nicht zur *Versteigerung* kommen?« Es war nicht schwer zu erkennen, dass Gonzales hoffte, der Direktor würde die Versteigerung angesichts der jüngsten Ereignisse absagen.

Konstantin York antwortete nicht gleich. Er schien seine wohlsortierten Gedanken zu prüfen wie ein General die Parade seiner Soldaten. Seit Jahren arbeitete er auf die Versteigerung hin, sie sollte der Höhepunkt der Geschichte der Kummerschule werden. Das Yorkium, ein Pulver aus Elementen, die nur der Direktor kannte, sollte unter die Menschen gebracht werden. Pulverjäger aus aller Welt wurden erwartet, mit allen Tricks würden sie versuchen in den Besitz des Pulvers zu kommen, das der Direktor in der Versteigerung anbieten wollte. Es gab Gerüchte von erfolgreichen Pulverjägern, die sich seit Jahren nur auf diesen einen Tag vorbereiteten. Mit großer Spannung wurde die Präsentation des Yorkium erwartet, obwohl es über die Wirkung des Pulvers nur Gerüchte gab.

»Natürlich wird die Versteigerung wie geplant stattfinden!«, entgegnete York ungehalten. »Damit nichts mehr schiefgehen kann, habe ich bereits nach van Lunteren schicken lassen!«

»Bleck van Lunteren? Der Kopfjäger?«, fragte Lámass erschrocken. »Was vermag er, was wir nicht auch könnten?« Der Geheime Doktor sprach aus, was die anderen drei dachten.

»Van Lunteren hat noch nie versagt. Ich habe ihn vor langer Zeit damit beauftragt, nach dem Geheimnis der Flasche zu forschen. Es wird sich zeigen, was er zu berichten hat. Tun Sie jetzt, was ich gesagt habe, und entfernen Sie sich! Sie erhalten später weitere Anweisungen! Es sei denn, Sie bestehen auf der Strafe, die wir in unserer Schule Versagern zuteil werden lassen!«

Diese Ankündigung brachte Leben in die Beine der Geheimen Doktoren. Fluchtartig verließen sie den Gläsernen Saal.

Finn Hasselblatt lebte im sichersten Versteck der Stadt. Wer ihm auch auf der Spur war in den Tagen, nachdem sich sein Leben auf einen Schlag geändert hatte, kam einfach nicht auf die Idee, ihn auf dem verwaisten Dachboden des Polizeipräsidiums zu suchen.

Für Finn war das Versteck ideal. Von hier aus gelangte er auf die Dächer der benachbarten Häuser und konnte durch die Stadt streifen, ohne zu riskieren, dass ihn auf der Straße jemand erkannte. Ein Katzensprung nur war es zur großen Bahnhofshalle. Dort fand er meist etwas zu essen und dort mischte er sich unauffällig unter die Leute, wenn er hinuntersteigen musste, um aus dem Müll der Stadt die Dinge zu sortieren, die er dringend brauchte.

Im Laufe der Zeit hatte Finn sich auf diese Weise alles besorgt, was er zum Leben benötigte. Einen kleinen Ofen, für den er zwar nicht immer Holz oder Kohlen fand, aber wenn, dann wärmte er ihn tagelang. Einen kleinen Holzschrank, an dem allerdings inzwischen die Tür fehlte, weil Finn sie verfeuert hatte. Einen wackligen Plastikstuhl. Einen verkratzten Bilderrahmen aus schwarzem Holz mit einer matten

Glasscheibe. Darin bewahrte er ein Foto von Coco auf. Wenn er an ihn dachte, fühlte sich sein Herz an, als ob ein Schwarm Wespen hineingestochen hätte. In solchen Momenten schlug sich Finn mit der Faust gegen die Brust, um den Schmerz zu vertreiben.

Aus alten Polizeiuniformen, die auf dem Dachboden lagerten, hatte Finn sich eine Hängematte genäht, in der er schlief. Anfangs hatte ihn der Krach einfahrender Züge aus dem gegenüberliegenden Bahnhof aus dem Schlaf geschreckt, aber daran war er inzwischen gewöhnt. All die Menschen, die täglich von der großen gläsernen Uhr im Giebel des Polizeipräsidiums die Zeit ablasen, hatten keine Ahnung, dass sie direkt auf das Fenster von Finn Hasselblatts Versteck sahen.

Jetzt lag er in seiner Hängematte und konnte an nichts anderes denken als an die nächtliche Begegnung mit Delphine. Wer war dieses Mädchen? Warum hatte sie wegen dieser seltsamen Flasche, die nun vor ihm auf dem Schränkchen lag, ihr Leben riskiert? Was hatte die Flasche zu bedeuten? Welche Rechnung hatte das Mädchen mit dem Direktor der Kummerschule, dem Herrn der Geheimen Doktoren, zu begleichen? Woher kannte sie den Namen *Silber*? In seinem Kopf schwirrten die Fragen wie junge Mücken in der Abendsonne.

Etwas an Delphine fand Finn vom ersten Augenblick an faszinierend. War sie tatsächlich selbst eine Laborantin der Kummerschule? Finn mochte es nicht glauben. Delphine war ganz anders als die Laboranten, die er bei seinen nächtlichen Streifzügen das eine oder andere Mal beobachtet hatte. Delphine konnte lächeln. Und was hatte es auf sich mit den Kindern, die starben, ohne einen Namen bekommen zu haben? Hatte der Direktor der Kummerschule wirklich die Macht, diesen Kindern zu helfen?

Finn grübelte, bis er rote Ohren bekam. Er hatte sich geschworen, nie wieder zu malen außer hier oben in seinem Versteck. Die Wände des riesigen Dachbodens waren ein einziges Meer aus Farben, Figuren und Fantasien. Niemals wieder sollte jemand seine Gemälde ansehen dürfen außer ihm selbst. Sollte er diesen Schwur brechen, um Delphine wiederzusehen? Und dann, was würde dann geschehen?

Finn zog seine Jacke an und fuhr sich mit der Hand durch seine strubbeligen schwarzen Haare. Vorhin war ihm eine Idee durch den Kopf geschossen und er überlegte, ob er sie in die Tat umsetzen sollte. Ein Besuch bei Daphne Roth! Zu ihr zu gehen, war immer ein Risiko. Das Ergebnis waren vermutlich Ratschläge, die er nicht hören wollte, und eine Frisur, mit der er im Zirkus auftreten könnte. Aber Finn vertraute Daphne, denn sie hatte ihn damals in den ersten Tagen nach der Sache mit Coco versteckt und davor bewahrt, aufgespürt zu werden. Außerdem hatte er niemanden sonst, mit dem er reden konnte. Doch um zu Daphne zu gelangen, musste er die Dächer verlassen und sich zum alten Hafen durchschlagen. Dort – auf einem kleinen, ziemlich schäbigen Hausboot – hatte Daphne ihren »Salon«.

Er wartete bis zum Abend und verließ sein Versteck über den gewohnten Weg. Er stieg zunächst durch die Luke aufs Dach des Polizeipräsidiums und verschloss sie anschließend wieder sorgfältig. Aus seiner Hosentasche zog er ein Stück hauchdünnen Faden und fixierte ihn mit einem Ende an der Ziegelkante, mit dem anderen an der Luke. Sollte er jemals abgerissen sein, wenn Finn zurückkehrte, wüsste er, dass sein Versteck entdeckt worden war, und würde es nie mehr betreten. So wie Vögel sofort ihr Nest aufgaben, wenn es von einem Fremden berührt worden war.

Er lief ein Stück auf dem First entlang, nahm Anlauf und sprang über die schmale Lücke zwischen zwei Häusern auf das flache Dach des Postgebäudes. Von dort kletterte er die Regenrinne hinunter und gelangte in den angrenzenden Park, den er durchqueren musste, um den Hafen zu erreichen.

Die alte Werft, in der schon lange keine Boote mehr gebaut wurden, lag menschenleer da. In den roten Backsteinhallen, die jetzt als Lager dienten, brannte vereinzelt Licht. Im Hof davor standen ein paar Boote, die auf Holzböcken trocken gestellt waren. Sie warteten schon ewig darauf, repariert zu werden. Der Schnee hatte sie unter einer weißen Decke begraben, als ob er ihren traurigen Anblick nicht ertragen konnte.

Finn ging im Zickzackkurs zwischen den Booten hindurch und erreichte bald den Fluss, dessen graues Wasser lautlos dahinströmte und gegen die Kälte andampfte. In dem kleinen befestigten Hafenbecken lagen etliche Frachtkähne, aber nur ein einziges bewohntes Boot. Aus einem Blechrohr stieg Qualm auf, die beiden Fenster waren dunkel. Um diese Zeit schlief Daphne schon.

Finn ging über den schmalen Steg, betrat das Boot und versuchte die verwitterte Holztür aufzudrücken, doch sie war verschlossen. Er warf einen Blick auf das Schild, das an der Tür hing. »Daphne Roth – Haarorakel. Sprechstunden nach Vereinbarung.« Er klopfte kräftig. »Daphne! Mach auf! Ich bin's, Finn!«

Kein Geräusch verriet, dass Daphne ihn gehört hatte.

Er klopfte noch einmal. »Daphne, bitte! Es ist dringend!«

Plötzlich spürte Finn eine Bewegung auf dem Boot. Er hörte das Knacken der Dielen hinter der Tür und spürte durch das Holz, wie Daphne horchte. Er wusste, in den nächsten Sekunden würde sich entscheiden, ob sie ihm öffnen würde. »Daphne, bitte!«

»Wie hat man mich anzusprechen?«, fragte sie plötzlich lauernd durch die Tür.

Finn verdrehte die Augen und biss sich auf die Unterlippe. »Ich hab's vergessen«, log er.

»Auf Wiedersehen!«, zischte es von der anderen Türseite.

»Also gut, ich bitte um eine Audienz, geschätztes Haarorakel«, knurrte er.

»Moment, ich zieh mir nur etwas über ...«, rief sie beinah fröhlich.

Nach einer Minute öffnete sich die Tür und Daphne Roth musterte Finn mit einem verschlafenen Blick aus ihren klugen braunen Augen. Sie trug einen roten Kittel, aus dessen mit einem Drachen bestickter Brusttasche Kamm und Schere baumelten. Daphnes Blick blieb an Finns Haaren hängen.

»Stimmt, du hast es wirklich nötig. Aber kannst du nicht zu einer normalen Zeit auftauchen, Junge? Komm rein.«

Finn betrat das Boot und Daphne verschloss die Tür. »Warte im Salon auf mich, ich komme sofort«, seufzte sie und verschwand hinter einer kleinen Tür.

Finn kannte den Weg zu Daphnes Arbeitszimmer vorne im Bug des Hausboots, der die letzte Ruhestätte war für den verlorenen Krimskrams der Welt. Kleine Vasen mit künstlichen Blumen, bunte Kerzen, Porzellanfigürchen. An den Wänden hingen in kleinen, selbst gebastelten Rahmen aus Alufolie Fotos aus Illustrierten. Sie zeigten Könige und Prinzessinnen, Reiche und Schöne. Mit den Blumen drum herum wirkten sie auf Finn wie Bilder von Heiligen, die Daphne verehrte. Dabei waren es nur Muster für ihre Kunden. Er setzte sich auf den alten Frisiersessel aus rotem Leder in der Mitte des Raums und schloss die Augen. Langsam drehte er sich in dem Sessel einmal um die eigene Achse. Er liebte dieses Gefühl.

Als er ihre Schritte in seinem Rücken kommen hörte, öffnete er die Augen wieder. Daphne hielt ihr Werkzeug in den Händen, begann aber nicht gleich mit der Arbeit, sondern setzte sich ihm gegenüber auf einen Hocker. Der gerade Blick aus ihren Augen war auf der Suche nach etwas zum Auseinanderpflücken. Finn wich ihr aus.

»Finn Hasselblatt, wie lange willst du dich noch verstecken?«, fragte sie ihn. Sie sah, dass ihn diese Frage quälte.

Mit hängendem Kopf antwortete Finn: »Bis ich es vergessen habe. Oder wieder gutmachen kann.«

Daphne seufzte. »Vergessen kann man so etwas vielleicht. Wieder gutmachen niemals.«

Finn senkte den Kopf und schlug sich mit der Faust gegen die Brust. Daphne strich ihm zärtlich durch die Haare. »Warum bist du denn zu mir gekommen, Junge?«, fragte sie.

»Es ist etwas passiert. Ich weiß nicht, ob es etwas zu bedeuten hat.«

Daphne runzelte die Stirn. »Hm. Nichts passiert ohne Bedeutung. Man muss die Dinge nur zu deuten wissen.«

Finn wusste, was sie meinte. Daphne war überzeugt, dass sie Bedeutungen aus den Haaren herauslesen konnte. Manchmal endeten ihre Lesungen aber damit, dass sich im Kopf schwarze Gedankenwolken in kräftigen Gewittern entluden.

»Seit gestern ruft mich jemand. Aber ich weiß nicht, ob ich mir das nur einbilde«, sagte Finn.

»Na, dann lass es uns herausfinden. Du weißt doch, die Haare lügen nicht«, sagte Daphne und es klang für Finn wie eine Drohung. Sie legte ihm ein Handtuch über die Schultern und wollte beginnen, seine strubbeligen schwarzen Haare zu kämmen.

»Weißt du denn, wer dich ruft?«, fragte sie.

Finn antwortete nicht, sondern griff vorsichtig in seine Jackentasche und holte etwas heraus.

»Das hier.« Finn gab Daphne die Flasche.

»Wo hast du die denn her?«, fragte Daphne.

Finn erzählte ihr von der nächtlichen Begegnung mit Delphine. »Als Delphine fort war, bin ich zur Straße hinuntergelaufen. Es war schon spät und kein Mensch war mehr auf der Straße. Nur der Geheime Doktor. Ich habe ihn beobachtet. Verzweifelt hat er nach der Flasche gesucht – gefunden hat er aber nur seinen von Six zerfetzten Hut. Als er endlich verschwunden war, habe ich noch einmal die Regenrohre abgeklopft. Aber dort war die Flasche nicht. Ich wollte die Suche schon aufgeben, da entdeckte ich am Straßenrand etwas, das rot durch den Schnee schimmerte. Zuerst sah es aus wie Blut, aber dann erkannte ich das rote Siegel der Flasche.«

Daphne legte den Kamm beiseite, nahm die Flasche

in die Hand und hielt sie sich in Augenhöhe vors Gesicht. »Hmm«, murmelte sie und zupfte aus der Tasche ihres Kittels eine Brille mit dickem roten Gestell heraus. Sie setzte sie auf ihre Nasenspitze. »Das ist ein Buddelschiff, ein Schiff in einer Flasche. Es soll Leute geben, die verschwenden ihre Zeit damit, solche Schiffchen zu basteln und sie umständlich in Flaschen zu stecken. Das hier ist allerdings ein besonders schönes Exemplar.« Sie wollte die Flasche wegstellen.

»Hörst du nichts?«, fragte Finn.

Daphne hielt sich die Flasche ans Ohr. »Nein.«

»Wirklich nicht?«, fragte Finn.

»Totenstille.«

»Schau es dir bitte noch einmal genau an.«

»Bist du hier, um über dieses Spielzeug zu reden, oder willst du, dass ich in deinen Haaren orakle?«, fragte Daphne.

»Gleich, jetzt schau bitte noch einmal genauer hin!«, bat Finn.

Daphne seufzte und hielt die Flasche ganz nah vor ihre Augen.

»Was siehst du?«, fragte er.

Daphne zog tief Luft durch die Nase. »Ich sehe ein stolzes, schweres Schiff, gefangen in einer Flasche. Ein Segelschiff mit schwarzem Rumpf und rotem Deck. Ein Dreimaster, er liegt schwer im Wind. Sieht so aus, als ob er in einen Sturm geraten ist. Ganz hinten schlagen winzige, geheimnisvolle Fähnchen. Das Schiff trägt einen Namen, aber den erkenne ich nicht einmal mit Brille. Zu klein. Vorne auf dem Schiff stehen zwei Figürchen und winken.«

»Das sind ein Junge und ein Mädchen. Aber sie winken nicht«, behauptete Finn.

»Sondern?«

»Sie halten beide die rechte Hand hoch. Sie schwören etwas.«

»Ach?« Daphne lehnte sich ein Stück zurück und sah lange in die Flasche hinein. Schließlich sagte sie: »Da kannst du recht haben. Sieht wirklich so aus, als ob sie die Hände zum Schwur erhoben haben.«

»Daphne, schon seit ich die Flasche auf der Straße gefunden habe, kommt es mir so vor, als ob sie mich, na ja, als ob mich jemand aus der Flasche ruft.«

»Ach, das kenne ich!«, rief Daphne. »Mich ruft auch immer was, wenn ich an den Schaufenstern der Geschäfte vorbeigehe. Mein Kleiderschrank hängt voll mit Dingen, die sich die Kehle nach mir aus dem Leib geschrien haben.«

Finn ahnte, dass Daphne dachte, er bilde sich die Rufe ein, aber er ließ sich davon nicht ablenken.

»Was ruft dieser Jemand denn?«, fragte Daphne.

»Er ruft um Hilfe.«

Daphne seufzte tief. »Kommt dir die Stimme aus der Flasche denn irgendwie bekannt vor?«, fragte sie mit einem listigen Unterton.

»Ich weiß, was du denkst. Aber mit Coco hat es nichts

zu tun. Die Stimme aus der Flasche ist anders. Schau dir einmal das Siegel an, ist es nicht sonderbar?«

»Ja, das ist es«, bemerkte Daphne. »Ein schweres Siegel aus gefärbtem Blei. Sehr aufwendig. Soll wohl verhindern, dass die Flasche geöffnet wird. In das Blei hat man eine Art Wappen geprägt. Eine Figur mit Flügeln. Und ihre Beine sind total verbogen wie Gummischläuche.«

»Das sind nicht die Beine der Figur. Das sind zwei Schlangen.«

»Hmm.« Daphne schwieg einen Moment. Dann lächelte sie. »Sag mal, Finn, kann es sein, dass deine Fantasie mit dir durchgeht?«

»Daphne! Der Geheime Doktor hätte alles getan, nur um die Flasche wieder zu seinem Herrn zurückzubringen.«

»Die Geheimen Doktoren und Konstantin York tun vieles, was rätselhaft ist«, sagte Daphne und Finn hörte sofort wieder diesen bitteren Unterton heraus, den Daphne immer anschlug, wenn sie von der Kummerschule sprach.

»Was meinst du?«, fragte Finn.

»Sie suchen ständig junge Menschen, die nichts mehr zu verlieren haben …«

»… Diebe, Schläger, Betrüger …«, murmelte Finn.

»Nicht nur«, brummte Daphne und ihre Gedanken schienen zu wandern. »Auch wer einen schweren Fehler gemacht hat, ist ein möglicher Kandidat. Versager, Verräter, Typen, die ihre Freunde im Stich gelassen haben, nur jung müssen sie sein. Sie nennen sie Laboranten und bilden sie in dem aus, was sie die Pulverlehre nennen. Sie erklären ihnen den Himmel und die Erde und doch bleibt das Wesentliche ihren Augen verborgen.«

»Ja, aber was hat die Flasche damit zu tun, Daphne?«

»Tja, was hat sie zu bedeuten?« Statt zu antworten, nahm Daphne eine Schere und begann Finns Haare zu schneiden. Lange Zeit hörte man nur das Schnippgeräusch. Wie schwarze Schneeflocken rieselten Finns Haare auf den Boden.

Als Daphne fertig war, hielt sie Finn wortlos einen Spiegel hin und starrte gedankenverloren auf das Schiff. Finn prüfte unterdessen das Ergebnis von Daphnes Arbeit im Spiegel. Es war schlimmer, als er befürchtet hatte. Viel zu ordentlich! Er fuhr sich mit den Händen so lange durch die Haare, bis sie wieder kreuz und quer auf dem Kopf standen.

Während Daphne Finns Haare auf ein Blech kehrte, fragte sie unvermittelt: »Diese Delphine, die lässt dich nicht mehr los, was?« Finn nickte zaghaft. »Und die Kinder, die keine Namen bekommen, kannst du auch nicht vergessen, nicht wahr?«

»Ja«, antwortete Finn.

»Geht mir auch so. Also komm!«, sagte sie. »Lass uns sehen, was all das zu bedeuten hat.«

Finn folgte ihr ans andere Ende des Schiffes. Daphne blieb vor einem hellen Holzschrank stehen und schob mit dem Fuß geschickt einen kleinen Teppich beiseite. »Heb die Tür hoch!«, befahl sie und Finn packte den Griff einer schweren Luke, die unter dem Teppich zum Vorschein gekommen war. Er hob sie hoch. Daphne drückte einen Lichtschalter und stieg die wenigen Stufen einer Holztreppe in den niedrigen Bauch des Schiffes hinunter.

Finn, der diesen Raum nicht kannte, war sprachlos. Er nahm fast die ganze Länge des Hausbootes ein. Neonröhren tauchten ihn in ein gleißendes Licht. Rechts und links standen zwei Holztische, groß wie die einer Festtafel. Zwischen ihnen führte ein Gang entlang. Auf den Tischen standen Apparaturen, von denen Finn nicht einmal erahnen konnte, welchem Zweck sie dienten. Über die ganze Länge beider Tische waren Regale angebracht. Darin standen Flaschen mit dicken Bäuchen, die sauber mit Etiketten beschriftet waren. An den Stirnseiten der Tische waren schwere Waschbecken angebracht.

»Willkommen in meiner Küche!«, rief Daphne und schüttete einen Teil von Finns Haaren vom Kehrblech in ein Töpfchen aus Glas. Den Behälter stellte sie auf einen kleinen Ständer aus Draht. Sie nahm eine bauchige Flasche aus einem Regal und prüfte das Etikett. Sie öffnete die Flasche und schnupperte vorsichtig daran. »Ahhhh, das duftet! Himmlisch.«

Finn roch und verzog die Nase, es war ein bestialischer Gestank. Vorsichtig, als ob es sich um ein wertvolles Öl handelte, goss Daphne etwas aus der Flasche auf Finns Haare in dem Glastöpfchen. Schließlich zündete sie ein Streichholz an und entfachte die Düse eines Gaskochers. Das gläserne Töpfchen mit Finns Haaren stellte sie auf die Flamme. Dann schmunzelte sie und sah Finn ins Gesicht.

»Was ist das hier alles, Daphne?«, fragte er.

»Wie gesagt, meine Küche. Zwei Experimentiertische mit meinen Helfern.« Daphne ging den Gang zwischen den Tischen entlang. »Instrumente, die man braucht, um zu verstehen, was die Dinge zusammensetzt. Das hier kennst du doch: eine Waage, allerdings eine, die das Gewicht eines Staubkorns anzeigt. Mikroskope so wie die da drüben hast du auch schon mal gesehen. Das hier ist ein Spektroskop, damit kann ich jedes Metall identifizieren und feststellen, ob ein Floh darauf gespuckt hat. Oder hier, das Ding heißt *Kipp'scher Apparat*, der hilft mir mit explosivem Gas zu hantieren, ohne dass mein Hausboot wie ein Feuerwerkskörper in die Luft geht. Damit kann ich Salzsäure mit einer Prise Eisensulfid in Schwefelwasserstoff verwandeln. Zehn Tropfen genügen, um einen Granitfelsen zu Brei zu köcheln. Na ja, halt alles, was man so braucht.«

»Braucht? Wozu?« Finn dachte, er träume.

»Um in den Dingen zu orakeln natürlich. Um zu verstehen, wie sich die Dinge zusammensetzen. Um die Elemente zu untersuchen, zu trennen, zu mischen – und, wenn alles klappt, zu neuen Substanzen zu verbinden. Das habe ich einmal gelernt und das mache ich am allerliebsten. Und jetzt gib die Flasche her!«

Finn holte die Flasche wieder aus seiner Jackentasche und gab sie Daphne. Sie legte die Flasche auf einen der Experimentiertische und schob ein Gerät darüber, das wie ein zu kurz geratenes Teleskop aussah. An dem Rohr befanden sich viele kleine Rädchen. Daphne setzte sich auf einen Hocker, sah hindurch und drehte fleißig an den Rädchen. Bald darauf murmelte sie, ohne ihr Auge vom Okular des Spektroskops zu wenden: »Das Schiff heißt übrigens *Ypsilon*. Komischer Name für ein Schiff.« Sie schwieg wieder eine Weile, holte Flüssigkeiten aus Behältern, träufelte sie auf die Flasche und beobachtete die Reaktion. Finn kam es vor, als habe Daphne ganz vergessen, dass er da war.

»Das ist wirklich interessant! Hochinteressant«, stellte sie kurz darauf fest. »Was diese Flasche durchgemacht hat, hätte keine andere ausgehalten. Sie wurde in ätzender Säure gebadet, mit einem harten Gegenstand aus Eisen bearbeitet und hat, wenn mich nicht alles täuscht, sogar in der Glut eines Ofens gelegen. Jemand hat versucht, die Flasche mit allen Mitteln zu zerstören! Aber nicht einmal das Siegel hat einen Kratzer abbekommen, obwohl es ganz weich ist!«

Finn beugte sich über die Flasche und betrachtete

sie. »Es wäre doch einfacher gewesen, die Flasche wegzuschmeißen, statt sie vernichten zu wollen«, überlegte er.

»Was sagte diese Delphine? Die Flasche gehört Konstantin York? Vielleicht erinnert sie ihn an etwas, woran er nicht erinnert werden will, das niemals bekannt werden darf. An ein Verbrechen vielleicht? Zuzutrauen ist es ihm. Die Flasche ist ein Beweis für irgendetwas. Wie ein blutiges Messer. Das schmeißt man nicht einfach weg.«

»Meinst du, darum hat er die Flasche an einem Ort aufbewahrt, an dem man nicht einmal seinen schlimmsten Feind einkerkern würde?«

»Hm. Kann schon sein. Ich denke, wenn er sie schon nicht vernichten konnte, sollte sie wenigstens niemand zu Gesicht bekommen. Er hat Angst vor der Flasche.«

»Daphne, was soll ich mit der Flasche machen? Zerstören kann ich sie ja nicht, wie Delphine es wollte. Sollen wir versuchen, das Siegel zu öffnen?«

Daphne seufzte. »Hm. Ich glaube, das würde ich lassen.« Sie fummelte ein bisschen an dem Rand des Siegels und löste es ein kleines Stück. »Das Blei lässt sich einfach biegen, schau. Ich vermute, ich könnte das Siegel öffnen. Aber manchmal ist es besser, Dinge verschlossen zu lassen, vor allem, wenn man nicht genau weiß, welches Geheimnis sie bergen. Öffnen ist manchmal leichter als verschließen, weißt du. Also, Finn, wenn du mich fragst, versteck die Flasche. Ja, versteck sie! An einem Ort, an dem Konstantin York oder seine Geheimen Doktoren sie niemals wiederfinden. Wenn du sie bei dir behältst, führt es sie vielleicht irgendwann auf deine Spur. Ich will mir gar nicht vorstellen, was sie mit dir machen, wenn sie die Flasche bei dir finden.«

Finn dachte nach. »Du hast recht. Ich weiß auch schon, wo ich sie verstecke. Dort kann höchstens ein Vogel hinfliegen.«

»Gut, dann lass uns jetzt sehen, was aus deinen Haaren zu lesen ist.« Daphne schlurfte ans Tischende, wo das Glastöpfchen mit Finns Haaren vor sich hin kokelte.

Sie nahm das Gefäß und schüttete ein paar Tropfen der Flüssigkeit auf ein Glasplättchen. Anschließend schob sie das Plättchen unter ein Mikroskop. »Der Sherlock Holmes unter meinen Helfern«, meinte Daphne und tätschelte das Gerät. »Dem bleibt nichts verborgen!« Sie sagte das, als ob es ein alter Freund wäre. Nachdem sie eine Weile hineingesehen hatte, hob sie ihren Blick und fixierte Finn streng. »Junge, Junge. Finn Hasselblatt, in deinen Haaren herrscht ein heilloses Durcheinander! Diese Delphine scheint dich ja völlig aus der Fassung zu bringen. Am besten, du vergisst sie schnell! Und ernähre dich einmal anständig! Mehr Vitamine. Ich empfehle dir ab und zu einen leckeren Salat!«

BLECK VAN LUNTEREN

Konstantin York saß im Gläsernen Saal und starrte völlig versunken durch das große zentrale Teleskop. Die ganze Nacht hatte er so gesessen und den Himmel beobachtet. Selbst der Anbruch des Tages brachte ihn nicht dazu, die Augen vom Okular des gigantischen Fernrohrs abzuwenden. In einer völlig anderen Welt schwebend, betrachtete er das Firmament, murmelte hier und da etwas zu sich selbst oder notierte etwas in einem der großen Folianten, riesigen Himmelskarten, die auf einer schräg stehenden Platte eines großen Tisches ausgelegt waren. Nicht nur für die Laboranten, die in den Unterrichtspausen beim Gang durch den Garten der Insel verstohlen zur gläsernen Kuppel hochsahen, sondern auch für die Geheimen Doktoren waren die Forschungen Konstantin Yorks ein Rätsel.

Plötzlich wurde die schwere Tür zum Saal geöffnet und York drehte sich wie vom Blitz getroffen um. Für eine Sekunde lag blanke Wut in seinem Blick, doch als er erkannte, wer ihn zu stören wagte, schimmerte ein Anflug von Hoffnung durch sein Gesicht. Er sah einem Mann entgegen, der mit festem Schritt auf ihn zukam. Der dunkelgrüne Anzug mit den vielen Taschen an Jacke und

Hose erinnerte an die Kluft eines Jägers. Der kahl geschorene Kopf war für den Körper zu klein geraten und in dem groben Gesicht mit den stechenden, eng beieinanderliegenden Augen saß eine breite, kurze Nase. Von seinem rechten Ohr fehlte ein Stück. Wenige dünne, aber lange Schnurrbarthaare standen fast waagerecht über dem kleinen, schmallippigen Mund. Das Gesicht eines gierigen, kampferprobten Marders, der jetzt seine Zähne mit einem eckigen Lächeln zur Besichtigung freigab.

»Mein verehrter Herr York!«, rief er und kam zum Stehen.

»Bleck van Lunteren!« York stand auf. Die Männer reichten sich die Hand und setzten sich.

»Sie kommen spät!«

»Spät ja, Herr York. Aber nicht zu spät.«

»Wie können Sie da so sicher sein?«

»Seit ich heute früh in der Kummerschule ankam, habe ich interessante Dinge in Erfahrung gebracht.«

»Aber hoffentlich doch auch in der Zeit zuvor, seit ich Sie losgeschickt habe?«

»Natürlich, Herr York. Ich fand Dinge über die Flasche heraus, die sonst niemand weiß.«

York atmete zischend durch die Nase. Er brannte darauf, den Bericht des Kopfjägers zu hören, der ihm zutiefst ergeben war. »Schon als ich die Flasche fand, wusste ich, dass sie ein Menetekel war! Ein böses Omen, ein Zeichen für meinen Untergang.«

»Ja, Ihre Ahnungen haben Sie von Anfang an nicht getäuscht, Herr York! Aber bei meiner Ehre als Kopfjäger, ein Menetekel ist die Flasche nur für den Dieb und seine Helfer. Ich werde sie alle vernichten!« Van Lunteren formte seine Hände zu Pranken, die alles zerquetschen wollten, was sich ihnen entgegenstellte.

»Brav, van Lunteren. Jetzt berichten Sie!«

Van Lunteren zupfte mit den Fingerspitzen ein Haar seines Schnurrbarts zurecht und begann: »Auf der Jagd nach dem Geheimnis der Flasche musste ich die halbe Welt durchstreifen. Anfangs stieß ich auf viele Flaschen, in die man Schiffe eingesperrt hat, besonders in den Städten an den Küsten. Doch diese Flaschen waren nichts als harmloses Kinderspielzeug. Keine war gearbeitet wie die aus Ihrem Besitz. Ich fand viele Menschen, die solche Flaschen besaßen, und wenn ich die Flaschen gegen die Wand warf oder zerschlug, hielten mich viele für verrückt und wurden wütend. Auf der Überfahrt nach Island geriet ich in einen heftigen Streit mit einem Matrosen, der ein prächtiges Exemplar besaß, in das ein großer Windjammer eingeschlossen war. Nachdem ich sie zerschlagen hatte, kam es zum Kampf, bei dem er mir ein Stück von meinem Ohr abbiss, bevor ich ihn über Bord schmiss.« Van Lunteren lachte verzückt.

Dann fuhr er fort. »Keine Flasche, die ich fand, war unzerstörbar und ich erkannte, dass dieser Weg mich nicht weiterbrachte. Ich begann in Bibliotheken zu forschen und verbrachte meine Nächte mit dem Studium von vergessenen Sagen und Legenden. Sie führten mich in ein Labyrinth von Spuren, die aber alle in Sackgassen endeten. Es wollte sich einfach nichts herausfinden lassen. Kurz vor Weihnachten jedoch wurde ich auf dem Rückweg von Saragossa in einem kleinen Dorf in den Pyrenäen eingeschneit. Eine steinalte Gräfin gewährte mir Quartier. Sie war halb blind, konnte nicht mehr lesen und so stellte sie die Bedingung, dass ich ihr jeden Tag, den ich ihre Gastfreundschaft in Anspruch nahm, eine Geschichte erzählen sollte. Ich kam auf die Idee, ihr von der Flasche zu erzählen, als ob es ein Märchen wäre. Dass sie einem mächtigen Mann von einem anonymen Absender geschickt worden ist. Dass sie ihn an etwas erinnert, das er vergessen möchte. Dass er die Flasche vernichten will und feststellt, dass sie unzerstörbar ist. Dass er ahnt, dass ihr eine Kraft innewohnt, die ihn vernichten kann. Dass er ein schier unüberwindbares Versteck für sie bauen lässt und sie vor Entdeckung schützen will, koste es, was es wolle.«

Konstantin Yorks Kiefermuskeln arbeiteten auf Hochtouren. »Sie haben ihr meine Geschichte erzählt?«, knurrte er.

»Ja, Herr York. Während ich ihr das erzählte, bemerkte ich, wie die Gräfin sich veränderte. Sie wurde immer unruhiger und konnte es kaum abwarten, bis ich zum Ende gekommen war. Sie brachte kaum ein

Wort heraus, so erregt war sie. Schließlich nahm sie mich bei der Hand und führte mich in das große Atrium ihres Hauses. Der Boden des Raumes war mit schweren Marmorplatten ausgelegt. Auf einmal blieb die Gräfin auf einer bestimmten Stelle stehen und stampfte zweimal mit dem Fuß auf. Sie bat mich, die Platte zu entfernen, was ich tat. Darunter befand sich ein Hohlraum.«

»Was haben Sie dort gefunden?« York bemühte sich kaum, seine Anspannung zu überspielen.

»Einen wertlosen, uralten Blechlöffel, mit dem die Ärmsten wohl einst ihre Kinder gefüttert haben. Sonst nichts. Ein einfacher Blechlöffel. Die Gräfin muss mir meine Enttäuschung angesehen haben. Mit einem seltsamen Unterton in der Stimme bat sie mich, den Löffel zu biegen.«

York fuhr sich ungeduldig mit der Hand durch seine Haare und den Nacken hinunter. »Was geschah dann?«

Bleck van Lunteren trank gierig einen Schluck Wein aus einer Feldflasche, die an seinem Gürtel hing, und fuhr fort: »Ich untersuchte den Löffel. Ein billiger Blechlöffel, wie gesagt. Ein Säugling hätte ihn mit einer ungeschickten Bewegung verbiegen können, schien es. Doch meine ganze Kraft reichte nicht, um ihn auch nur einen Millimeter zu verformen. Ich ging hinaus und schlug mit einem schweren Stein auf das Blechding. Nicht einen Kratzer konnte ich dem Löffel zufügen. Dann entdeckte ich Speisereste. Ich nahm mein großes Messer und versuchte, diese Reste zu entfernen. Vergeblich!«

»Wie bei der Flasche!«, rief York.

Van Lunteren nickte. »Ich fragte die Gräfin nach der Herkunft des Löffels. Doch sie konnte mir nichts weiter sagen, als dass sie ihn eines Tages vor dem Tor ihres Hauses fand. Er war als Geschenk verpackt!«

Konstantin York riss seine Augen auf. »Wie die Flasche!«

»Ganz richtig. Der Löffel der Gräfin brachte mich auf die entscheidende Spur. Ich wusste nun, dass ich nicht nur nach Flaschen, sondern nach verschiedenen Dingen mit ähnlichen Eigenschaften forschen musste. Und von diesem Tag an fand ich sie, diese Dinge. Eine Uhr, die jedem Hammerschlag standhielt. Eine Rose, die niemals welk wurde; kein Blatt konnte ich von ihrer Blüte zupfen! Ein Kuchen in Herzform, von dem sich kein Krümel abbrechen ließ. Ein Buch, dessen Seiten ich nicht knicken oder zerreißen konnte.«

»Was haben diese Dinge zu bedeuten?«, fragte York.

»Das wussten ihre Besitzer nicht. Wirklich niemand konnte etwas über ihre Bedeutung oder ihre Herkunft preisgeben. Niemand außer einem Mann, den ich später in Griechenland traf. Es war ein einfacher Hirte, der im einsamen griechischen Bergland seine Schafe hütete. Der Mann war alt, hatte keinen Zahn mehr im Mund und einen Bart, in dem mehr Ungeziefer krabbelte als in den Buchsbäumen an den Ufern des Kummerfelsens. Aber mit dem, was er zu sagen hatte, elektrisierte er mich. Er erzählte, auch er besitze ein solch unzerstörbares Ding. Er habe es im Astloch eines alten Olivenbaumes verborgen. Ich fragte ihn, ob er mir den Gegenstand zeigen könne. Er bejahte und wir wanderten zwei Tage, bis wir zu dem Versteck kamen. Es war ein knorriger alter Baum. Aus einem unauffälligen, tief in den Stamm reichenden Hohlraum holte der Hirte einen kleinen ledernen Beutel hervor. Er öffnete ihn und entnahm ihm ein Blatt Papier und drei Stifte, die von einem Gummi zusammengehalten wurden. Er bat mich, das Bild auf dem Papier anzusehen. Es war eine Kinderzeichnung. Sie zeigte ein Flugzeug in einem Sturm über einem Meer. Seine Flügel waren verdreht und drohten abzuknicken. Im Meer kreisten bereits Raubfische, die nur auf den Absturz zu warten schienen, um die Passagiere zu fressen. Hinter einem Fenster in dem Flugzeug erkannte ich das Gesicht eines Jungen. Der Junge lachte und schien keinerlei Angst vor dem Absturz zu haben. Der Hirte nahm einen der Stifte und begann damit auf dem Blatt herumzukritzeln. Dabei ließ er mich keine Sekunde aus den Augen. Es passierte nichts! Kein Strich von dem Stift kam hinzu. Ich versuchte erst gar nicht, das Bild zu zerreißen.«

»Haben Sie ihn nach der Bedeutung gefragt?«, fragte Konstantin York schnell.

»Natürlich. Und endlich bekam ich auch einmal eine Antwort auf diese Frage! Der Hirte erzählte mir, dass sein Vater seit der Geburt des Sohnes dafür gespart hatte, seinem Sohn einen Flug nach Amerika bezahlen zu können. Der Junge sollte der Armut des Dorfes entkommen und bei Verwandten in Amerika leben, um sich dort eine bessere Zukunft aufbauen zu können. Als der Hirte zwölf Jahre alt geworden war, setzte ihn der Vater in das Flugzeug. Der Junge nahm auf seine Reise nur einen einfachen Lederbeutel mit, in dem befanden sich ein Stück Brot, ein Brief des Vaters für die Verwandten und eine Hirtenflöte aus Holz, auf der der Junge immer gespielt hatte. Über dem Atlantik kam das Flugzeug in ein Unwetter und drohte abzustürzen. Jedenfalls glaubte das der Junge und litt Todesängste. Damals schwor er, nach Griechenland zurückzukehren und ein einfaches Leben als Hirte zu führen, wenn er diesen Flug überleben sollte. Er kam heil in Amerika an und, wie das Leben so spielt, warf er seinen Schwur bald über Bord und machte schon als junger Mann Karriere mit dubiosen Geschäften, die andere Menschen in den Ruin trieben. Na ja, jedenfalls nicht die Art von Zukunft, die sich sein Vater für ihn vorgestellt hatte. Eines Tages jedoch fiel ihm der alte Lederbeutel wieder in die Hände, denn hin und wieder überkam ihn Heimweh und der nicht eingelöste Schwur nagte an ihm. Er öffnete den Beutel und fand das Bild darin, das wie ein Geschenk verpackt war. Er konnte sich nicht erklären, wie das Bild dorthin gelangt war, erinnerte sich jedoch an seinen Schwur, kehrte nach Griechenland zurück und wurde Hirte. Während der folgenden Jahre, auf seinen Wanderungen zu saftigen Wiesen für seine Schafe, dachte der Hirte immer wieder über die rätselhafte Zeichnung nach. Er kam zu der Überzeugung, dass sie ihm von der Königin von Ypsaland geschickt worden war.«

»Die Königin von Ypsaland? Wer soll denn das sein?«, fragte York. »Sie wollen mich wohl auf den Arm nehmen, van Lunteren!«

»Nichts läge mir ferner, Herr York. Der Hirte glaubte fest daran, dass die Königin von Ypsaland solche Dinge verschickt wie die Kinderzeichnung des Hirten, den Löffel der Gräfin oder die Flasche des Konstantin York. Diese Dinge sind Andenken an den Ypsilon-Tag.«

»Wollen Sie sagen, dass mir diese Flasche jemand geschickt hat, um mich an etwas zu erinnern?«, fragte York.

»Um Sie an einen bestimmten Tag, eine Stunde, eine Minute in Ihrer Vergangenheit zu erinnern. Jawohl, Herr York, das meine ich«, sagte van Lunteren. »An einen Tag, an dem Sie zwei Möglichkeiten hatten. Einen Tag wie ein Ypsilon. Einen Tag, an dem Sie an eine schicksalhafte Gabelung Ihres Lebens gelangten und Sie sich unwiderruflich für eine Möglichkeit entscheiden mussten.«

York brauste auf. »Das ist doch lächerlich! Ich habe

jeden Tag Hunderte Möglichkeiten. Tausende! Ich muss täglich aus dem Ozean der Möglichkeiten eine rausfischen! Jeden Tag! Das fängt schon beim Aufstehen an und endet beim Zubettgehen.«

»Dieser Ypsilon-Tag war jedoch etwas Besonderes. Eine schwerwiegende Entscheidung musste getroffen werden. Sie hatten nur zwei Möglichkeiten. Am Ypsilon-Tag trafen Sie eine unwiderrufliche Entscheidung, die Ihr weiteres Leben in eine bestimmte Bahn lenkte. An diesem Tag sind Sie ein anderer Mensch geworden.«

York starrte ins Leere. »Muss ich mich an diesen Tag erinnern?«

»Falls Sie es zu vergessen suchen, bekommen Sie ein Andenken an diesen Tag. Es erinnert an die andere Möglichkeit dieses Ypsilon-Tages.«

»Besitzen Sie, van Lunteren, auch ein Andenken an einen Ypsilon-Tag?«

Van Lunteren grinste. »Nein. Nicht, dass ich wüsste.«

»Und wie erklären Sie sich das? Selbst ein erbarmungsloser Kopfjäger wie Sie wird wohl einmal die Wahl gehabt haben, auch einen anderen Weg zu gehen.«

»Natürlich. Aber ich will es nicht vergessen. Ich erinnere mich zu gerne an diese Momente in meinem Leben. Wenn ich zwischen zwei Möglichkeiten wählen musste, habe ich mich stets und von ganzem Herzen für die gemeinere entschieden.« Er lachte und schloss seine Augen. Wie der Gaumen nach einem guten Essen schien sein Blick sich nach innen zu richten und in seinem Gedächtnis den vergangenen Momenten nachzuschmecken.

»Aber warum stiehlt mir jemand das Andenken? Warum lässt er es nicht einfach dort, wo es ist?«, fragte York.

»Wer weiß. Vielleicht war der Dieb nur auf der Suche nach etwas anderem und hat die Flasche zufällig entdeckt. Aber das fragen wir den Übeltäter am besten selbst!«

York sprang auf. »Was? Sie wissen, wer die Flasche gestohlen hat?!«

»Ich sagte doch, ich habe seit meiner Ankunft heute Morgen einige interessante Dinge herausgefunden. Zu diesem Zweck habe ich den Laboranten einen Teelöffel Wahrheitspulver ins Frühstück gemischt.«

»Was? Wahrheitspulver!? Aber das halte ich doch streng geheim!«

»Ich, ähm, habe mir erlaubt, in Ihren geheimen Laboratorien nach den geeigneten Ingredienzien zu suchen.«

»Van Lunteren! Wahrheitspulver kann gefährliche Folgen haben. Endlose Traurigkeit zum Beispiel.«

»Zu Risiken und Nebenwirkungen befragen Sie niemals Bleck van Lunteren! Ein guter Kopfjäger sieht nur das Ergebnis.«

»Wer ist der Dieb?«

»Eine junge Laborantin, Herr York.«

»Ihr Name?«

»Sie heißt Delphine. Ein stures Biest. Selbst das Wahrheitspulver hat bei ihr nur ganz kurz gewirkt.«

Konstantin York schien die Antwort des Kopfjägers aus der Fassung zu bringen. Als er sich ein wenig gefangen hatte, murmelte er: »Ich kenne sie! Ich habe sie bereits unterrichtet. Sie schien mir für unsere Schule geeignet, weil ich glaubte, dass sie einen ganz außergewöhnlichen Fehler begangen hatte. Stattdessen ist sie offenbar nur eine gewöhnliche Diebin.«

»Na ja, besser als unschuldig zu sein!«, rief van Lunteren gut gelaunt.

Doch Konstantin York ging nicht darauf ein. »Ausgerechnet sie hatte meiner Meinung nach das Zeug, mal eine Doktorin zu werden. Vielleicht hätte ich sie in das Geheimnis der Insel eingeweiht.«

»Das ist doch schon verdächtig«, knurrte van Lunteren in einer Mischung aus Eifersucht auf Delphine und Abscheu gegen die Geheimen Doktoren. »Ich erinnere mich nicht, Ihnen diese Delphine gebracht zu haben?«

»Nein, nein. Sie kam aus eigenem Antrieb hierher. Sie hatte so einen Glanz in den Augen, der mich an jemanden erinnerte, darum habe ich sie aufgenommen.« Konstantin York versank in seinen Gedanken, die auch der hinterhältige Kopfjäger nicht erraten konnte.

Nach einer Weile stand York auf und ging zur Tür, betätigte dort einen Schalter und die schwarzen Vorhänge fuhren leise zur Seite. Hinter den Hügeln der Stadt dämmerte es und fahles Licht fiel durch die Glaskuppel in den Saal. York ging zu einem der vielen Fenster, öffnete es und sah lange hinunter auf die Stadt.

Dabei spürte er, wie die Muskeln und Nerven seines Gesichts ihm Streiche spielten. Einmal lächelte er kurz und erschrak darüber. Nur mühsam konnte er das Lächeln verscheuchen. Dann fielen die Winkel seines Mundes zu unendlicher Traurigkeit nach unten. Nichts davon durfte Bleck van Lunteren sehen.

York wandte sich erst wieder dem Jäger zu, als er sein Gesicht wieder unter Kontrolle hatte. Schließlich sagte er: »In den Schacht. Sperren Sie sie in den Schacht! Einige Tage dort unten werden ihre Zunge lösen. Ich muss wissen, warum sie das getan hat! Was sie über die Flasche weiß.«

»Soll ich ihr weiter Wahrheitspulver verabreichen?«, rief der Kopfjäger gut gelaunt.

York riss den Kopf herum und starrte van Lunteren an. »Wagen Sie es nicht! Und wenn Sie noch ein Mal in meinem geheimen Labor schnüffeln, werde ich Sie mit eigenen Händen in Pulvern ersticken, von denen allein der Klang ihrer Namen Sie zu Stein erstarren lässt!«

Van Lunteren versuchte ein entschuldigendes Lächeln, aber nur die langen Haare seines Schnurrbarts zitterten, was sie immer dann taten, wenn es gefährlich wurde. Schnell zog er sich zurück und ließ den Direktor allein.

DER STURZ DER FLASCHE

Als Finn von seinem Besuch bei Daphne Roth in sein Versteck zurückkehrte, fand er den Faden unversehrt.

Salat! Daphne hatte gut reden. Woher sollte er Salat kriegen? Er wuchs nicht auf den Dächern und gedieh nicht in Mülltonnen. Er stieg durch die Luke hinunter auf den Dachboden und zündete den Ofen an. Er zog seine Lederjacke und seine Schuhe aus und holte sich aus seiner Vorratsdose aus Blech ein trockenes Stück Brot und etwas angegammelten Käse. Von dem Käse brach er einen Krümel ab und steckte ihn als Köder in eine Mausefalle, die in der Ecke stand. Mit der Flasche in der Hand legte er sich so in die Hängematte, dass seine nassen Socken über dem Ofen trocknen konnten.

Während seine Zähne mit dem harten Brot kämpften, betrachtete er die Flasche. Sie beunruhigte Finn. Er hatte das Gefühl, sie brachte Unheil, und war sicher, dass die Geheimen Doktoren jeden Winkel der Stadt nach dieser Flasche durchkämmen würden. Das Letzte, was er riskieren wollte, war, dass die Flasche diese mysteriösen Typen zu seinem Versteck führte. Was hatte Daphne gesagt? »Sie sind ständig auf der Suche nach jungen Menschen, die schlimme Fehler gemacht haben.« Na, herzlichen Glückwunsch! Dann war er ja eine fette Beute für die Geheimen Doktoren! Da waren sie bei ihm genau richtig. Vielleicht sandte die Flasche auch geheime Signale an ihren Besitzer aus, wie Finn es einmal in einem Buch gelesen hatte. Er hielt die Flasche an sein Ohr, aber seit er bei Daphne gewesen war, hörte er nichts mehr. Auch Delphine wollte dem Geheimnis der Flasche auf die Spur kommen. Was bezweckte sie wohl damit? Finn roch kurz an dem Käse und steckte ihn dann ganz in den Mund. Er schmeckte widerlich. Finn schluckte ihn trotzdem hinunter.

Nein! Selbst wenn er die Flasche zerstören könnte, das Mädchen, das einen Geheimen Doktor in die Nähe seines Verstecks geführt hatte, würde ihn nicht dazu bringen, dass er seinen Schwur brach. Obwohl Finn sie sehr faszinierend fand. Aber dass sie seinen früheren Namen kannte, war ihm verdächtig. Was bildete sie sich ein? Er lebte hier verborgen auf den Dächern, um zu vergessen, und nicht, um für irgendetwas Verantwortung zu übernehmen. Er musste die Flasche loswerden und wusste auch schon ein gutes Versteck für sie.

Plötzlich machte es *Schnipp!* in der Ecke des Dachbodens. Finn stand auf und entdeckte in der Falle das Abendbrot für Six. »Noch heute Nacht!«, murmelte er und stopfte die tote Maus in seine Jacke. »Ich darf keine Sekunde verlieren, vielleicht sind sie schon unterwegs und suchen sie …« Noch während er das letzte Stück Brot mit seinen Zähnen zermalmte, schlüpfte er in seine Schuhe und band sie zu, etwas fester als sonst. Nachdem er die Jacke angezogen hatte, steckte er die Flasche in die Innentasche und stieg auf das Dach, versiegelte die Luke wieder und ging diesmal in die andere Richtung, zur Kathedrale.

Vom Dach des Polizeipräsidiums gelangte er über zwei Zwischenstationen an eines der Baugerüste, das an der Kathedrale stand. Es umgab einen der riesigen Zwillingstürme wie ein komplizierter Gipsverband. Mit einem kräftigen Satz saß Finn im Gerüst, hier war es noch ein Kinderspiel, einfach die Leitern hochzusteigen. Das Gerüst endete aber ungefähr auf halber Höhe des Turms.

Finn sah nach oben. Die Spitze des Turms steckte in den Wolken, als ob sie dort ein Loch bohren wollte für frischen Schnee. Finn musste seine Kletterroute sorgfältig planen, denn jetzt begann der heikle Teil. Den Schein der Lichtstrahler durfte er nicht kreuzen. Erst um Mitternacht erloschen sie.

Kein Ort in der Stadt war schwieriger zu erklettern als die Kathedralentürme, außer vielleicht das gläserne Dach der Kummerschule, auf dem man einfach keinen Halt fand. Diese Kletterpartie hier aber war einer Steilwand im Gebirge vergleichbar. Wenn es regnete, schossen manchmal richtige Wasserfälle über die vielen großen und kleinen Dächer des Bauwerks oder aus den kunstvoll geschwungenen Wasserspeiern. Nach heftigem Schneefall so wie gestern Nacht musste Finn jetzt aber eher mit Lawinen rechnen.

Ein weiteres Problem waren die gewaltigen Glockenschläge. Die acht Glocken hingen in den Turmspitzen wie gigantische Trichter aus Gusseisen, die mit der schmalen Stelle nach oben aufgehängt waren. Ein Blick auf die beleuchtete Bahnhofsuhr vor seinem Versteck zeigte ihm, dass ihm weniger als eine halbe Stunde blieb, bis die Glocken zwölf schlugen. Wäre er dann noch auf Höhe der Glocken, würde ihm wahrscheinlich das Trommelfell platzen.

Schnell zog er beide Handschuhe an. Damit hatte er zwar etwas weniger Gefühl in den Händen, aber er ersparte sich in den Nischen und Steinvorsprüngen den Griff in Taubenkot.

Nach nur wenigen Augenblicken hatte er alles vergessen, was ihn bedrückte. Er dachte immer nur bis zum nächsten Griff, bis zum nächsten Tritt. Er dachte nicht an Coco, nicht an sein früheres Leben, nicht an Delphine, nicht an die Flasche. Erst als er südlich des gewaltigen Kirchenschiffs, auf das er schon hinabsehen konnte, einen Schrei hörte, der nach Six klang, brachte das die Gedanken an das Ziel seiner Unternehmung zurück.

Noch sieben Minuten bis zum Glockenschlag, er musste sich beeilen. Er verließ jetzt bereits das massive

Turmfundament und begann in die luftige Spitze hineinzuklettern. Ab hier wurde der Turm immer schmaler, bis er viel weiter oben mit der Krone endete.

Er schaffte es nicht ganz bis oben, als die erste Glocke schlug. Schnell suchte er sich einen festen Tritt, lehnte sich gegen die Turmwand und hielt sich mit beiden Händen die Ohren zu. Sein Körper vibrierte, aber er war schon zu weit von den Glocken entfernt, um einen Gehörschaden davonzutragen oder abzustürzen. Er zählte die Schläge mit und kletterte gleich nach dem zwölften Schlag weiter.

Nur einen Augenblick später erloschen die Strahler und Finn war alleine in der totalen Dunkelheit. Tief unten flimmerten die Straßenlaternen und Reklametafeln der Geschäfte gegen die Dunkelheit an. Die letzten dreißig Meter kletterte er noch schneller, auch damit seine Hände wärmer wurden. Hier und da machten ihm vereiste Steinquader zu schaffen, zwei Mal rutschte er ab und konnte sich nur in letzter Sekunde wieder fangen. Doch schließlich zog er sich auf die Spitze des südlichen Turms der Kathedrale. Er schnaufte kurz durch und genoss auf allen vieren den Blick vom höchsten Punkt der Stadt.

Die Wolken hatten sich in der Zwischenzeit etwas verzogen und er konnte die Lichter der Nachbarstädte am Fluss schimmern sehen. Die wenigen Menschen, die um diese Uhrzeit den Bahnhof verließen, sahen aus wie verirrte Ameisen.

Stehen konnte er hier nicht. Der kleinste Windstoß hätte ihn hinuntergefegt und es war nicht damit zu rechnen, dass sein Körper die Eigenschaften der Flasche hatte. Er schloss die Augen, rutschte auf dem Bauch einmal um die eigene Achse und atmete tief ein. Finn liebte dieses Gefühl und dachte dabei an Six. Er stieß einen scharfen Pfiff aus und sah, wie er von weit unten heraufgezischt kam.

Diesmal warf er dem Falken sein Abendbrot entgegen und lachte laut, als er sah, wie Six fast majestätisch den freien Fall seiner Beute stoppte, sie mit seinen Klauen aus der Luft pflückte und sich an ein ruhiges Plätzchen verzog, um in Ruhe zu fressen.

Erst jetzt dachte Finn wieder an den Grund für diese Kletterpartie. Hier, am höchsten Punkt der Stadt, würde er die Flasche verstecken. Die gewaltige Krone hatte eine leichte Vertiefung, die wie für die Flasche geschaffen war. Hier oben sollte das verfluchte Teil vermodern und Konstantin York konnte sich auf den Kopf stellen, niemals würden er oder seine Geheimen Doktoren die Flasche hier finden. Aber auch Delphine nicht. Finn musste sich eingestehen, dass ihm das nicht gefiel. Andererseits hätte sie ihre Flucht nur besser vorbereiten müssen, so wie Finn es selbst immer getan hatte, dann wäre sie nicht in diese Situation geraten. Vielleicht würde er ihr das Versteck verraten, wenn er sie jemals wiedersehen würde. Dann könnte sie zeigen, ob ihre Kletterkünste auch für den Kathedralenturm reichten. Falls bis dahin nicht ein gewaltiger Blitz in die Krone eingeschlagen und das Geheimnis der Flasche in einem Klumpen Glas eingeschmolzen hatte.

Vorsichtig holte er die Flasche aus der Innentasche der Jacke. Er warf einen letzten Blick darauf und wollte sie gerade in die Vertiefung der Krone legen. Doch in diesem Moment rutschte er auf dem vereisten Untergrund aus und der Glaskörper glitt ihm aus der Hand. Finn stieß einen Schrei aus und versuchte danach zu greifen wie nach einem Stück nasser Seife. Vergeblich. Schnell warf er einen Blick nach unten. Menschen waren keine zu entdecken – zum Glück.

Six, der das von weiter unten beobachtet hatte, hielt die Flasche für ein besonders fettes Stück Futter und schoss ihr entgegen. Nach dem ersten Schock genoss Finn das Schauspiel. Der Falke schlug einige Haken um die vermeintliche Beute, während sie in die Tiefe stürzte. Er stieß dabei vor Jagdeifer seine kurzen, spitzen Schreie aus. Immer wieder. Kurz vor dem Boden drehte er ab und landete auf dem Bogen einer Straßenlaterne, als ob er sich das Schauspiel des Aufschlagens in aller Ruhe ansehen wollte. Auch Finn legte sich flach hin und spähte nach unten. Er konnte die Flasche von oben nicht mehr erkennen, rechnete sich aber den Aufschlagpunkt ungefähr aus. Als Six wieder aufgeregt zu schreien begann und wild umherflatterte, ahnte er, dass sein Falke die Scherben bejubelte. Er konnte sich nicht vorstellen, dass die Flasche diesen Sturz überlebt hatte, unzerstörbar hin oder her. Finn versuchte etwas zu erkennen und lugte hinunter.

Der Platz lag leer und friedlich tief unter ihm. Plötzlich aber erstarrte sein Gesicht zu einer Grimasse. Vor der Kathedrale liefen aus verschiedenen Richtungen vier winzige Gestalten an einem Punkt zusammen. Sie trugen lange weiße Mäntel und schwarze Hüte.

Finn hielt den Atem an und zog automatisch den Kopf zurück, als die Geheimen Doktoren sich dort unten versammelten und den Himmel um die Spitze der Kathedrale absuchten. Konnten sie Finn vor dem dunklen Hintergrund der Steinblöcke entdecken? Das war ausgeschlossen! Vorsichtig schob er seine Nase aus dem Schatten der Turmkrone. Er zitterte. Was zum Teufel hatte die vier hierher gelockt?, fragte Finn sich. Doch schon während der Frage schoss ihm die Antwort durch den Kopf. Sie hatten nach Six gefahndet! Sein bester Freund hatte sie mit seinen Schreien und seinen auffälligen Flugmanövern auf die Spur der Flasche gebracht! Einer der Geheimen Doktoren hatte ja bereits Bekanntschaft mit dem Falken gemacht. Gerade hob Six von der Straßenlaterne ab, schlug einige Male kräftig mit den Flügeln und verschwand sicherheitshalber in den Steinschluchten an den gewaltigen Seitenschiffen der Kathedrale.

Finn lachte sich ins Fäustchen, als er beobachtete, dass die Geheimen Doktoren den Schnee auf dem Boden umpflügten. Es dauerte nicht lange, da bemerkte er trotz der Entfernung eine gewisse Aufregung bei dem Quartett der Weißmäntel dort unten auf dem Vorplatz der Kathedrale. Sie hörten mit der Suche im Schnee auf, steckten die Köpfe zusammen und berieten sich. Kurz darauf rannten sie los und verschwanden in der Straße, die vom Kathedralenvorplatz zum Fluss führte.

Finn beschloss, sofort hinunterzuklettern. Sollte die Flasche selbst diesen Sturz überlebt haben? Hatte er den Geheimen Doktoren das Geheimnis des Konstantin York in die Hände gespielt? Hoffentlich würde Delphine es nie erfahren! Beim Hinunterklettern hielt Finn an günstigen Stellen Ausschau und suchte mit seinem Blick die Straße zum Fluss ab, spähte vom Ufer zur Insel, auf der die Kummerschule stand, und wieder zurück. Er beobachtete die Geheimen Doktoren dabei, wie sie eilig den Steg zur Insel betraten, sobald er sich aus den Fluten des Flusses emporgehoben hatte. Offenbar konnten sie nicht schnell genug in die Kummerschule zurückkehren. Finn hätte wirklich gerne gewusst, was an der Flasche so wertvoll war, dass es den Schritt der Geheimen Doktoren derart antrieb.

Etwa zur gleichen Zeit, als sie die Insel erreichten, stand Finn wieder mit beiden Füßen auf dem Boden. Weit und breit war kein Mensch auf dem Vorplatz zu sehen, doch Finn war trotzdem vorsichtig. Wer wusste schon, welche Tricks die Typen auf Lager hatten? Er rannte zu der Stelle, an der die Flasche aufgeschlagen sein musste, und kniete sich in den Schnee. Langsam glitt sein Blick über die weiße Fläche. Die Geheimen Doktoren hatten hier jeden Quadratzentimeter abgesucht und die Profile ihrer schweren schwarzen Schuhe hatten ein chaotisches Rillenmuster im Schnee hinterlassen. Merkwürdigerweise konnte er keine einzige Scherbe der Flasche entdecken. Hatten die Typen denn alles aufgesammelt, um ihrem Herrn ein Splitterpuzzle zurückzubringen?

Finn stand auf und ging die Fläche in winzigen Schritten ab. Hier und da trat er in den Schnee und schoss harschgefrorene Schollen in die Luft wie ein Fußballer. Er durchwühlte die Fläche, in der im Sommer aus einem Springbrunnen Wasser über eine eckige Steinsäule in ein Becken floss, das mit bunten Mosaiksteinen ausgelegt war. Er ging an der Fassade des Cafés entlang, in dem tagsüber Touristen saßen und ihre Kameras quälten, um die Kathedrale aus jeder möglichen Perspektive abzulichten. Er bückte sich und schielte unter parkende Autos, fühlte hinter die Reifen. Aber er fand nichts, nicht die kleinste Scherbe. Die Geheimen Doktoren hatten gründliche Arbeit geleistet. Keinen Anhaltspunkt auf das Schicksal der Flasche konnte Finn in die Hände bekommen. Er unternahm einen letzten Versuch am Reiterdenkmal, das am Rande des Platzes stand. Finn blickte am Sockel hoch und musterte den mit Grünspan überzogenen Reiter auf seinem Pferd. Finn hatte ihn früher mit Vorliebe bemalt. Erstens, weil er diesen blöden Typen mit seinem Schwert nicht leiden konnte. Und zweitens, weil es ganz besonders verboten war, den Reiter zu bemalen, und sich alle tierisch darüber aufregten. Er verstand bis heute nicht, weshalb die bunten Reklametafeln an den schönsten und ältesten Gebäuden der Stadt niemanden störten und einige Figurenmaler gejagt wurden wie Mörder. Aber hatte das für Finn noch eine Bedeutung? Nein, diese Zeiten waren ein für alle Mal vorbei!

Sein Blick schweifte über den Boden. Auch hier keine Spur von der Flasche oder ihren Überresten. Doch etwas anderes kam ihm merkwürdig vor. Was war das? Er schloss die Augen und versuchte sich zu erinnern. Die Geheimen Doktoren hatten doch Schuhe angehabt? Klar, schwere schwarze Schuhe mit dicken Sohlen. Was war dann aber das hier? Finn bückte sich und sah sich seine Entdeckung genauer an. Er irrte sich nicht. Fußspuren führten hinter das Reiterdenkmal. Sie waren noch ganz frisch. Plötzlich begriff er, was ihm daran merkwürdig vorkam, und konnte einen leisen Schrei nicht unterdrücken. Die Spuren stammten nicht von Schuhen! Sondern von Füßen. Hier musste vor wenigen Augenblicken jemand, vielleicht als Finn gerade den Turm hinunterkletterte, barfuß entlanggelaufen sein!

Finn schlich den Spuren nach, die nur von einem Wahnsinnigen stammen konnten, der für eine Arktisexpedition trainierte. Wollte er testen, ob Zehen tatsächlich abfroren, wenn es kalt genug war?

Hinter dem Reiterdenkmal führten die Spuren eine Treppe hinab und endeten an einem umzäunten Gelände, in dem die Steinmetze arbeiteten. Hier lagerten die Steinfresken der Kathedrale, Köpfe von Heiligen, Barmherzigen und Fratzen von finsteren Dämonen, die ihren Stammplatz an der Fassade der Kirche kurzzeitig räumen mussten, weil der saure Regen ihnen über viele Jahre die Gesichter weggeätzt hatte. Hier konnte man tagsüber den Steinmetzen dabei zusehen, wie sie ihren Patienten mit Hammer und Meißel ein frisches Gesicht schlugen.

Die Spuren führten durch die Lücke zwischen Boden und Zaun hindurch. Für Finn war dieser Spalt zu schmal. Er prüfte mit einem Blick nach rechts und links, ob die Luft rein war. Mit einem katzenhaften Sprung gelangte er auf die obere Kante des Zaunes. Er entdeckte, dass die Spuren auf der anderen Seite weitergingen.

Finn sprang hinunter. Er stand einer Armee von Statuen gegenüber, die wie eine Gruppe von Soldaten in Reih und Glied aufgestellt und auf Kanthölzern gelagert waren. Manche starrten ihn schauerlich an und Finn meinte in ihren Gesichtern den Schmerz zu erkennen, den die Witterung ihnen beigebracht hatte.

Als er ein Wimmern hörte, schrak er zusammen. Machte sich seine Fantasie neuerdings einen Spaß daraus, leblose Gegenstände rufen und klagen zu lassen? Da war es wieder, dieses erbärmliche Wimmern! Er folgte dem Geräusch und schlich zwischen den verwitterten Steinkolossen hindurch. Er war dabei auf der Hut; sollte eines der Monster umfallen und auf ihn stürzen, würde er zerquetscht werden wie eine reife Birne.

Zwischen zwei traurigen Engeln mit angefressenen Flügeln entdeckte Finn plötzlich das Gesicht eines verzweifelten, etwa gleichaltrigen Jungen, der eindeutig nicht aus Stein war. Er hatte sich hinter zwei Holzkisten mit Sägespänen verkrochen, wohl in der Hoffnung, dass sie ihn wärmten. Die Spuren der blanken Füße stammten eindeutig von ihm.

Finn stand selbst da wie angefroren und glotzte ihn an. Der Junge trug ein orangefarbenes T-Shirt mit kurzen Ärmeln und eine dunkelblaue Hose. Seine rotblonden Haare waren nass. Seine Lippen waren blau vor Kälte und der Blick aus seinen dunklen Augen war so glasig, als ob er sich gleich von dieser Welt verabschieden würde.

Finn erwachte aus seiner Starre. Er stürzte zu dem Jungen und musste ihn anfassen, um sicherzugehen, kein Trugbild zu sehen. Der Anblick war so unwirklich. Er kniff dem Jungen in die Backen, um zu testen, ob er noch reagierte. »Wie heißt du? Was machst du hier?«, rief Finn. Zur Antwort bekam er wieder nur dieses erbärmliche Wimmern.

Möglicherweise waren die Geheimen Doktoren ihm auf der Spur, um aus ihm einen Laboranten zu machen, überlegte er. Finn zog schnell seine Jacke aus und legte sie dem Jungen um. Er schlug den warmen Fellkragen bis hoch über die Ohren des Jungen und begann ihm die Füße zu reiben. Sie waren steif und kalt. Ihm war schnell klar, dass er den Jungen sofort an einen warmen Ort bringen musste. Über die Regenrohre am Postgebäude konnte er ihn nicht hoch in sein Versteck schleppen, obwohl der Junge schmächtiger war als Finn. Außerdem hielt sein Brennvorrat für den Ofen höchstens noch für eine Stunde.

Finn hievte den Jungen über seine Schulter und lief auf dem schnellsten Weg zu Daphne Roth.

DAS SIEGEL

Im Gläsernen Saal saßen die vier Geheimen Doktoren wieder an ihren Plätzen. Diesmal redeten sie kein Wort, fummelten nervös mit ihren Händen in ihren Gesichtern herum, obwohl der Direktor noch nicht im Raum war.

Der Grund dafür war Bleck van Lunteren. Er sah frischer und gieriger aus als noch vor wenigen Stunden, denn er hatte genug geschlafen, um eine lange, erbarmungslose Jagd ohne Verschnaufpause durchzustehen. Er stand neben dem Stuhl des Direktors und beobachtete die Geheimen Doktoren, als ob er mit seinem Blick die Stellen an ihren Körpern markieren wollte, an denen er später zubeißen würde. Er brauchte dafür nur den Befehl seines Herrn.

Als Konstantin York den Raum betrat, waren die Geheimen Doktoren irritiert. Der Direktor trug nicht seine weiße Arbeitskleidung, sondern einen grünen Morgenmantel aus Samt. Am Kragen des Mantels waren in silbernen Buchstaben die Initialen K.Y. zu lesen. Jeder wusste, was diese Initialen bedeuteten, doch mit seinem richtigen Namen durfte Konstantin York keiner der Geheimen Doktoren ansprechen.

»Sie haben etwas zu berichten, meine Herren?«, fragte York. Seine Stimme klang tückisch, beinahe so, als habe man ihm eine Sensation angekündigt, an die er nicht so recht glaubte.

»Jawohl, Herr Direktor. Können wir das nicht unter uns besprechen? Muss *er* dabei sein?«, fragte Smith und tauschte mit den anderen Geheimen Doktoren verstohlene Blicke aus.

»Fahren Sie fort, Smith!«, rief York, ohne auf die Bitte einzugehen.

»Jawohl, Herr Direktor. Seit dem Einbruch der Dunkelheit durchkämmten wir die Stadt. Zwei von uns waren unterwegs, um dort, wo die Flasche zuletzt gesehen wurde, Regenrohre aufzureißen und zu inspizieren. Die anderen untersuchten die Kanalisation unter den Straßen bis zur Mündung in den Fluss. Nirgendwo konnten wir Spuren der Flasche entdecken. Wir beschlossen, nach Raubvögeln Ausschau zu halten. Tatsächlich hörten wir plötzlich merkwürdige Vogelschreie. Sie kamen vom großen Platz vor der Kathedrale. Wir haben uns sofort dort gesammelt und einen jungen Turmfalken entdeckt.«

»Ach, nur einen einzigen? Keinen ganzen Schwarm?!«, knurrte Konstantin York und richtete einen vernichtenden Blick auf Lámass, der rot wurde wie ein ertappter Schuljunge.

»Nur einen einzigen«, sagte Smith. »Der Falke flog zunächst aufgeregt herum und setzte sich dann auf einen Laternenmast. Einen Augenblick später hörten wir in der Nähe einen dumpfen Aufprall. Wir liefen zusammen, untersuchten den Boden und fanden die Flasche in dem dünnen Schneebett!«

»Zeigen Sie die Flasche her!«, befahl York.

Gonzales stellte schnell einen extra für die Flasche gezimmerten Holzständer direkt vor dem Direktor auf den Tisch. Smith hingegen griff in die schwarze Ledertasche neben seinem Stuhl und holte die Flasche heraus. Behutsam wie eine unendlich teure Flasche Wein legte er sie in den Holzständer.

Konstantin York nahm die Flasche vorsichtig mit beiden Händen hoch und sah lange hinein. Er drehte und wendete sie mehrfach und untersuchte sie wie ein Arzt einen besonders wichtigen Patienten. Die Geheimen Doktoren wurden immer unruhiger, je länger die Inspektion dauerte.

Nach einiger Zeit legte York die Flasche in den Ständer zurück und sagte: »Ich danke Ihnen, meine Herren! Sie haben sich heute um die Kummerschule verdient gemacht. Bleck van Lunteren wird diese Flasche für alle Ewigkeit sicher verwahren! Kümmern Sie sich nun um die weiteren Vorbereitungen für die Versteigerung. Von ihr hängt alles ab. Es sind nur noch wenige Tage bis zu diesem großen Moment.«

Bleck van Lunteren trat hinter dem Stuhl Yorks hervor. »Gestatten Sie, Herr York?« Van Lunteren nahm die Flasche aus dem Ständer. Er zückte eine große

Lupe aus einer Seitentasche seiner grünen Jägerhose und untersuchte die Flasche seinerseits. Besonderes Augenmerk richtete er dabei auf das Siegel, das die Öffnung der Flasche verschloss. Die Geheimen Doktoren trauten sich kaum zu atmen. Eine unerklärliche Spannung lag in ihren Gesichtern.

Van Lunteren schien seine Prüfung beendet zu haben. Er beugte sich vor und flüsterte Konstantin York etwas ins Ohr. Der runzelte die Stirn, als ob er nicht recht verstand, nickte dann aber. Van Lunteren prüfte mit zwei Fingern den Sitz seines Schnurrbarts und rief in die Runde: »Sie wollten Herrn York, Ihren Direktor, wohl betrügen!«

Die Geheimen Doktoren warfen sich schnelle Blicke zu. Keiner sah den Kopfjäger an. Schließlich sagte Smith mit rotem Kopf: »Natürlich nicht, van Lunteren! Als wir die Flasche fanden, war das Siegel gebrochen. Eine Hälfte hing herunter. Wir haben das Siegel aber sehr sorgfältig wieder über die Öffnung gestülpt. Sie hat nur wenige Augenblicke offen gelegen, das versichern wir Ihnen!«

»Wir glauben, van Lunteren«, ergänzte Lámass beinah trotzig, »dass die Flasche jetzt sogar noch besser verschlossen ist als vorher.«

»So? Glauben Sie das, Lámass?«

Lámass traute sich zu nicken. Van Lunteren aber war kurz davor zuzuschnappen. »Ich fasse zusammen: Die Flasche stürzte durch ein Labyrinth von Regenrohren.

Jemand, den wir nicht kennen, fand sie. Später fiel sie praktisch vor ihren Augen auf den Vorplatz der Kathedrale. Vielleicht hat sie jemand von einer der beiden Turmkronen geworfen, den höchsten Punkten der Stadt, wer weiß? Hatte die Flasche einen einzigen Kratzer, als Sie sie fanden?« Jetzt schrie van Lunteren, dass die Wände wackelten.

Außer Jungbluth schüttelten die Geheimen Doktoren energisch die Köpfe. »Nein, keinen einzigen Kratzer!«

Yorks Blick verfinsterte sich. Er schien zu ahnen, worauf van Lunteren hinauswollte.

»Welche Erklärung haben Sie dafür, dass die Flasche nicht zerbrach?«, fragte der Kopfjäger.

»Keine, van Lunteren. Die Flasche scheint aus ganz normalem, eher dünnem Glas zu sein und müsste trotz der Schneedecke, auf der sie aufschlug, zerbrochen sein.«

Yorks Atem wurde hörbar und van Lunteren wog die Flasche langsam in seiner rechten Hand. Seine langen, breiten Finger formten sich zu einem eisernen Griff. Er erhöhte den Druck auf die Flasche, bis die Anstrengung seine Backen rötete. Plötzlich platzte die Flasche! Sie zerbarst in unzählige Glassplitter, die den Geheimen Doktoren um die Ohren schossen. Blitzschnell gingen alle in Deckung. Konstantin York hielt sich eine Hand vor die Augen.

York war nicht weniger fassungslos als die Geheimen Doktoren. Er starrte auf das Schiff, das nun aus der Flasche befreit war und vor ihm auf dem Tisch lag. Plötzlich hob er einen Arm und schlug mit der Faust darauf, immer wieder, bis der stolze Viermaster nur noch ein Wrack aus Planken und Holzsplittern war. Als die Geheimen Doktoren sich wieder trauten hinzuschauen, bemerkten sie, dass Yorks Hand blutete, doch ihm selbst schien das gleichgültig zu sein.

Van Lunteren sagte: »Die Kraft, die einst in dieser Flasche gefangen war und sie unzerstörbar gemacht hat, ist aus ihr entwichen, als das Siegel brach. Die Kraft ist virulent.«

Das Wort *virulent* schwappte durch den Raum wie ein Schreckgespenst. Als ob es sich bei der mysteriösen Kraft aus der Flasche um eine Krankheit handelte.

Die Geheimen Doktoren starrten sich gegenseitig an. Sie schienen keine Ahnung zu haben, wovon van Lunteren sprach.

Wieder beugte sich der Kopfjäger vor und flüsterte dem Direktor etwas ins Ohr. Diesmal nickte York nur schwach, wischte mit seinem linken Arm die Reste der Schiffstrümmer vom Tisch und sagte: »Entfernen Sie sich. Tun Sie Ihre Arbeit. In sieben Tagen findet die Versteigerung statt. Pulverjäger aus der ganzen Welt werden hier auf dem Kummerfelsen zu Gast sein. Es darf nicht der geringste Fehler bei der Vorbereitung passieren. Zu gegebener Zeit erhalten Sie weitere Instruktionen.«

»Entschuldigung, Herr Direktor. Es scheint, dass Sie und van Lunteren die Flasche für gefährlich halten. Darf ich fragen, von welcher Art die Gefahr ist, die von dem Objekt ausgeht?« Nur Jungbluth traute sich, solche Fragen zu stellen.

Es war kaum zu übersehen, dass York ihn mit einem Anflug von Respekt ansah. Van Lunteren formte seine Pranken zu Krallen und wollte Jungbluth zur Antwort an die Kehle greifen. Aber Konstantin York verhinderte das, indem er die Hand hob. Der Direktor verpackte seine Antwort in eine Frage.

»Das Rad der Elemente dort auf diesem Tisch zeigt 114 Abkürzungen. Jede Abkürzung bezeichnet ein Element. Was ist die Eigenschaft eines Elementes?«

»Die Elemente sind Grundstoffe, aus denen sich alles in unserem Universum Vorkommende zusammensetzt. Ein Element ist nicht weiter zerlegbar, Herr Direktor.«

»Wäre es nicht doch denkbar, ein Element zu zerlegen?«

Smith, Gonzales und Lámass konnten ein Lachen nicht unterdrücken.

Nur Jungbluth blieb ernst. »Es ist absolut unmöglich!«, antwortete er. »Der Versuch, ein Element zu zerlegen, würde es zerstören! In einer verheerenden Kettenreaktion würde alles vernichtet, was dieses Element enthält. Wie ein Ozean, der innerhalb einer Stunde verdampft.«

»Vollkommen korrekt. Das ist die Antwort auf die Frage, welche Gefahr von der Kraft aus der Flasche ausgeht. In diesem Fall sind wir der Ozean, um in Ihrem Beispiel zu bleiben, Jungbluth.«

Das Lächeln auf den Gesichtern der Geheimen Doktoren verwandelte sich in entsetzte Fratzen. Verdampfen gehörte für Pulverforscher zu den anschaulichsten Schreckensvisionen.

»Entfernen Sie sich jetzt«, wiederholte York und ein dunkles Knurren von van Lunteren machte den Geheimen Doktoren Beine. Sie rannten aus dem Saal.

Als sie fort waren, sank York auf seinem Stuhl zusammen.

»Van Lunteren, was ist mit der Flasche geschehen? Wie war es möglich, dass Sie sie zerstören konnten?«

Der Kopfjäger stieß ein Grunzen aus. »Ich, ähm, weiß es noch nicht. Es muss mit dem zusammenhängen, was an Ihrem Ypsilon-Tag geschehen ist, Herr York. Geben Sie mir eine Fährte, damit ich weiß, wo ich ansetzen kann.« Er schnüffelte mit seiner Mardernase in der Luft herum.

York sprang auf und lief im Saal umher. Für van Lunteren sah es nicht so aus, als ob der Direktor etwas über seinen Ypsilon-Tag preisgeben wollte. Vielleicht konnte er es auch nicht. Seine Gedanken kreisten nur um die Kraft aus der Flasche und die Gefahr, die von ihr ausging. Er stellte die Geduld des Kopfjägers auf eine harte Probe und drehte mehrere Runden um den Tisch. Plötzlich blieb er am Fuß der Glaskuppel stehen und rührte sich nicht, als ob er zu Stein erstarrt wäre. Keine Bewegung verriet, dass er sein Gedächtnis nach Gedanken absuchte wie ein Schäferhund die Weiden nach Lämmern, die sich verlaufen haben. Eine Ewigkeit verging, bis er sich wieder rührte. Sein klarer Blick verriet seinem Kopfjäger, dass seine Überlegungen zu einem Ergebnis geführt hatten.

»Van Lunteren, hören Sie zu!«

Der Jäger merkte sofort, dass York nicht mehr derjenige war, der eben Fragen erlaubt und Widerspruch hingenommen hatte. Er war wieder der Direktor, der Herr der Kummerschule.

»Morgen früh will ich mit der Diebin sprechen! Ich hoffe, die Zeit im Schacht hat ihr Lust aufs Reden gemacht. Ich werde ihr eine Falle stellen, um herauszufinden, was sie wirklich im Schilde führt.«

Van Lunteren knurrte: »Und was ist, wenn sie zu schlau ist, um hineinzutappen?«

»Dann dürfen Sie sie mit allen Pulvern füttern, die Sie finden können, und in den Schacht sperren bis zu dem Tag, an dem sie Vernunft angenommen hat!«

York verließ eilig den Raum, ohne van Lunteren eines weiteren Blickes zu würdigen. Der Kopfjäger grinste und murmelte: »Die Sache fängt allmählich an, mir Spaß zu machen!«

Finn war mit den Kräften am Ende, als er bei Daphne Roth ankam. Der Junge, den er auf seinen Schultern trug, gab kein Lebenszeichen von sich. Finn trat dreimal gegen die Tür des Hausboots. »Daphne, schnell! Öffne! Bitte!«

Er hörte ihr verschlafenes Brummen durch die Tür. »Langsam reicht es, Finn Hasselblatt! Was ist denn jetzt schon wieder so wichtig?«

Als sie die Tür öffnete und in Finns Gesicht sah, erkannte sie, dass es ernst war. Finn liefen Tränen übers Gesicht. »Es ist wie bei Coco. Ein Junge. Er hat aufgehört zu zittern und zu wimmern. Er ist bestimmt tot«, schluchzte er.

Daphne fühlte dem Jungen schnell den Puls. »Red keinen Quatsch, er lebt! Bring ihn zum Ofen.«

Finn rannte ins Innere des Hausboots und bettete den Jungen auf ein grünes Sofa, das beim Ofen stand.

Daphne kam hinterher. »Leg Holz nach! So viel wie reingeht!«, befahl sie und begann den Jungen zu untersuchen. Sie hob seine Augenlider und sah in seine Pupillen. Sie rannte schnell in ihr Schlafzimmer und kehrte mit einem Fieberthermometer zurück. »Geh hinunter und hol einen Kessel Wasser! Stell ihn auf den Ofen! Dann geh ins Bad. Bring die Wärmflasche! Im Schlafzimmer liegen Decken. Schnell!«

Finn verlor keine Sekunde und hockte sich erst wieder vor das Sofa, als er alles erledigt hatte. Er deckte den Jungen zu, während Daphne das Fieberthermometer prüfte. »Völlig unterkühlt. Ich koche jetzt Tee. Bin gleich zurück.«

Finn sah dem Jungen ins Gesicht. Obwohl er nicht größer und kräftiger war als Finn, mochte er vielleicht zwei, drei Jahre älter sein. Allmählich verschwand das Blau aus seinen vollen Lippen und sie bekamen ihre normale Farbe wieder. Der Mund war in den Winkeln nach oben gebogen wie bei jemandem, der gerne widersprach. Auch aus den langen, schmalen Fingern wich allmählich die Kälte. Langsam begann der Junge wieder zu zittern, vielleicht ein Zeichen, dass er gleich aufwachte.

Daphne kehrte mit einer Kanne dampfendem Tee, Tassen und einem Kilo Zucker zurück. Finn goss sich selbst auch eine Tasse ein, er merkte jetzt, dass er den langen Fußweg vom Platz vor der Kathedrale zu Daphne ohne Jacke zurückgelegt hatte. Vielleicht war es auch der Schreck, der ihn mitzittern ließ. Daphne füllte das heiße Wasser in die Wärmflasche und legte sie dem Jungen an die Füße. Dann nahm sie sich auch eine Tasse Tee.

»Wo hast du ihn gefunden?«

»An der Kathedrale, wo die Steinmetze arbeiten. Er hatte sich dorthin verkrochen. Ich glaube, die Geheimen Doktoren haben ihn verfolgt.«

»Na, dann wird er schon ein Früchtchen sein. Merkwürdige Sachen hat er an. Als ob er es darauf angelegt hätte zu erfrieren.«

Finn schlürfte den Tee und spürte, wie die warme Tasse die Kälte aus seinen Händen vertrieb. Er erzählte Daphne von seiner Kletterpartie und was dann geschehen war.

»Daphne, glaubst du, er kann ... Also, kann das alles mit der Flasche zusammenhängen?«

Daphne lächelte. »Ach, Finn. Ich habe schon viele verrückte Dinge erlebt. Weißt du, unten in meiner Küche braue ich so manche Wunderdinge zusammen. Cremes aus Kräutern, die meine Kundinnen jünger aussehen lassen. Pasten, die Pickel wie von Zauberhand verschwinden lassen. Kräutersuppen, die einem Mut machen. Aber solche komischen Zauberflaschen, die gibt es nur im Märchen.«

»Dann bin ich ja beruhigt«, sagte Finn, war es aber nicht.

»Er sieht übrigens nicht aus wie ein Kandidat für die Geheimen Doktoren und die Kummerschule. Schau dir die Hände an. Gepflegt und zart sind sie. Wie die eines Pianisten. Würde mich nicht wundern, wenn er aus einer ganz normalen Familie kommt. Und die wird sich bestimmt gerade fragen, wo der Junge bleibt.«

»Ich schau mal nach, ob er was in den Taschen hat«, sagte Finn. Bevor er jedoch zu suchen begann, bemerkte er eine Kette, die um den Hals des Jungen hing. Vorsichtig zog Finn daran, bis er den Anhänger der Kette von der Brust des Jungen gezogen hatte. Finn erkannte sofort die Verwandtschaft zum Siegel der Flasche. Die gleiche Form. Zwei Schlangen, ineinander verschlungen, mit grünen Edelsteinen besetzt. Oben zwei stolz geschwungene Flügel. Dazwischen der zierliche Kopf einer kleinen Figur. »Daphne, sieh, ein Amulett!«

Daphne setzte ihre Teetasse ab und warf einen kritischen Blick auf das Schmuckstück. »Großer Gott, das ist ja ein Vermögen wert! Das ist Titanium, schätze ich, bespickt mit Turmalinen. So etwas kann nur einem Prinzen gehören. Die Form erinnert mich irgendwie an ein Ypsilon ...«

Finn fühlte vorsichtig in die rechte Tasche des Jungen. Aber mehr als ein paar Krümel Sand konnte er nicht ertasten. Als er in die andere Tasche griff, seufzte der Junge und Finn erschrak.

»Er wacht bestimmt gleich auf«, vermutete Daphne.

Finn tastete die andere Hosentasche des Jungen weiter ab. Schließlich zog er ein kleines Stück Papier heraus. Finn faltete es auseinander und untersuchte es. »Eine Fahrkarte für eine Fähre«, stellte er enttäuscht fest und legte das Papier auf den Boden. »Sonst nichts!«

»Eine Fähre? Lass mal sehen.« Daphne nahm das Papier und untersuchte es. »Hm. Tatsächlich. Die Schrift ist zu klein, das untersuchen wir später. Wird wohl auch nicht so wichtig sein.«

In diesem Moment schlug der Junge die Augen auf. Jetzt war schon mehr Leben darin als vor einer Stunde, als Finn ihn fand. Der Blick des Jungen wanderte von Finns Gesicht zu Daphne und zurück, irrte im Wohnraum des Bootes umher, blieb an Daphnes Heiligenbildchen hängen und streifte den Ofen. Es wirkte, als ob er das alles fotografierte und es mit Vorlagen in seinem Gehirn verglich. Er begann mit beiden Händen an seinem Körper entlangzutasten, wie um zu prüfen, ob nichts abgefroren war. Schließlich berührte er das Medaillon an seiner Brust und warf einen Blick darauf.

»Hallo!«, rief Finn, der es nicht länger aushielt, zu schweigen. »Ich bin Finn. Und das ist Daphne.«

Der Junge sah wieder von Finn zu Daphne und zurück. »Und der da?«, fragte er mit krächzender Stimme, die klang, als ob sie einen Liter Schmieröl gebrauchen konnte. Er hob einen Finger und zeigte auf eine Stelle an der Wand.

Finn und Daphne folgen dem Finger des Jungen und erschraken. Sie sahen in den großen Spiegel, der am Fußende des Sofas an der Wand hing. »Das, ähm, also, das bist … du …«, antwortete Finn.

»Du?«, fragte der Junge.

Finn warf Daphne einen hilflosen Blick zu. Sie stellte ihre Teetasse ab und legte dem Jungen die Hand auf die Brust. »Das wird schon, Junge. Trink erst mal!« Sie reichte ihm Tee mit viel Zucker.

Der Junge beugte den Kopf ein wenig vor, nippte zuerst vorsichtig an dem Tee, dann trank er die Tasse in einem Zug leer. »Ahh«, machte er, legte den Kopf auf das Sofakissen zurück und schloss die Augen. »*Du* ist übrigens nicht mein Name«, murmelte er. »Meinen Namen kenne ich nicht. Ich finde ihn nicht in meinem Kopf.«

Finn wurde blass. Ein Junge ohne Namen! Vielleicht einer von denen, die von ihren Eltern keinen Namen bekommen haben, weil sie bald sterben mussten?, schoss es ihm durch den Kopf.

»Kannst du aufstehen? Du musst dich bewegen«, rief Daphne plötzlich. Sie schlug die Decken zurück und half dem Jungen auf. »Komm mal mit«, sagte sie und führte ihn in ihr Schlafzimmer. Finn ging hinterher und stellte fest, dass der Junge kaum wankte. Er schien zu Kräften zu kommen.

»Schau mal, auf diesem Gerät fahre ich jeden Morgen ein Stück. Kannst du das auch?«, fragte Daphne und zeigte auf einen Heimtrainer. »Es ist genauso anstrengend wie richtiges Radfahren. Du bleibst aber trotzdem auf der Stelle stehen. Steig auf und probier es!«

Ohne zu zögern setzte sich der Junge auf Daphnes

Zimmerfahrrad und radelte los. Es schien, als machte es ihm Spaß.

»Wie heißt der höchste Berg der Erde?«, fragte Daphne unvermittelt.

Der Junge hörte während der Antwort nicht auf zu radeln. »Das ist der Mount Everest im Himalaya-Gebirge. 8848 Meter hoch. Erstbesteigung durch Edmund Hillary und seinen Begleiter Tensing Norgay im Jahre 1953.«

»Wie heißen deine Eltern?« Daphne fragte wie eine Detektivin.

»Meine Eltern? Keine Ahnung!«, antwortete der Junge.

»Ist auch nicht so wichtig«, murmelte Finn düster.

Daphne warf ihm einen schnellen Blick zu. »Klarer Fall!«, sagte sie und ging zurück in den Wohnraum. Finn folgte ihr, während der Junge im Schlafzimmer weiterradelte.

»Klarer Fall? Was meinst du?«, fragte Finn leise.

»Unser Gedächtnis hat, grob gesagt, vier Teile. Einen für die Sprache, einen für Bewegungsabläufe und einen für alles, was wir im Leben erlernen. Diese drei Teile sind bei dem Jungen in Ordnung«, antwortete Daphne.

»Und der vierte Teil?«

Daphne nahm noch einen Schluck Tee und hielt die Tasse senkrecht über dem Mund, bis der zähe Zucker aus dem Tassenboden in ihren Mund zu laufen begann. Das hinderte sie nicht am Antworten. »Der vierte

Teil ...«, hallte es aus der Tasse, »das ist sein persönliches Gedächtnis. Man nennt es das episodische Gedächtnis. Was er erlebt hat, wo er herkommt, wie er heißt und so weiter. Was sein persönliches Leben betrifft. Alles, wozu Orts- und Zeitangaben gehören. Das hat er alles vergessen.«

»Für immer?«, fragte Finn und setzte sich auf das Sofa.

»Das wird sich zeigen. – Junge! Komm mal her!«

Der Junge kam in den Wohnraum zurück. »Hast du etwas dagegen, wenn ich dir die Haare schneide?«

Der Junge legte sich beide Hände auf den Kopf und strich sich mit den Fingern wie mit einem Kamm durch seinen rotblonden Schopf. »Tut das sehr weh?«

Daphne lachte. »Nein. Setz dich mal hier hin.« Daphne schlug mit ihrer Handfläche zweimal auf den roten Frisierstuhl in der Mitte des Raums. Der Junge setzte sich und Daphne drehte den Frisierstuhl so, dass der Junge in den großen Spiegel sehen konnte. Sie legte ein Handtuch über seine Schultern und tastete mit ihren Fingern durch die Haare des Jungen. Plötzlich zückte sie die Schere aus der Brusttasche ihres Kittels und mit routinierten Bewegungen begann sie seine Haare zu schneiden. Finn beobachtete Daphne dabei und hatte den Eindruck, als befände sie sich plötzlich in einer völlig anderen Welt. Der Junge hingegen starrte immerzu in den Spiegel, wie um sich an seinen eigenen Anblick zu gewöhnen.

Als Daphne fertig war, kehrte sie die Haare zusammen und sagte: »Ich verschwinde mal kurz.«

Finn nickte abwesend und dachte darüber nach, welchen Namen er dem Jungen geben könnte. Er war so froh, dass der Junge überlebt hatte. Für einen Augenblick hatte er gedacht, er müsste alles noch einmal erleben wie damals … Finn presste seine Faust gegen die Brust, um diesen Gedanken zu vertreiben.

»Warum machst du das?«, wollte der Junge wissen und drehte sich langsam in dem Stuhl, wie Finn es auch gerne tat, wenn er in Drehstühlen saß.

»Ach, nur so«, antwortete Finn. Er fragte sich insgeheim, warum er gerade jetzt an die Karte denken musste. Er griff nach seiner Jacke am anderen Ende des Sofas und fasste in eine der Innentaschen. Heraus zog er eine Ansichtskarte, die so speckig und abgegriffen war, als habe man sie dreimal um die Welt geschickt. Finn trug sie immer bei sich. Er kannte sie auswendig. Trotzdem las er sie im Geiste. »Hi, Silber, hier in Rimini ist es so super wie im Paradies! Der warme Sand ist cool, das Meer so blau wie der Himmel. Hier vergisst man, wo oben und unten ist, woher man kommt, was man später einmal machen soll und den ganzen Quatsch. Selbst die vielen Leute am Strand stören nicht. Schade, dass du nicht dabei sein kannst. An der Straße ist so eine lange Betonmauer, darauf hätten wir längst eine Armee von Figuren gemalt. Bis bald, dein Coco.«

»Rimini!«, rief Finn. »Wir nennen dich Rimini!«

»Rimini?«, fragte der Junge. »Klingt witzig.«

Finn fiel ein Stein vom Herzen, dass er so schnell einen Namen für den Jungen gefunden hatte. »Rimini«, murmelte er. »Dort, wo man den ganzen Quatsch vergisst …«

In diesem Moment kam Daphne zurück aus ihrer Küche. Sie war leichenblass und gab Finn ein Zeichen, zu ihr zu kommen. Als er bei ihr stand, flüsterte sie: »Finn, der Junge …«

»Er heißt Rimini«, sagte Finn. »Was ist mit ihm?«

»Der Junge wird bald sterben«, krächzte Daphne.

»Der Junge wird bald sterben?« Er konnte nicht verhindern, dass seine Beine zu zittern anfingen.

»Ja. Das ist das eine.«

»Und was ist das andere?«, fragte Finn heiser.

»Der Junge wird leben.«

»Beides gleichzeitig?«

»Ja, irgendwie.«

»Wie soll das denn gehen? Sterben *und* leben?«

»Ich weiß es nicht. Ich weiß nur, was seine Haare sagen. Eine Hälfte sagt dies, die andere jenes. Hab ich so auch noch nie erlebt.«

Finn kämpfte mit den Tränen. Er wusste jetzt wieder, warum Daphne Roth auch das *Verwirrte Orakel* genannt wurde. Ihre Prophezeiungen waren so rätselhaft, dass einem manchmal der Kopf davon platzen wollte. »Nein! Das darf nicht sein! Niemals! Rimini darf nicht sterben! Ich hab ihn doch gerade erst gerettet!« Er schlug sich so fest gegen die Brust, dass Daphne seinen Arm festhalten musste.

»Finn, beruhige dich doch! Seine Haare sind sehr widerspenstig. Sie erzählen vom Tod. Und gleichzeitig vom puren Leben, von einer ungeheuren Energie, die noch Berge versetzen kann.«

»Welche Krankheit hat er denn? Gibt es dagegen keine Medizin?«

»Ich weiß es nicht, Finn. Ich bin nicht mal sicher, ob er durch eine Krankheit sterben wird.«

»Wie lange noch? Also, ich meine, wie viel Zeit ist noch? Wann wissen wir, welche Hälfte der Haare recht behält?«

»Ach, Finn«, flüsterte Daphne und strich ihm mit einer Hand über den Kopf. »In sechs, höchstens sieben Tagen wissen wir es! Und jetzt leg dich ein wenig hin.«

Er ballte seine Faust. »Glaubst du, ich liege hier tatenlos rum und warte? Ich habe ihm doch gerade erst einen Namen gegeben!«

Finn wandte sich ab und ging in den Wohnraum. Rimini saß schlafend in dem Stuhl. Er atmete unruhig ein und aus. Finn sah ihn lange an. Vorsichtig nahm er ihm die Kette mit dem Medaillon ab und steckte sie in seine Tasche. Er zog seine Jacke an.

»Daphne, pass auf ihn auf! Lass ihn nicht aus den Augen, keine Sekunde! Ich komme bald zurück!«

Daphnes braune Augen wurden zu Schlitzen. »Finn, was hast du vor?«

»Ich muss ihm helfen!«

»Finn Hasselblatt, wie willst du das denn machen? Du kannst dir ja selbst kaum helfen.«

»Ich vielleicht nicht. Aber ich kenne jemanden, der niemals aufgibt!«

Daphne schluckte und schien zu begreifen. »Als ich dich damals am Flussufer fand ...«

Finn wurde sofort unruhig.

»... da hattest du einen silbernen Rucksack bei dir.«

»Ich habe ihn in den Fluss geworfen, nachdem das mit Coco passiert ist«, murmelte Finn zerknirscht.

»Ich weiß. Was *du* aber nicht weißt – ich habe den Rucksack aus dem Fluss gefischt. Er liegt im Bad, hinter der Waschmaschine. Pass auf dich auf, Finn!«

Daphne verschwand in ihrem Schlafzimmer.

Finn stand zuerst da wie angewurzelt. Doch der Gedanke an das, was er jetzt tun musste, trieb ihn weiter. Nur wenig später verließ er das Hausboot über den knarrenden Steg und stapfte durch den Schnee auf der Kaimauer davon.

Er bemerkte nicht, wie eine graue Gardine hinter einem der Fenster des Hausboots beiseite geschoben wurde. Daphne sah ihm hinterher. Als ihr Blick auf den silbernen Rucksack an Finns Schulter fiel, mischten sich im Gesicht des *Verwirrten Orakels* Zuversicht und Sorge.

In dieser Nacht brach Finn Hasselblatt seinen Schwur. Er war von seinem Versteck in die monströse Bahnhofshalle über den Bahnsteigen geklettert und saß zwischen den halbrunden gusseisernen Trägern der Dachkonstruktion wie eine Sardine zwischen den Rippen eines Walfischs. Er sah auf die Menschen und Züge tief unter ihm hinab. Eine Zeit rührte er sich nicht, verfolgte die ein- und ausfahrenden Züge mit versunkenem Blick, sah, wie Familien die Züge verließen, wie Ankommende Wartenden um den Hals fielen, wie andere alleine mit einem Koffer einstiegen, still und schnell, als ob sie sich aus der Stadt davonstahlen. Er lauschte den Durchsagen der Zugplaner, die sich hier oben im Gewölbe der Halle zu einem unentwirrbaren Gemurmel vermischten. Als wieder ein langer Zug einfuhr und das Quietschen seiner Bremsen die ganze Halle erfüllte, brüllte Finn dagegen an. »Cocooooooooo!«, schrie er so lange, bis er das Duell gegen die Bremsen gewonnen hatte. »Bitte verzeih mir! Ich muss es tun«, murmelte er, schulterte den silbernen Rucksack und kletterte vom Dach der Bahnhofshalle hinab auf die Straße.

Als er wieder festen Boden unter den Füßen hatte, begann er zu laufen, denn obwohl die Nacht gerade erst begonnen hatte, konnte sie doch für seinen Plan zu kurz sein. Er hetzte die Allee entlang, die geradewegs in die Gegend führte, in der früher einmal sein Zuhause gewesen war. Häuser mit Gärten zur Straße und mit viel Platz für wenige Bewohner.

Als er ein weißes Haus mit grünen Fensterläden im Blick hatte, blieb er stehen und zögerte. Er wusste, dass diese letzten Schritte die schwersten werden würden. Doch dann gab er sich einen Ruck, sprang über den niedrigen Zaun in den Vorgarten und schlich einen schmalen Weg am Haus vorbei über eine große Wiese zu einem geräumigen Geräteschuppen in einer Ecke des Grundstücks. Er tastete einen kleinen Vorsprung über der Tür des Schuppens ab und fühlte sofort den Schlüssel. Er schloss auf, ging hinein und zog die Tür leise hinter sich zu.

Finn atmete den Geruch des Raumes tief ein, bevor er das Licht anknipste. Sein Blick wanderte suchend umher, bis er einige alte Säcke entdeckte, die zusammengefaltet in einem Regal lagen. Er nahm die Säcke und legte sie auf den Boden vor die Tür, damit durch den Schlitz kein Licht nach außen dringen konnte.

In der hinteren Ecke des Schuppens stand eine zusammengeklappte Tischtennisplatte auf Rädern. Finn ging leise dorthin und schielte hinter die senkrecht stehende Platte. Eine Plastikfolie, die dort etwas abdeckte, befühlte er sanft. Er zog die Plastikfolie weg und lächelte. »Silberschweif!«, rief er, als ob er einen alten Freund wiedergetroffen hätte. Der kurze Lenker mit den Stummelgriffen rechts und links neben dem runden Tachometer, die bauchige, silberne Front, in dem der runde Scheinwerfer saß wie ein schlafendes Auge. Der halbrunde Kotflügel wie ein Helm über dem kleinen Vorderrad, das immer aussah, als ob es erst noch ein erwachsenes Rad werden müsste. Die silberne Sitzbank mit zwei Plätzen zum Hochklappen, darunter der Stauraum. Der Gepäckträger, an dem das rot funkelnde Rücklicht hing. Auch hinten wieder ein kleines Rad, verdeckt von den geschwungenen Seitenblechen, unter denen der Antrieb des Rollers saß. Kein bisschen Dreck, kein Tropfen Öl unter dem Motor. Als ob ihn gestern noch jemand gereinigt hätte.

Mit ein paar Handgriffen prüfte Finn einige Kabel, schüttelte den Roller und horchte, ob noch Benzin im Tank war. Fast voll. Langsam legte er seine Hände um die kurzen Griffe des Lenkers, packte zu und schob ihn vor die geschlossene Tür. Dann stellte er einen Fuß auf den Radständer und zog den Roller ein Stück nach hinten in den festen Stand. Er hob die Sitzbank hoch und sah in den Stauraum darunter. »Noch alles da!«, flüsterte er. Er streifte seinen silbernen Rucksack ab, legte ihn auf die Sitzbank und öffnete ihn. Daphne, diese sonderbare Frau, hatte ihn nicht zum ersten Mal überrascht. Sie hatte den Rucksack die ganze Zeit für ihn aufbewahrt und den entscheidenden Augenblick abgewartet, um es ihm zu sagen.

Finn räumte die Taschen seiner Hose und der Jacke aus, warf einen flüchtigen Blick auf die Postkarte von Coco und steckte sie schnell in den Rucksack. Dann zog er sich aus und legte die Kleider über einen alten Gartenstuhl neben die Tischtennisplatte. Schließlich öffnete er den Rucksack und zog einen silbernen Anzug heraus. Er fasste mit den Händen hinein und schloss die Augen. Sein Herz schlug wie eine wilde Buschtrommel. Er faltete den Anzug auseinander, schlüpfte zunächst mit den Füßen hinein, schob den Anzug die Beine hoch über sein Becken, steckte die Arme hinein und streifte ihn über seinen Oberkörper. Zum Schluss holte er mit beiden Händen die Kapuze vom Rücken und streifte sie über den Kopf.

Der Anzug saß eng, aber das elastische Material passte sich seinem Körper an wie eine zweite Haut. Nur seine Hände und seine Augen waren jetzt nicht von dem silbern schimmernden Stoff bedeckt. Über seinem Mund hatte der Anzug kleine Löcher, die auch das schnelle Luftholen unter Anstrengung ermöglichten. Obwohl er hauchdünn war, wehrte der Anzug Wind und extreme Kälte ab und konservierte die Wärme des Körpers.

Finn zupfte sich den Anzug an einigen Stellen zurecht, bis er richtig saß. Er griff wieder in den Rucksack und zog ein silbernes Paar Schuhe hervor. Kletterschuhe mit Spezialsohlen und Ösen zum Befestigen von Seilen. Sie drückten vorne ein wenig, als er hineinschlüpfte. Er verschloss die breite schwarze Lasche und trat zweimal fest auf den Boden, um seinen Füßen Raum zu verschaffen.

Was jetzt noch fehlte, lag im Stauraum unter der Sitzbank. Er hob sie hoch und griff hinein. Einen breiten silbernen Gürtel zog er heraus, legte ihn um seine Hüften und schloss die schwere schwarze Schnalle. Zwölf halbrunde Laschen saßen ringsherum auf dem Gürtel, darin steckten Farbdosen wie die Patronen eines Revolverhelden. Finn zog eine heraus und prüfte die Düse. Sie war leicht angetrocknet, aber nach einem kurzen Druck auf den Sprühkopf zischte sofort farbiger Nebel heraus. Er steckte die Dose zurück in die Lasche.

Eine Stelle am Gürtel war noch frei. Finn kramte in dem Stauraum und fand es, das speziell angefertigte halbrunde Wurfholz. Es war dicker als ein normales Wurfholz, weil es in seinem Innern rund dreißig Meter stählernes Kletterseil verbarg. Das Seil war zu einer Spirale aufgerollt und dünn wie ein Bindfaden, aber doch fest genug, um einen Elefanten zu halten. An einem kleinen Haken am Rand des Holzes konnte Finn das Seil herausziehen, eine Feder im Innern des Holzes hielt es gespannt. Geschickt angebracht, ließen sich damit schier unüberwindbare Schluchten überklettern.

Finn war beinahe fertig. Seine silbernen Handschuhe und die Brille lagen bereit. Er verstaute den Rucksack und seine Kleider unter der Sitzbank und klappte sie herunter. Jetzt fehlte nur noch eins – der Schlüssel! Er schlich an die andere Wand des Schuppens und griff in ein Regal. Dort stand ein silberner Pokal, in den sein Name graviert war. Er grinste, nahm den Pokal und hob den Deckel ab. Doch der Kelch des Pokals war leer. Finn stutzte. Er kramte die Dosen und Schalen durch, zog die Schubladen einer alten Kommode auf, in der Schrauben und Nägel aufbewahrt wurden. Vom Schlüssel seines Silberschweifs keine Spur.

»Suchst du das hier?«, rief plötzlich eine Stimme, deren Besitzerin in der Tür des Schuppens stand. Finn blieb wie elektrisiert stehen und drehte sich langsam um. Er starrte in das Gesicht seiner jüngeren Schwester. Sie hielt den Schlüssel zwischen Daumen und Zeigefinger und winkte damit.

»Merle! Musst du mich so erschrecken?« Finn ging einen Schritt auf sie zu.

»Bleib stehen, Finn, sonst schreie ich, dass die ganze Straße aufwacht!«

Finn hielt die Luft an und rührte sich nicht. »Gib mir den Schlüssel! Ich muss fort!«, knurrte er.

»Ist das dein Ernst? Du schleichst dich wie ein Dieb hierher und willst wieder fort, ohne Papa wenigstens Hallo zu sagen? Er ist völlig verzweifelt, seit du verschwunden bist. Er hat dich wochenlang suchen lassen. In den Zeitungen standen Fotos von dir. Er glaubt, er findet dich nie mehr wieder!«

»Lass ihn in dem Glauben!«

»Was hat er dir getan, dass du ihn so behandelst?«

Finn schwieg und zog die Handschuhe an.

»Finn, er geht zugrunde daran.«

»Soll er doch! Er hat es verdient! Und du weißt auch genau, warum! Los, jetzt gib mir den Schlüssel!«

»Glaubst du, das macht Coco wieder lebendig, wenn du dich und Papa so dafür bestrafst?«

Finn sprang einen Schritt nach vorne und riss seiner Schwester den Schlüssel aus der Hand. Merle fing an zu weinen. »Finn, bitte!«

Er ging zu ihr hin und nahm sie in den Arm. »Merle, es tut mir leid. Ich habe nur das getan, was ich für richtig halte. Aber jetzt ist etwas Merkwürdiges passiert. Ich hab plötzlich so ein Gefühl, ich glaube, ich kann etwas von dem wieder gutmachen, was ich Coco angetan habe. Kann jemanden retten, der ein bisschen wie Coco ist. Das muss ich tun. Darum kehrt Silber zurück. Und wenn alles klappt, dann verrate ich dir mein Versteck und wir treffen uns heimlich, ja?«

Merle schluchzte und nickte. Sie wusste, wenn sich ihr Bruder einmal etwas in den Kopf gesetzt hatte, war er sowieso nicht davon abzubringen.

Finn sprang auf den Roller und steckte den Schlüssel ins Schloss. Ein Druck auf den Startknopf und der

Motor surrte wie eine Hummel. Finn zog sich die Handschuhe an, setzte die Brille auf und legte den Gang ein. Er gab Gas mit dem rechten Griff des Lenkers, machte mit seinem Silberschweif einen Satz nach vorne und hielt noch einmal neben Merle. Er gab ihr einen flüchtigen Kuss auf die Backe und rauschte mit dem Roller zur Tür hinaus, lenkte ihn am Haus vorbei und schlug auf der Straße den Weg in die Stadt ein.

Während er fuhr, riss er den Mund unter der silbernen Kapuze weit auf und sog die eiskalte Luft in seine Lungen. Er fühlte sich auf einmal wieder stark wie in alten Zeiten. Er nahm die linke Hand vom Lenkrad und schlug sich zweimal auf die Brust.

Ein älterer Mann, der gerade eine Kneipe verließ, blieb stehen und glotzte der silbernen Gestalt auf dem silbernen Roller hinterher.

Silber wusste, dass er einem Superhelden in seinem Kampfanzug ähnelte. Wer ihn so sah, ahnte nicht, dass nur ein normaler Menschenjunge unter dem silbernen Anzug steckte. Einer, der nichts als die Geschicklichkeit seiner Arme und Beine und seinen Willen einzusetzen vermochte, um herauszufinden, wie Rimini überleben konnte.

DAS YPSILON

Konstantin York trug seine weiße Arbeitskleidung und forschte in seinem privaten Labor, das niemand außer ihm – auch nicht die Geheimen Doktoren und der Kopfjäger – ohne besondere Genehmigung betreten durfte, tief versunken in die Arbeit an einem Pulver, dem er bereits sein halbes Leben gewidmet hatte. Der Direktor hatte diesem Pulver selbst den Namen Yorkium gegeben. Über die Bestandteile und seine Wirkung schwieg er beharrlich, machte höchstens einmal vage Andeutungen darüber. So war den Geheimen Doktoren inzwischen bekannt, dass es sich um ein Pulver handelte, das mit seiner Wirkung die Welt verändern sollte. Außerdem schien es in mysteriösem Zusammenhang mit den Schülern zu stehen, die der Direktor zur Kummerschule zuließ. Jeder Schüler brachte die Forschungen an dem Pulver ein Stück voran. Immer wenn van Lunteren, dessen Hauptaufgabe es war, der Kummerschule frische Schüler mit seltenem oder nie da gewesenem Fehlverhalten zuzuführen, einen neuen brachte, versetzte der Direktor diesen in einen tiefen Schlaf, während dem er ihn gründlich untersuchte.

Das geheime Labor des Direktors nahm

das ganze unterirdische Gewölbe unter der Kummerschule ein. In der Mitte des Raumes, dort, wo die kleine, aber unerschöpfliche Quelle sprudelte, die einst zur Besiedelung der Insel geführt hatte, stand ein großer Kupferkessel, der glänzte, als habe man ihn eben noch geputzt und gewienert. Der Kessel wirkte wie der Kopf eines Riesenkraken, von dem Kupferleitungen und Schläuche wie tausend Arme in alle Richtungen abgingen, durch manche tröpfelte es, in anderen flossen bunte Flüssigkeiten wie in den Adern eines Körpers. Die Leitungen führten vom Kessel zu kleineren Glasgefäßen, in denen das Ergebnis vom Direktor genau kontrolliert wurde.

York warf einen Blick auf die große Uhr an der Wand über einer der vielen Türen, die diesen Raum mit anderen kleineren Laboren verband. Er zog seine Plastikhandschuhe aus und streifte den Mundschutz ab, beides Dinge, die er während der Arbeit ständig trug.

Nachdem er sich die Hände gewaschen hatte, stieg er eine stählerne Wendeltreppe hoch und gelangte direkt in das Erdgeschoss des Turms in der Mitte der Schule. Von hier fuhr er mit einem Lift in die Gläserne Kuppel.

Der Raum lag noch im völligen Dunkel. Durch die schwarzen Vorhänge drang kein Licht, obwohl der Tag bereits angebrochen war. York überlegte, ob er Licht einlassen sollte, aber genau in diesem Moment öffnete Bleck van Lunteren die schwere Tür zum Saal.

»Herr York, die Diebin wäre bereit.«

»Brav, van Lunteren. Bringen Sie sie herein.« York setzte sich in seinen großen Stuhl und rieb sich die Augen. Wenn für andere der Tag begann, hatte er meist schon einige Stunden geforscht.

Kurze Zeit später kehrte van Lunteren zurück. »Hinein mit dir!«, zischte er und schubste Delphine in den Saal. Delphine warf ihm einen Blick zu, der dem Kopfjäger auf der Haut brannte.

»Nicht so grob, van Lunteren!«, rief York. »Und du, nimm hier Platz«, sagte er zu Delphine und bemühte sich um einen freundlichen Ton in seiner Stimme. Er zeigte auf den Stuhl zu seiner Linken.

Delphine setzte sich. Sie trug die Kombination aus blauem Rock und hellblauer Bluse, die alle Laborantinnen tragen mussten. Ihr Haar war zu einem Zopf gebunden. Ihre Augen wirkten müde, aber ihr Blick war hellwach.

Van Lunteren setzte sich neben Delphine und ließ sie keine Sekunde aus den Augen.

York sah Delphine durchdringend an, als ob er auf der Suche nach einer geheimen Botschaft in ihrem Gesicht war.

»Hier ist ihre Akte, Herr York«, sagte van Lunteren.

York nahm die Akte und blätterte sie durch. Er las leise einige Stellen.

»Delphine Blanche, 13 Jahre. Herkunft: Unbekannt. Fehlverhalten: Interesse an Mythologie, Sagen und Legenden. Anderes muss noch festgestellt werden. Eltern: Unbekannt, vermutlich verstorben. Zeugnisse: Außerordentlich begabt. Exzellente Ergebnisse in der Analyse von Stoffen und Trennung in die Elemente. Besonders einfallsreich im Mischen von Pulvern. Besondere Interessen: Fieberpulver. Verdächtig: Wenig Kontakt mit anderen Laboranten. Besondere Fähigkeiten: Selbstverteidigung, Sprachen. Sozialverhalten: Stille Eigenbrötlerin. Verweigert Einnahme von Bronf.« Er blätterte weitere Seiten der Akte durch, blieb an einigen Stellen hängen, studierte sie und las Zeilen, die ihm das Blut aus dem Gesicht sacken ließen. Aber nur für einen Augenblick. Dann legte er die Papiere weg.

»Wieso nimmst du kein Bronf zu dir? Es gehört zu den Grundlagen unserer Ausbildung. In geringen Mengen ist es völlig unschädlich. Es hilft nur zu gehorchen. Wie soll ich sonst eine Schule mit solchen Schülern bändigen?«

Delphine presste die Lippen zusammen.

»Antworte, wenn der Direktor dich etwas fragt!«, knurrte van Lunteren und rüttelte Delphine an der Schulter.

Blitzschnell drehte sie sich um und trat van Lunteren so flink gegen das Knie, dass der nur an dem stechenden Schmerz merkte, dass der Tritt wirklich stattgefunden hatte.

»Van Lunteren, geh hinunter in die Küche. Lass Kakao und Brote herrichten und bring es herauf.«

Der Kopfjäger riss die Augen auf, bemerkte das Zittern seines Schnurrbarts und sagte: »Sehr wohl, Herr York.« Er verließ den Gläsernen Saal und zog die Eisentür etwas fester zu als gewöhnlich.

»Du warst so dumm, die Flasche zu stehlen. Und du warst schlau genug, aus der Schule zu entkommen. Erkläre mir, warum du zurückgekehrt bist. Warum bist du nicht geflohen?«, fragte York. »Antworte, ich habe sonst geeignete Mittel, dich zum Reden zu bringen!« Der freundliche Ton war aus seinen Worten verschwunden. Er verhielt sich jetzt wie ein Schachspieler, der sein Gegenüber Zug um Zug einzukesseln versuchte. Gerade hatte er sein Spiel eröffnet.

Delphine überlegte, wie gefährlich eine Partie gegen diesen Mann werden würde. Konnte sie ihn an der Nase herumführen? Konnte sie ihn täuschen? Sie versuchte, ihre Gesichtszüge zu entspannen. »Ich bin zurückgekehrt, weil ich sehen wollte, wie Ihre Angst Sie auffrisst.«

Delphines Taktik war klar – Angriff! Für einen Augenblick war York irritiert. Dann fing er sich.

»Woher willst du wissen, dass die Flasche mir Angst macht?«

»Wer etwas auf diese Art versteckt, der hat Angst.«

»Wovor denn? Ich brauche nichts zu fürchten. In wenigen Tagen werde ich mächtig sein wie nie ein Mensch zuvor. Wer sich fürchten muss, sind die anderen.« Yorks Lachen hörte sich echt an.

»Sie fürchten die Flasche! Meine Freunde außerhalb der Kummerschule wissen genau, was zu tun ist.« Ein Bluff. Delphine versuchte ihn aus der Reserve zu locken.

»Ach, wirklich? Schau, hier, weißt du, was das ist?« York zog ein kleines Tablett unter dem Tisch hervor. Darauf lagen die Trümmer der Flasche. »Die Flasche ist Geschichte. Van Lunteren hat sie mit einer Hand zerquetscht.«

Delphine starrte auf die Scherben und die Trümmer des Schiffes, zeigte aber keine Regung. Vorsichtig griff sie auf das Tablett und pflückte das zerbeulte Siegel heraus. Sie fuhr mit einem Finger über die beiden Schlangen und bemühte sich zu lächeln. »Diese Schlangen hier tragen den Namen von Lachesis. Sie wissen doch, wer Lachesis war? Eine Schicksalsgöttin, diejenige, die die Länge des Lebensfadens bestimmt. Sie glauben, die Macht der Flasche gebrochen zu haben? Hier auf dem Tablett haben Sie aber nur die Haut der Schlange, nicht die Schlange selbst! Die Kraft aus der Flasche ist frei. Sie wissen das ganz genau.«

Yorks Blick verfinsterte sich. Dieses Mädchen durfte er nicht unterschätzen. »Du verstehst sicher, dass ich als Erforscher der Elemente solchen mythologischen Unfug ablehne. Schicksalsgöttin! Wo ist sie denn jetzt, deine Lachesis? Hilft sie dir? Wenn ich deine Akte richtig studiert habe, dann hast du den Erreger eines bösen Fiebers in dir. Malaria.«

Ein hinterhältiger Zug von York. Delphine musste die Zähne zusammenbeißen und York legte nach. »Daran kann man sterben, es ist dummerweise sogar sehr wahrscheinlich«, ergänzte er mit gekünstelter Sorge, um sie richtig zu treffen.

»Als ob Sie das kümmert! Millionen sterben daran. Ihnen ist das doch egal, obwohl Sie die Macht hätten, das zu verhindern.«

Ein Fehler. Delphine wusste es sofort. Sie hatte ihm einen Hinweis auf ihre wahren Absichten gegeben. Zu direkt gesprochen. York erkannte das natürlich. Woher sollte Delphine wissen, dass er die Macht hatte, schreckliche Krankheiten zu heilen? Er schien sich aber nicht darüber zu freuen, dass Delphine ihre Absichten verraten hatte. Der Klang seiner Stimme wurde bitter.

»Ach, sieh mal an. Eine jämmerliche Weltverbesserin! Ist das der Grund, warum du dich hier in meine Schule eingeschlichen hast? Glaubst du, du könntest hier ein Pulver finden, das gegen Malaria hilft? Das versuchen andere schon seit Jahrhunderten. Junge Idealisten, die oft erst spät vernünftig werden. Bleiben in der Pubertät stecken. Feiglinge, die vor der Wirklichkeit fliehen.«

Jetzt hatte York sich gehen lassen. Nach Fehlern stand es eins zu eins.

»Ihre widerliche Wirklichkeit bilden Sie sich nur ein, Sie ekliger Kerl.«

»Meinst du? Gut, ich sage dir, was die Wirklichkeit ist. Längst sind alle Arzneien, alle Pulver erfunden! Die Rezepte liegen in den Schränken oder geistern durch die Köpfe. Es wäre alles da, aber gemischt wird nur, was wenige reich macht. Das ist die Wirklichkeit! Wer will heute noch mit seinen Pulvern Gutes an der Menschheit tun? Wer sucht noch, dem Sinnlosen Sinn zu geben? In fünf Tagen findet hier auf dem Kummerfelsen eine Versteigerung statt. Dann werde ich dir eine Lektion in Sachen Wirklichkeit erteilen! Eine Lektion, an die du dich dein ganzes kurzes Leben lang erinnern wirst!« York beobachtete die Wirkung seiner Worte. Er hatte Delphine beinahe matt gesetzt und doch schien er nicht froh darüber zu sein.

Delphine dachte über einen rettenden Zug nach, als van Lunteren mit einem Tablett zurückkehrte. »Darf ich die Vorhänge öffnen, Herr York?«, fragte der Kopfjäger. York murmelte ein Ja und van Lunteren betätigte den Schalter, der die langen schwarzen Stoffbahnen lautlos zur Seite fahren ließ wie einen Theatervorhang. Licht schoss durch die Glaskuppel. Es war ein wolkenfreier, eiskalter Tag.

Van Lunteren stellte das Tablett auf den Tisch und nahm sich als Erster gierig von den mehrstöckig belegten Broten. Delphines Magen knurrte, aber sie rührte ebenso wie Konstantin York nichts an. Das Duell war noch nicht beendet. Die Kontrahenten suchten fieberhaft nach dem entscheidenden Zug.

York fixierte Delphine, als ob er jede Faser ihres Gesichtes auswendig lernen wollte. An sich selbst verriet kein Muskel, kein Nerv seine wahren Gedanken. Sie kreisten seit Minuten immer wieder um eine einzige Frage. Konnte es sein, dass dieses Mädchen, diese trotzige Laborantin ihn an jemanden erinnerte, dessen Namen er in seinem Gedächtnis verborgen hielt wie in einem Grab? War das der Zusammenhang zwischen ihr und dem Geheimnis der Flasche? Er hielt seine Hände auf den Knien unter dem Tisch, um seine Unruhe zu verbergen. Wie konnte er herausfinden, ob er mit seiner Ahnung richtig lag? Der Gedanke, der ihm jetzt durch den Kopf schoss, war an Hinterhältigkeit nicht zu überbieten. Aber das Reglement dieses Spiels verbot Tücken und Hinterhalte nicht.

Van Lunteren spürte, dass sich im Kopf seines Herrn etwas zusammenbraute, und hielt mit dem Kauen seines dritten Brotes inne.

Konstantin York stand auf und ging zu einem kleinen Schreibtisch aus Kirschholz, der in einer Ecke stand. Er zog eine der vielen Schubladen auf und entnahm ihr eine flache silberne Schatulle. Im Deckel der Schatulle saß ein kleines Schlüsselloch. Er löste den oberen Knopf seines weißen Mantels, griff sich an die Brust und zupfte einen kleinen Schlüssel hervor, der an einer silbernen Kette um seinen Hals hing. Mit dem Schlüssel öffnete er die Schatulle und entnahm ihr ein Foto. York riss das Foto in der Mitte entzwei und steckte eine Hälfte in seine Manteltasche. Die Schatulle verschloss er wieder. Mit der anderen Hälfte des Fotos kehrte er zum Tisch zurück. Van Lunteren kaute schnell weiter.

»Du bekommst heute die Chance auf ein einmaliges Geschäft, Delphine Blanche«, begann York und bemühte sich nicht, das Teuflische in seinem Blick zu verbergen. »In meinem Labor dort unten liegt ein wirksamer Stoff gegen die Malaria. Eine fertige Rezeptur. Sie muss nur gemischt werden. Sie gehört dir!«

Der Kopfjäger verschluckte sich und fing an zu husten.

»Was verlangen Sie dafür?«, fragte Delphine und spannte alle Muskeln an, um ihre Erregung nicht zu zeigen.

»Wie ich höre, tanzt du über die Dächer wie eine Katze. Du kannst kämpfen wie ein Mann und verstehst es, dich zu behaupten. Und du bist schlau. Wo auch immer du das alles gelernt hast, setze diese Fähigkeiten ein, um diesen Jungen zu finden.«

Konstantin York legte Delphine die eine Hälfte des Fotos vor.

Delphine musterte es mit einem schnellen Blick. »Wer ist das?«

»Er wird dir gefallen, ein Idealist der übelsten Sorte!«, antwortete York.

»Was, wenn ich ihn finde?«

»Bring ihn her zu mir!«

»Was geschieht dann mit ihm?«

»Er gehört mir, wie dir das Pulver gegen die Malaria.«

Delphines Gedanken rasten. Welche Falle hatte sich York ausgedacht? Was war das für ein Junge? Warum wollte York mit einem Geheimnis für den Jungen zahlen, ein Geheimnis, mit dem er seine Macht und seinen Reichtum unermesslich steigern konnte? Wieso nahm er an, dass sie den Jungen eher finden konnte als sein grausamer Kopfjäger?

»Wer garantiert mir, dass Sie den Handel einhalten?«

»Du allein entscheidest, ob wir überhaupt einen Handel haben. Du kannst jetzt sofort die Kummerschule verlassen. Du kannst gehen, wohin du willst! Ob du mit dem Jungen zurückkehrst, liegt ganz bei dir! Aber ich warne dich: Wenn du ihn hierherschaffen willst, wirst du lügen und betrügen und im richtigen Moment schweigen müssen.«

Van Lunteren wechselte seine Gesichtsfarbe ins Grünliche. Lügen? Betrügen? Das konnte doch niemand besser als er!

Delphine musterte York und überlegte für einen Augenblick, ihm an die Kehle zu springen. Dieser Mann war ein Teufel. Er bot ihr einen perfiden Handel an. Ihr eigenes und das Leben vieler anderer zu retten. Und dafür einen unschuldigen Jungen zu betrügen und an die Bestie York auszuliefern. Was sollte sie nur tun?

»Einverstanden!«, sagte Delphine und senkte den Kopf.

»Eine kleine Einschränkung gibt es allerdings …«, sagte York. »Wie gesagt, in fünf Tagen beginnt hier auf dem Kummerfelsen eine Versteigerung, zu der ich Gäste erwarte aus aller Welt. Dafür brauche ich den Jungen unbedingt. Hast du ihn bis dahin nicht hergebracht, ist unser Handel ungültig.«

Konstantin York reichte Delphine die Hand. Sie zögerte nur kurz und schlug dann ein.

»Einer der Geheimen Doktoren wird dir das Tor aufschließen und den Mechanismus der Brücke in Gang setzen. Du kannst gehen.«

Delphine stand auf. Dabei fiel ihr Blick zufällig auf die Glaskuppel. Was sie dort sah, ließ ihr Herz insgeheim jubeln. Mit einem versteckten Lächeln verließ sie den Gläsernen Saal.

»Herr York, sind Sie sicher, dass das richtig war?«, platzte der Kopfjäger heraus.

»Hüten Sie Ihre Zunge, van Lunteren! Das Mädchen ist soeben zu meinem Instrument geworden. Wenn sie wirklich eine Ahnung vom Geheimnis der Flasche haben würde, hätte sie den Handel abgelehnt. Was habe ich zu verlieren, wenn ich sie gehen lasse? Ich brauche diesen Jungen unbedingt für die Vollendung des Yorkium. Und sie wird alles tun, um diesen Jungen zu finden und hierher zurückzukehren. Sollte sie es nicht tun, wird die Malaria, die in ihrem Körper schlummert, ausbrechen und früher oder später die Arbeit erledigen, die Sie sonst verrichten müssten.«

Van Lunteren fühlte sich um einen Spaß betrogen. »Ich verstehe, Herr York!«, murmelte er niedergeschlagen.

»Versuchen Sie nicht zu verstehen, was Sie doch nicht verstehen können. Ich selbst beginne nur zu ahnen, was das wahre Geheimnis der Flasche ist! Es widerspricht allen Regeln der Wissenschaft, es ist ein Faustschlag ins Gesicht der Vernunft. Aber dieses Mädchen erinnert mich tatsächlich an etwas, das niemals hätte geschehen dürfen. An einen Tag wie keinen anderen. Wie nannte es Ihr schwachsinniger Hirte?«

»Den Ypsilon-Tag.«

»Hm. Hören Sie mir jetzt genau zu, van Lunteren. Finden Sie heraus, wer dieses Mädchen wirklich ist. Bringen Sie in Erfahrung, woher sie kommt, wo sie geboren wurde, wer ihre Eltern waren, ihre Großeltern. Tun Sie, was Sie für richtig halten, um jedes noch so kleine Geheimnis aus ihrem Leben in Erfahrung zu bringen.«

»Jawohl, Herr York! Haben Sie eine Fährte für mich?« Er hielt seine Mardernase wieder schnell in alle Richtungen.

York griff in die Tasche seines Mantels und gab ihm die andere Hälfte des Fotos.

Van Lunteren glotzte darauf, schnupperte daran und

starrte dann York an. »Das ist ja das Mädchen!«, rief der Kopfjäger.

»Das ist unmöglich, van Lunteren. Dafür ist das Foto viel zu alt. Aber anhand des Fotos können Sie etwas über sie herausfinden.«

»Jawohl, Herr York! Ich bin schon unterwegs.«

»Warten Sie! Bevor Sie gehen, heuern Sie ein Dutzend der Schlimmsten Ihrer Zunft an. Kopfjäger mit dem Geruchssinn gieriger Bluthunde. Schnell! Die Kummerschule muss bis zur Versteigerung hermetisch abgeriegelt sein. Keine Flussmöwe darf auf der Insel landen ohne meine Erlaubnis! Keine Welle an das Ufer schwappen ohne meine Genehmigung. Außer Ihnen darf die Insel niemand verlassen! Verstanden?«

»Jawohl, Herr York!«

»Wenn Sie mit jemandem außer mir über den Handel mit dem Mädchen sprechen, werde ich Sie in Pulver einlegen, die Sie austrocknen werden wie einen Dörrfisch.«

Nach dieser Befehlssalve verneigte sich van Lunteren gehorsam und entfernte sich aus dem Gläsernen Saal.

Es gab Momente, da spürte der Kopfjäger einen Unwillen in sich, den Befehlen seines Herrn zu folgen. Er kam sich vor wie ein Hund, den man zu Höchstleistungen anspornte und ihm dann doch die versprochene Belohnung versagte. In solchen Momenten fletschte er im Geiste die Zähne und war bereit, seinen eigenen Herrn zu beißen.

Konstantin York hingegen war zufrieden. Er hatte die Partie gegen dieses Mädchen, dessen mysteriös-vertrauten Züge ihn plötzlich zu einer Ahnung um das Geheimnis der Flasche inspiriert hatten, gewonnen. Damit war der Weg geebnet zu seinem großen Sieg. Er lehnte sich in seinem Stuhl zurück, legte den Kopf auf die Stuhllehne und sah hoch in die Kuppel des Glasdaches. Doch dieser Anblick befriedigte ihn nicht wie sonst, sondern ließ sein Blut im Nu sieden.

Ein gewaltiges Ypsilon in den Farben eines Regenbogens prangte in der Mitte des gläsernen Facettenauges wie ein gigantischer Pupillenfehler. Die Köpfe von zwei Schlangen starrten ihn gierig an. Selbst ihre Giftzähne konnte er auf die Entfernung erkennen, so messerscharf waren die Konturen dieses Kunstwerks. Das Siegel der Flasche! Jemand, ein Meister seiner Kunst, hatte es in der Nacht dort aufgemalt, ohne dass auch nur eine der Warnvorrichtungen der Insel Alarm geschlagen hätte.

In diesem Moment wusste Konstantin York, dass im Kampf gegen die Kraft aus der Flasche noch kein Sieg in Sicht war.

Delphine und Silber

Silber wartete wieder auf Delphine, doch diesmal nicht, um sie in eine Falle zu locken, denn anders als Finn Hasselblatt brauchte Silber sich vor niemandem zu fürchten oder zu verstecken. Es war kälter als in den Nächten zuvor, der Schnee auf den Dächern war inzwischen zu Eis gefroren. Auch von Six war weit und breit nichts zu sehen. Der Falke hatte sich bestimmt Luft zwischen die Federn gepresst und hockte in einer windgeschützten Nische der Kathedrale.

Lange würde Silber das Warten nicht aushalten in dieser Nacht, sein silberner Anzug trotzte zwar der Kälte, aber weil Silber sich nicht bewegte, kroch der Frost unerbittlich an seinen Beinen hoch den Rücken hinauf. Er sehnte sich nach seiner Hängematte, den Ofen hatte er vorhin mit einer Schublade des alten Holzschrankes gefüttert, damit es die Nacht über warm blieb auf dem Dachboden des Polizeipräsidiums.

Silber ließ den Dachfirst, hinter dem Delphine beim letzten Mal erschienen war, nicht aus den Augen. Warum ließ sie sich so viel Zeit? Konnte sie die Kummerschule nicht noch einmal verlassen wie in der

Nacht, als sie die Flasche stahl? Wusste sie etwas von Rimini? War er ein Laborant der Kummerschule, der vor den Geheimen Doktoren geflohen war und in der bitteren Kälte sein Gedächtnis verloren hatte? Silber war sicher, dass Delphine ihm helfen konnte, diese Fragen zu beantworten. Er hatte einiges riskiert, um sie wiederzusehen. Stunden hatte er gestern Nacht auf dem Dach der Kummerschule verbracht und das riesige Ypsilon gemalt, immer wieder auf das Amulett geschaut, das er sich um den Hals gebunden hatte. Einmal war er dabei abgerutscht und hatte in letzter Sekunde mit seinem Wurfholz einen Anker zwischen die Stahlträger werfen und sich festhalten können.

Hoffentlich hat Delphine das Zeichen gesehen, dachte Silber, von wo aus auch immer.

In diesem Moment überraschte ihn ein Geräusch in seinem Rücken und er fuhr herum. Ein Schatten näherte sich von einer Seite, mit der er nicht gerechnet hatte. An den eleganten Bewegungen erkannte er sofort Delphine.

»Na endlich!«, rief er ihr entgegen, während sie die letzten Meter zu ihm rutschte. »Ich dachte schon, du wärst in einem Pulverfass steckengeblieben.«

Sie trug wieder den blauen Anzug, der wie Perlmutt glänzte. Nur die Wollmütze hatte sie diesmal nicht an. Sie hockte sich zu Silber an den Schornstein.

»Für einen Toten siehst du aber ganz gut aus!«, sagte sie und befühlte den Stoff seines Anzugs.

»Silber musste zurückkehren. Die Situation hat sich verändert.«

»Ja, jetzt bist du verhüllt und mein Gesicht kann jeder sofort erkennen.«

»Im Falle Silbers wäre das nicht so gut. Er hat eine Zeit lang mit seinen bunten Figuren einen ziemlichen Wirbel in der Stadt verbreitet«, sagte Silber.

»Ich weiß. Ich habe darüber in der Zeitung gelesen. Einmal hat er ein fürchterliches Skelett an das Rathaus gemalt, um gegen den Abriss eines Hauses zu protestieren, in dem einige Familien wohnten, die auf die Straße gesetzt werden sollten. Obwohl er den Ort vorher genau bekannt gegeben hatte, konnten ein Dutzend Polizisten es nicht verhindern. Wie hat er ... wie hast du das damals geschafft?«

»Silber hatte zuverlässige Freunde. Sie hießen Wind, Shek, Odem und ...«, Silber stockte, »... der beste hieß Coco.«

»Haben sie dir auch gestern Nacht auf dem Dach der Kummerschule geholfen?«

»Nein, ich habe sie lange nicht mehr gesehen. Gestern Nacht war ich alleine. Ehrlich gesagt, das Ypsilon hätte mich beinah Kopf und Kragen gekostet.«

»Das Ypsilon ist wunderschön geworden. Die beiden Schlangenköpfe starren hinunter in den Gläsernen Saal, als ob sie Konstantin York gleich anspringen und ihre Giftzähne in seinen Leib rammen wollten. Und die Flügel sind so echt, als ob sie sofort losfliegen könnten, wenn sich jemand dem Ypsilon nähert.«

»Was bedeutet dieses Zeichen eigentlich?«, fragte Silber und zog das Amulett unter seinem Anzug hervor.

Delphine starrte es verblüfft an. »Es hat die Form eines Ypsilon. Aber es ist ein uraltes Symbol. Es ist der Stab des Äskulap. Er ist als Arzt vergöttert worden. Doch als er einen Toten zum Leben erwecken wollte, wurde er verflucht. Äskulap, den Arzt Hippokrates und die Hebamme Artemis, die zehntausend Kindern auf die Welt verholfen haben soll, nannte man *die Zauberer der Welt,* weil sie den Menschen mit einfachen Mitteln gedient und dabei wahre Wunder vollbracht haben. Gemeinsam erbauten sie eine der größten Heilstätten der Welt, in der die kundigsten Männer und Frauen zum Wohle der kranken Mitmenschen arbeiteten, ohne auf ihren eigenen Vorteil bedacht zu sein. Sie heilten dabei mit den beiden wichtigsten Mitteln ihrer Zeit.«

»Welche waren das?«

»Pulver aus den Kräutern der Natur und Sternenkunde.«

»Woher weißt du so etwas?« Silber versteckte seine Bewunderung kaum.

»Ach, alte Geschichten sind ein Hobby von mir. Woher hast du dieses Amulett?«

»Das wirst du gleich erfahren. Komm, wir haben keine Zeit zu verlieren. Ich brauche deine Hilfe.«

Delphine folgte ihm durch ein Dachfenster auf einen Speicher. Von dort gelangten sie in den Flur eines Wohnhauses und schlichen die Treppenstufen hinunter bis auf die Straße. In einer versteckten Ecke stand Silberschweif.

»Und du? Wie hast du es diesmal geschafft, aus der Kummerschule herauszukommen? Die Geheimen Doktoren waren doch bestimmt auf der Hut nach dem Diebstahl.«

»Na klar, aber, ähm, ich konnte trotzdem fliehen.«

Während Silber den Roller startklar machte, fragte er: »Ich konnte die Flasche nicht zerstören. Ich wollte sie verstecken, dabei ist sie mir aus den Händen geglitten und den Geheimen Doktoren vor die Füße gefallen.«

»Das habe ich mir bereits gedacht. Die Flasche ist wertlos geworden. Bleck van Lunteren, der Kopfjäger des Direktors, hat die Flasche zerbrechen können. Wie du schon gesagt hast: Irgendetwas muss sich verändert haben.«

»Hat sich auch. Ich glaube nur nicht, dass es direkt mit der Flasche zu tun hat. Ich muss dir jemanden zeigen, der unsere Hilfe braucht. Vielleicht kennst du ihn. Komm, setz dich hinter mich.«

Delphine nickte und musterte Silberschweif. »Respekt!«, sagte sie. »Passend zum Anzug.«

»Warte ab, bis du gesehen hast, was Silberschweif draufhat!«, sagte Silber, während er den Roller startete.

Delphine schwang sich hinter Silber auf die Bank und legte die Arme von hinten um seinen Bauch.

Silber gab Gas und schoss die Straße hinunter. Plötzlich bog er ab und Silberschweif wühlte sich spielend durch die schneebedeckten Wiesen des großen Parks. »Achtung, festhalten!«, rief Silber und Delphine drückte sich eng an seinen Rücken. Er beschleunigte, verließ den Park und flitzte auf eine breite Mauer zu. Das Mädchen schloss die Augen und dachte, jetzt wäre es um Silber und sie geschehen. Doch kurz vor der Mauer riss er den Lenker des Rollers herum, fuhr eine Rampe hoch und landete zielsicher auf der Kaimauer am alten Hafen. Darauf konnte gerade mal ein geschickter Mensch balancieren, doch Silber raste schnurgerade mit dem Motorroller darauf entlang, als mache er den ganzen Tag nichts anderes. Eine falsche Lenkbewegung und sie wären ins eisige Wasser des Flusses gestürzt.

Als Daphnes Hausboot in Sicht kam, legte Silber noch einmal einen Zahn zu und verließ die Kaimauer mit einem kleinen Sprung. Er schrie dabei ausgelassen, Delphine hielt den Atem an, doch Silberschweif landete sicher auf dem Boden des Werftgeländes. Silber lenkte den Roller in den Schatten einer kleinen Halle, parkte dort und beide stiegen ab.

»Das ist ja wie Fliegen!«, rief Delphine.

»Es ist Fliegen. Besonders, wenn ich die Augen ganz kurz dabei schließe.«

Delphine erbleichte nachträglich und folgte Silber zum Hausboot. Er schlug dreimal gegen die Tür. Daphne war diesmal noch wach und öffnete sofort. Verdutzt sah sie ihn an: »Silber!«

»Du hast mich erkannt?«, fragte er lachend und zog sich die Kapuzenmaske vom Kopf.

»Na klar!«, sagte Daphne. »Ich habe den Anzug schließlich für dich aufbewahrt. Und wer ist das?«

»Das ist Delphine, ich habe dir von ihr erzählt. Und wie geht es Rimini?«, fragte Silber.

»Nicht gut. Er liegt auf dem Sofa und wälzt sich in Träumen.«

Silber und Delphine gingen in den Salon. Daphne folgte ihnen.

»Rimini?«, fragte Delphine und fixierte den Jungen. Sie erkannte ihn sofort. Es war der Junge auf dem Foto, für den Konstantin York einen hohen Preis zahlen wollte, der Junge, den Delphine an den Herrn der Kummerschule ausliefern sollte, um sich selbst zu retten.

»Ja, ich habe ihm den Namen Rimini gegeben. An seinen richtigen kann er sich nicht erinnern. Vielleicht hat er auch nie einen gehabt. Du weißt schon ...«, sagte Silber und Delphine verstand.

»Ja, vielleicht haben ihm seine Eltern nie einen Namen gegeben, weil sie dachten, er würde ohnehin bald sterben …«, murmelte sie leise.

»Kennst du ihn? Ist er ein Laborant der Kummerschule?«, fragte Silber.

Delphine sah Rimini lange an. Er schwitzte und wälzte den Kopf hin und her. »Nein, ich habe ihn noch nie gesehen«, sagte sie. »Wie kommt er bloß hierher?«

Silber erzählte ihr, wie er ihn gefunden, hierhergebracht und was Daphne in seinen Haaren gelesen hatte.

Delphine zog Rimini das T-Shirt aus und untersuchte ihn. Sie tastete seinen Hals ab und suchte die Haut nach einem Zeichen ab, das einen Hinweis auf seine Krankheit gab.

»Ich habe ihn schon genau untersucht. Sein Körper ist kerngesund«, sagte Daphne.

»Wie kannst du dann sicher sein, dass er bald sterben muss, Daphne?«, fragte Delphine.

»Es ist so sicher wie die Tatsache, dass er leben wird.«

»Und wie erklärst du dir das? Beides gleichzeitig geht ja nicht.«

»Ich habe natürlich weiter darüber nachgedacht, nachdem Finn, ähm, Silber weg war. Da die Haare niemals lügen, gibt es nur eine Möglichkeit.«

»Und welche?«, wollte Silber wissen.

»Es tobt ein Kampf zwischen Leben und Tod in ihm. Eine schwerwiegende Entscheidung. Ein Teil von ihm wird sterben, ein anderer wird leben. Das ist es, was seine Haare sagen. Er hat die Kraft zu leben, aber etwas ist dabei, ihm diese Kraft zu rauben und ihn in den Tod zu ziehen. Er befindet sich genau dazwischen. Aber eins steht fest: Was auch immer ihm diese Kraft raubt, es ist außerhalb von ihm. Eine Krankheit, die mit Medikamenten nicht zu heilen ist.«

Silber ballte die Fäuste. Er konnte den Gedanken nicht ertragen. »Wir müssen es stoppen!«, schrie er.

Plötzlich wälzte Rimini sich heftig im Traum und in seinem Gesicht waren die ganzen Qualen seiner Gedanken zu lesen. Er murmelte etwas. Delphine hielt ihr Ohr schnell ganz nah an seinen Mund.

»... die Zauberer der Welt ... sie sterben ...«

»Was hat er gesagt?«, fragte Daphne.

Delphine flüsterte: »... die Zauberer der Welt ... sie sterben ...«

Silber und Daphne war der Schreck anzusehen. Was ging im Traum dieses Jungen vor? Welche Qualen litt er? Was aus seiner Vergangenheit setzte ihm so zu?

Daphne seufzte. »Finn, erinnerst du dich an den Gedächtnistest, den ich mit ihm gemacht habe?«

Silber nickte niedergeschlagen.

»Danach ist mir ein Gedanke gekommen. Vielleicht ist seine Erinnerung gerade dabei, vollständig zu vergehen. Etwas ist ja noch in seinem Gedächtnis, sonst würde er nicht so träumen. Er kommt nur nicht mehr an die Erinnerung heran. Er versucht es, er kämpft.

Aber wenn er diesen Kampf verliert, dann tritt genau das ein, was seine Haare sagen. Er lebt und ist doch gestorben.«

Silber dachte lange darüber nach. Schließlich sagte er: »Es gibt nur einen Weg, Rimini zu retten. Wir müssen herausfinden, wer Rimini in Wirklichkeit ist. Wir müssen ihm seine Erinnerung zurückgeben.«

»Klingt logisch«, murmelte Delphine. Sie kämpfte mit sich und biss sich auf die Lippen. Als Einzige wusste sie von dem Zusammenhang zwischen Konstantin York und Rimini. Aber von dem Handel mit dem Direktor durfte sie unter keinen Umständen etwas preisgeben. Warum wollte York den Jungen unbedingt bis zur Versteigerung in seine Hände bekommen? Was hatte er mit ihm vor? Delphine entschloss sich, Silber zu helfen und doch ihre eigenen Pläne nicht aufzugeben. Im Besitz des Pulvers gegen die Malaria konnte sie nicht nur eines, sondern viele Menschenleben retten, nicht zuletzt ihr eigenes, und ... Der richtige Moment war noch nicht gekommen, um eine Entscheidung zu treffen. Aber immer wieder klangen ihr die Worte des Direktors in den Ohren: »Wenn du den Jungen zu mir bringen willst, wirst du lügen, betrügen und im richtigen Moment schweigen müssen.« Wie konnte York das geahnt haben? Sie hatte nicht einmal fünf Tage Zeit, das herauszufinden.

»Stimmt, Silber. Riminis Erinnerung ist ein Geheimnis, das wir lüften müssen!«

»Das mag sein, aber jetzt müssen wir zuerst mal frühstücken!«, rief Daphne plötzlich und verschwand im hinteren Teil ihres Hausbootes.

Silber schien das überhört zu haben. »Du hast recht, Delphine. Wer ist er? Wie heißt er? Wo kommt er her? Wird er irgendwo vermisst? Wenn wir das wissen, können wir ihn vielleicht retten.«

»Na ja, viele Anhaltspunkte haben wir ja nicht!«, rief Daphne und brachte einen Teller mit Toast, Schinken und Obst.

»Das Amulett von … wie hieß der noch?«, fragte Silber und schnappte sich einen Toast.

»Äskulap«, murmelte Delphine. »Einem der Zauberer der Welt.«

»Ein wundervolles Stück. Ich könnte es in meinem Spektroskop analysieren. Vielleicht kann man anhand der Bestandteile etwas herausfinden?«, schlug Daphne vor.

»Du hast ein Spektroskop?«, fragte Delphine.

»Genau unter deinen Füßen«, antwortete das Orakel mit vollem Mund.

»Ist das nicht ein bisschen altmodisch? In der Kummerschule gibt es Computer, die diese Arbeit machen.«

»Ach, hör mir auf mit der Kummerschule. York, das alte Scheusal, kocht auch nur mit Wasser!«, fauchte Daphne.

»Du kennst ihn?«, wunderte sich Delphine.

»Nein, nein. Kennen wäre zu viel gesagt. Hab nur von ihm gehört«, beeilte Daphne sich zu sagen.

»Was ist denn mit diesem Fahrschein? Lasst uns den mal genauer ansehen«, sagte Silber.

»Er liegt dort auf dem kleinen Tisch neben dem Sofa.«

Delphine biss in einen Apfel und nahm das Ticket in Augenschein. »Winzige Schrift«, stellte sie fest.

»Moment, das haben wir gleich!«, sagte Daphne und verschwand kurz. Mit einer schlichten Lupe in der Hand kehrte sie zurück. »Auch dafür müssen wir keinen Computer bemühen.«

Delphine lächelte, hielt sich die Lupe vors Auge und näherte sich dem Fahrschein. Schließlich rief sie: »Hört euch das mal an! *Nebelungen-Fähre. Berechtigt zu einer Fahrt durch das Stromdelta*«, las sie. »Und hier auf dem Rand steht ganz klein eine Nummer: *Ypsaland-0102-LK-67.*«

»Zeig mal«, sagte Silber und blickte durch das Vergrößerungsglas. »Tatsächlich, und schon wieder ein Hinweis auf irgendwas mit Ypsilon. Ypsaland? Was soll das sein?«

Daphne aber hatte längst mit dem Kauen aufgehört und wedelte mit dem angebissenen Toast hin und her. »Nebelungen? Na dann, herzlichen Glückwunsch!«

Silber und Delphine sahen sie fragend an.

»Also, ich kenne den Fluss wirklich gut. Ich war mal mit einem Schiffer zusammen und wir haben jahrelang Kohlen, Schrott und Erz in die Städte am Fluss verfrachtet. Alles, was Geld brachte. Aber nach Nebelungen wären wir um keinen Preis der Welt gefahren.«

»Warum denn nicht?«, fragte Delphine.

»Ach, Mädchen, Nebelungen. Dort stürzen drei Flüsse zu einem gigantischen Strom zusammen. Die Flut wirbelt so viel Wasser in die Luft, dass die Stadt ständig unter einem feuchten Nieselnebel liegt, darum heißt sie auch Nebelungen. Dort sind selbst die Flammen des Feuers noch feucht. Die Flüsse verzweigen sich dann in ein Flussdelta mit vielen Seitenarmen, bevor sie ins Meer münden. Zwischen den Flussarmen soll es Inseln geben, die noch nie ein Mensch betreten hat. Also, wenn ihr mich fragt, eine Fähre kann dort nur aus einem Grund das Delta befahren!«

»Aus welchem?«, fragte Silber.

»Um unterzugehen!«, flüsterte Daphne düster und schüttelte sich.

Delphine sagte: »Vielleicht ist ja was dran an der Sage von Charon, dem Fährmann über den Fluss des Todes? Nur wer einen gültigen Fahrschein hat, wird von ihm über den Hades ins Reich der Toten befördert.«

»Ach, Kindchen, alles Ammenmärchen. Nebelungen ist keine Sage und Tote brauchen keinen Fahrschein mehr«, murmelte Daphne.

»Aber warum wollte Rimini eine Tour mit einer solchen Fähre riskieren? War er vielleicht auf der Flucht vor irgendjemandem?«, überlegte Silber.

Delphine sah Silber an. Als sich ihre Blicke trafen, brauchten sie nicht mehr viel zu reden.

»Mit Silberschweif schaffen wir es an einem Tag. Und einen gültigen Fahrschein haben wir ja auch schon!«, meinte Silber.

»Vielleicht kann der Fährmann sich an Rimini erinnern. Oder anhand des Fahrscheins irgendetwas herausfinden«, bestätigte Delphine.

In diesem Moment erwachte Rimini aus seinen Träumen. Er war sichtlich durcheinander und richtete seinen Oberkörper auf. Er sah kurz in die Gesichter von Daphne und Silber und beide waren froh, dass er sich offenbar an sie erinnerte. Auf Delphine blieb sein Blick lange hängen. Er öffnete den Mund, wie um zu sprechen, doch er brach ab, als ob er nicht glauben konnte, was er sah. Rimini stand auf und strich Delphine über das blonde Haar. »Ich kenne deinen Namen!«, sagte er. »Du heißt Marie!«

Silber blieb die Luft weg. Er hätte das nicht weiter ernst genommen und der Verwirrung in Riminis Gedächtnis zugeschrieben. Aber in Delphines Gesicht lag ein Ausdruck, der Bände sprach. Sie wusste genau, wen Rimini in ihr erkannt zu haben glaubte!

Nebelungen

Noch vor dem Laufen lernten die Kinder in Nebelungen, wie ein Regenschirm zu bedienen ist. Die Luft in dieser Stadt war so feucht, dass es nicht verwundert hätte, wenn einem beim Spaziergang auf den Straßen ein Fisch über den Weg geschwommen wäre, und wer sich unterhalten wollte, musste brüllen, um den gewaltigen Donner der gurgelnden Wassermassen zu übertönen. Im Halbrund um die Stadt lagen Berge, die aussahen wie die Pranken eines Riesen, der Nebelungen umklammert hielt.

Silber, Delphine und Rimini blickten von einem dieser Berge auf die Stadt hinunter. Sie waren froh, so weit gekommen zu sein. Silberschweif hatte zwar einen kräftigen Motor und einige Extras, aber die Straßen waren gefährlich und für drei Personen war der Roller nicht gebaut. Mehrfach hatten sie anhalten müssen, um sich vom eisigen Fahrtwind zu erholen und etwas aufzuwärmen.

Silber und Delphine saßen auf der Sitzbank von Silberschweif, und Rimini steckte in warmen Sachen von Daphne, die ihm nicht so richtig passten. Während der Fahrt saß er mit dem Rücken gegen die Fahrtrichtung in der gewölbten Front des Rollers zwischen Silbers Beinen. Delphine und Silber hatten ihn zuerst gar nicht mitnehmen, sondern bei Daphne in Sicherheit lassen wollen. Aber Rimini war schneller zu Kräften gekommen, als alle gedacht hatten, und er hätte Silber und Delphine niemals alleine fahren lassen. Er hoffte, irgendetwas zu entdecken, woran er sich erinnern konnte.

Daphne hatte Silber etwas Geld von ihren Ersparnissen mitgegeben, damit er heiße Getränke kaufen und für Silberschweif Benzin tanken konnte. Jetzt standen sie an einer kleinen Holzhütte am Straßenrand, in der ein alter Mann Tee und Brot verkaufte, und warteten auf ihr heißes Getränk.

Der Blick auf Nebelungen war überwältigend. Es sah so aus, als ob die Stadt in einem Springbrunnen erbaut worden war, der seine Fontänen ins Weltall spritzen wollte. Aus drei Himmelsrichtungen stürzten drei große Flüsse des Landes an den Ufern von Nebelungen zusammen, prallten wütend aufeinander, mischten Wasser und Luft zu dem feuchten Nebel, der der Stadt ihren Namen gab. Erst viele Kilometer später beruhigte sich das Wasser und die vielen Seitenarme der drei Flüsse vereinten sich zu einem Strom, der dem Meer entgegenrauschte.

»Rimini, schau dir das an – Nebelungen!«, rief Silber. »Erinnerst du dich an irgendetwas?«

»Wer das jemals gesehen hat, dürfte es eigentlich nie vergessen. Von der Stadt schauen ja nur die Dachspitzen aus dem Wasserstaub heraus! Sieht so aus, als wenn man hier zum Duschen nur vor die Haustür gehen müsste«, antwortete Rimini.

Silber lächelte den Jungen an. Er hatte die Gabe, mit wenigen Worten die Dinge bunter erscheinen zu lassen. Silber hatte ihn längst fest in sein Herz geschlossen und wollte alles daransetzen, ihm seinen richtigen Namen zurückzugeben. Es schien, als sei dieser Junge in sein Leben getreten, um den Schmerz bei den Gedanken an Coco zu lindern.

»Euer Tee!«, rief der alte Mann und stellte die Becher auf eine schmale Holztheke. Silber bezahlte und Rimini, der als Erster trank, rümpfte die Nase. »Der schmeckt aber nicht so gut wie der von Daphne. Zu wenig Zucker.«

Delphine war merkwürdig still und schien in Gedanken versunken. Es war ihr ein Rätsel, dass Rimini sie gestern Abend auf Daphnes Hausboot mit dem Vornamen ihrer Großmutter Marie angesprochen hatte. Delphine wusste, dass sie ihrer Großmutter sehr ähnlich sah, aber Rimini konnte ihre Großmutter ja auf keinen Fall kennen. Sie war doch schon lange tot. War es ein Zufall? Oder erinnerte sich dieser Junge mit den strahlenden Augen an eine Zeit, in der er noch gar nicht gelebt hatte? War das der Grund, warum Konstantin York ihn in seine Gewalt bekommen wollte?

Silber hatte natürlich nachgehakt und sie später gefragt, ob sie sich einen Reim auf den Namen Marie machen könne. Sie hatte geschwiegen. Delphine war entschlossen, ihren Handel mit York einzuhalten. Mit dem Pulver gegen die Malaria konnte sie Wunder vollbringen wie die Zauberer der Welt. Mit dem Pulver bekamen Eltern auf der ganzen Welt wieder Hoffnung, ihren Kindern Namen geben zu können, statt hilflos zuzusehen, wie sie kurz nach der Geburt starben.

Delphine wartete auf den günstigsten Moment, um Rimini in die Kummerschule zu bringen und an York auszuliefern. Sie musste verhindern, dass der Junge sich in ihr Herz schlich, denn er war das Opfer, das sie bringen musste, damit sie selbst und Millionen anderer eine Chance auf Leben bekamen. Insgeheim begann sie sich bereits vor diesem Moment zu fürchten, schob diese Gedanken aber beiseite. Bevor es so weit war, wollte sie ihre Verhandlungsposition gegenüber York noch verbessern, indem sie das Rätsel um Riminis Erinnerung löste. Ob Silber sich dabei als Verbündeter oder Gegner entpuppen würde, war ihr noch nicht klar.

»Woran denkst du, Delphine?«, fragte Silber.

»Ach, an nichts«, rief sie schnell. Aber das glaubte Silber ihr nicht.

Er vermutete, dass sie wieder daran dachte, dass Rimini sie seltsamerweise mit dem Namen Marie angesprochen hatte. Er hatte sie gestern Abend vor dem Einschlafen noch danach gefragt, doch sie wollte offenbar nicht darüber reden. Aber er spürte, dass ihr der

Name Marie durchaus bekannt war und all dies kein Zufall sein konnte.

»Nebelungen ist mir irgendwie unheimlich«, flüsterte Delphine, um von ihren wahren Gedanken abzulenken.

»Ihr wollt nach Nebelungen runter?«, fragte der alte Mann hinter der Holztheke mit einem komischen Unterton, während er Rimini einige Löffel zusätzlichen Zucker in seinen Tee schaufelte.

»Ja, sobald wir ausgetrunken haben«, antwortete Silber.

»Freiwillig?«, fragte der alte Teeverkäufer.

Silber nickte. »Na ja, halb und halb. Wir wollen auf die Nebelungen-Fähre und den Fährmann etwas fragen.«

Der Alte starrte ihn eine Sekunde an und lachte dann. »Ihr seid wirklich zu komisch! Auf die Nebelungen-Fähre und den Fährmann was fragen! Das habe ich ja noch nie gehört! Zum Totlachen!«

Delphine sah den alten Mann ernst an. »Was ist denn daran so lustig?«

»Na ja, dass ihr auf die Fähre *wollt*. Gut, das ist eure Sache. Ich habe aber wirklich noch nie gehört, dass jemand freiwillig auf die Nebelungen-Fähre gegangen ist. Und den Fährmann etwas fragen, wie soll das denn gehen, bitte schön?«

»Und was soll daran so schwierig sein?«, fragte Rimini.

»Sagt mal, seid ihr so naiv oder wollt ihr einen alten Teeverkäufer auf den Arm nehmen? Wer die Nebelungen-Fähre betritt, der kann doch nicht zurück! Erstens gibt es gar keine Fahrscheine für Rückfahrten, nur für die Hinfahrt. Zweitens halten die Fähren nur eine einzige Fahrt durch.«

»Waaas?«, rief Silber. »Wie kommt das denn?«

»Soweit ich weiß, sind die Fähren aus Sand! Sie kehren niemals aus dem Strom zurück, weil sie sich in den tosenden Wassermassen auflösen wie der Zucker in eurem Tee.«

»Nur gut, dass ich mich an nichts erinnere, falls ich schon einmal hier gewesen bin«, murmelte Rimini mit einem vorsichtigen Lächeln.

»Und was ist mit dem Fährmann? Wie kommt der selbst aus dem Strom zurück?«, fragte Delphine.

»Keine Ahnung. Das müsst ihr Hel selber fragen«, sagte der Alte.

»Wo finden wir Hel?«, wollte Delphine wissen.

»Also, Leute, jetzt reicht es! Wollen nach Nebelungen und haben keinen blassen Schimmer. Hel kann man doch nicht finden. Er ist es, der euch findet! Natürlich nur, wenn ihr einen Fahrschein habt. Und jetzt trinkt euren Tee, ich hab genug für heute. Ich schließe!«

Silber, Delphine und Rimini sahen so ratlos aus, dass der Alte ihnen aber doch noch einen Hinweis gab. »Unten am Ufer steht das Nebelhorn, sieht aus wie eine alte Telefonzelle. Da ist ein kleiner Schlitz. Steckt den Fahrschein rein. Wenn er gültig ist, könnt ihr das Nebelhorn betätigen. Hel kommt dann. Aber ich warne euch – wenn das Horn einmal erklungen ist, gibt es kein Zurück!«

Der Alte sammelte die leeren Tassen von Silber und Delphine ein, wartete, bis Rimini auch den letzten Tropfen aus der Tasse geleckt hatte, und schloss vor sich hin murmelnd seinen Laden.

»Wäre es nicht besser, wenn wir umkehren?«, fragte Delphine.

Riminis Gesicht hellte sich sofort auf. »Delphine, du hast recht. So wichtig wird meine Erinnerung ja auch nicht sein!«

Silber zog Delphine beiseite, bis Rimini außer Hörweite war. »Sag mal, ist das dein Ernst? Erinnere dich bitte daran, was Daphne aus Riminis Haaren gelesen hat! Er hat nur noch ein paar Tage zu leben. Willst du denn, dass er stirbt?«

»Besser erst in ein paar Tagen, als heute schon im Strom zu ersaufen!«, zischte sie.

Silber war sprachlos. Er konnte nicht glauben, dass dieses so mutige Mädchen jetzt kneifen wollte. Es ging doch um Rimini! Wut kroch in ihm hoch und Delphine merkte das.

»Silber, du kannst das nicht verstehen. Auch Rimini hat ein Recht zu leben, und wenn es nur noch wenige Tage sind. Was, wenn er nicht aus dem Strom zurückkehrt?«

»Wer sagt das denn? Der Alte? Der soll doch weiter Tee kochen. Ich jedenfalls hab keine Angst vor der Fähre oder vor diesem Hel! Ich fahre mit Rimini jetzt nach Nebelungen hinunter. Wenn du mitkommen willst, dann steig auf.«

Silber setzte sich auf den Roller und ließ den Motor an. »Rimini, komm!« Rimini quetschte sich wieder in den Fußraum von Silberschweif. Silber ließ den Motor aufheulen und Delphine sprang schnell hinter ihm auf die Sitzbank.

Die Fahrt nach Nebelungen legte Silberschweif in Rekordzeit zurück. Allmählich ging das Knattern des Motors im unbarmherzigen Donnern der Wassermassen unter. Jetzt hatten die drei jungen Leute auf dem Roller nicht nur gegen den eisigen Fahrtwind anzukämpfen. Auf dem letzten Stück der steilen Straße ließ die Kälte den Wasserstaub noch in der Luft zu winzigen Eistropfen gefrieren, die Finn und Delphine ins Gesicht hagelten. Auch Silberschweif wurde von einer feinen Eisschicht überzogen, sodass es aussah, als ob ein Schneeball auf Rädern nach Nebelungen hineinrauschte.

Als sie das Stadtgebiet erreichten, wurde es allmählich dunkel, was in dem Nebel aber kaum einen Unterschied zum Tag machte. Selbst am helllichten Tag waren die Straßen beleuchtet, damit die Menschen sich im beinah undurchsichtigen Eisnebel zurechtfanden.

Silber drosselte das Tempo und blickte für Delphines Geschmack zu wenig nach vorne und zu viel nach rechts und links auf die Schemen der Häuser. Um den ewigen Wasserstaub abzuwehren, hatten sie Dächer wie Schirme, unter denen Fenster und Wände ganz verschwanden. Menschen waren nur wenige unterwegs, doch die liefen mit schnellen, großen Schritten schnurgerade Wege und trugen Kleider aus gelbem Plastik. Der nasse Nebel hätte einfachen Stoff auch schon bald in bleischwere Lappen verwandelt. Warum lebten Menschen überhaupt an diesem Ort? Warum kamen so viele Fremde zu Besuch nach Nebelungen und verbrachten ihren Urlaub hier? Die Antwort war einfach: Nebelungen lag am Dreistromdelta dicht vor der Mündung ins große Meer. Nirgends sonst im Land gab es einen solchen Fischreichtum an Lachsen und Barschen. An guten Tagen brauchte ein Angler noch nicht einmal eine Rute, um Fische zu fangen. Sie sprangen einfach so aus dem Wasser, weil es im Fluss zu voll geworden war. Die Menschen in Nebelungen lebten gut von den riesigen Fischschwärmen, die auch das *Gold von Nebelungen* genannt wurden. Das hatte schon für manches Missverständnis gesorgt und Schatzsucher mit großen Hoffnungen in die Stadt gelockt. Trotz des feuchten Dauernebels machte Nebelungen gerade im Winter einen beinah freundlichen Eindruck. Häuser, Bäume, Laternen und Autos, alles war mit einem feinen Hauch Eisnebel überzogen, als ob jemand Puderzucker über die Stadt geschüttet hätte.

Schon bald führte die Straße in einer großen Biegung zum Fluss hinunter und Silber steuerte dorthin. Die Straße endete so abrupt an einem Kai, dass er gerade noch rechtzeitig bremsen konnte. Ein Wald von Hinweisschildern warnte hier vor dem tückischen Wasser, das gurgelte und strudelte, als ob es in einem unstillbaren Hunger alles sofort verzehren wollte, was mit ihm in Berührung kam. Am Ufer lief eine dicke befestigte Mauer entlang, die die Stadt vor den Fluten schützen sollte.

Über dem Strom lagen Wassernebelwände, die selbst die scharfen Augen von Six nicht hätten durchdringen können oder vielleicht nur, wenn sich einzelne Schwaden plötzlich wie ein Theatervorhang zur Seite schoben und den Blick auf den Fluss freigaben. Was befand sich hinter dem Nebel, in der Mitte oder auf der anderen Seite des Stromes?

Silber schlug den Uferweg ein und orientierte sich an der massiven Mauer, die dort entlangführte. Auf dem Boden lagen dicke, nasse Steinplatten, die durch schmale Rillen unterbrochen waren, in denen hier und da Gras wuchs. Jedes Mal, wenn der Roller über eine Rille fuhr, ruckelte es. Plötzlich stoppte Silber.

»Da! Direkt am Wasser! Das Nebelhorn!«, schrie er und spähte durch die Lücke zwischen zwei Nebelwolken zum Fluss. Dort, im Uferkies, stand eine kleine knallrote Eisensäule mit einem Dach darüber, als ob es eine Notrufsäule für Ertrinkende gewesen wäre. Auf der Spitze des Nebelhorns saß der große Trichter eines Megafons, dessen Öffnung auf die Stadt gerichtet war. Delphine nickte, Silber drosselte den Roller und sie stiegen ab. Rimini blieb an seinem Platz kauern und hielt sich die Ohren zu, ihm ging das Donnern des Wassers durch Mark und Bein.

Silber und Delphine tasteten sich zur Kaimauer vor und beugten sich darüber. Sie sahen jetzt direkt auf das Nebelhorn unter ihnen. Nichts deutete darauf hin, dass dort unten eine Fähre anlegen konnte, ob sie nun aus Sand oder Stahl gewesen wäre. Hier an dieser Mauer wäre alles zerschellt, was auf dem Wasser trieb. Mit ihrem gierigen Gurgeln ähnelten die Strudel einem lauernden Schlund, der alles auf den Grund des Stromes ziehen und ertränken wollte. Erst einige Kilometer stromabwärts, wo das Wasser sich allmählich wieder beruhigte, konnten Schiffe sich auf den Strom trauen.

Silber wurde den Eindruck nicht los, als ob das Nebelhorn nicht für diejenigen dort aufgestellt worden war, die vom Land kamen, sondern eher für Ertrinkende, die dem tückischen Fluss gerade entkommen waren. Als er auf die Ufermauer sprang, wusste Delphine sofort, was er vorhatte. Sie hielt ihn am Arm fest. »Silber, überleg es dir noch mal«, schrie sie. »Eine große Welle – und es reißt dich in den Strom!«

Er aber schüttelte den Kopf und sah sich um. Rechts und links von ihm, auf dem Uferweg, war kein Mensch zu sehen. Vor ihm brüllte der Strom, unablässig und besonders aufgeregt. Hinter ihm reihte sich Haus an Haus, geduckt unter Schirmdächern mit Dachrinnen und Regenrohren, die so dick waren, dass ein kleines Kind durchgeflutscht wäre. Außer den Türen waren keine Öffnungen zu sehen, kein Licht drang aus den Häusern nach außen.

Silber ließ seine Beine von der Mauer in die Tiefe baumeln und sprang plötzlich mit einem Satz hinunter. Wie ein Panther landete er auf dem schmalen Kiesstreifen. Zwischen ihm und dem Fluss war kein Meter Platz. Schon leckten die ersten Wellen an seinen Fußspitzen und er drängte sich dicht an die Ufermauer. Direkt vor ihm stand das Nebelhorn und er begann es zu untersuchen. Auf Brusthöhe entdeckte er einen schmalen Schlitz mit dem Hinweis: »Fahrschein hier hineinschieben!« Daneben befand sich ein dicker schwarzer Knopf. Ohne zu zögern, drückte Silber drauf, aber nichts geschah. Er zog seine Handschuhe aus und zupfte den Fahrschein aus einer Brusttasche seines Anzugs. Nach einem kurzen Blick in das besorgte Gesicht von Delphine oben auf der Mauer nahm er den Fahrschein und schob ihn entschlossen in den Schlitz. Eine Sekunde später kam er wieder heraus. Wieder drückte Silber den schwarzen Knopf. Jetzt dröhnte das Horn auf der Spitze der Säule, dass das Eisen vibrierte und selbst das tobende Wasser für einen Augenblick zu verstummen schien. Ein schauriger Ton durchschnitt den Nebel und musste wohl noch am anderen Ende der Welt zu hören gewesen sein. Silber gruselte es. Hätte er nicht doch besser auf Delphine gehört?

Er steckte den Fahrschein zurück in seine Tasche und begann flink an großen Muschelnestern, die sich an der Ufermauer in vielen Jahren gebildet hatten, wieder hinaufzuklettern. Das letzte Stück half Delphine ihm hoch. Nach einem kurzen Blickwechsel starrten sie in den Nebel. Durch leichte Windböen nahm er die kuriosesten Formen an. Mal meinte Silber, er lichtete sich, dann schien es, als ob schwarze Schwaden an seinen Körper greifen und ihn mit ihren nasskalten Armen erdrosseln wollten. Sekunden später verschwand Delphine im weißen Dunst, um kurz darauf wie eine verschleierte Fee wieder sichtbar zu werden.

Wenn Hel tatsächlich auftauchen sollte und Silber sein Anblick nicht geheuer war, wollte er mit den anderen schnell fliehen. Doch als sich auch nach einer ganzen Weile nichts rührte, beschlossen sie zu Rimini zurückzukehren, brauchten aber drei Anläufe, bis sie den Jungen durch Rufe geortet hatten.

Rimini wollte keinen Zeh von Silberschweif hinuntersetzen. »Lass uns hier verschwinden, Silber! Es ist so unheimlich!«, schrie er aus Leibeskräften.

Silber nickte und stieg auf den Roller. Delphine

schien auch erleichtert zu sein und setzte sich hinter ihn. Er warf einen letzten Blick auf das Nebelhorn, zündete Silberschweif und drehte den rechten Griff am Lenker auf Vollgas. Doch der Roller bewegte sich keinen Millimeter vorwärts! Silber überprüfte, ob er den Ständer des Rollers eingeklappt hatte, das war der Fall. Wieder gab er Vollgas, bis der Motor sich verschluckte, doch Silberschweif stand auf der Stelle wie angefroren.

Silber drehte sich zu Delphine um und sah sofort den Schatten hinter ihr. Sein Blick wanderte nach oben und was Silber dort sah, ließ ihn zusammenzucken. Dort, wo er den Kopf des Schattens vermutete, leuchtete durch den Nebel ein helles Auge auf ihn herab.

Ein einziges, leuchtendes Auge! Als Silber aus dem ersten Schreck erwachte, schrie er: »Hey, loslassen, du Zyklop!« Wieder gab er Gas. Doch der Schatten dachte nicht daran, den Roller freizugeben. Delphine hatte längst die Gefahr erkannt und sprang vom Sitz. Silber machte es ihr nach und beide versuchten, den Teil des Schattens zu fassen zu kriegen, den die Nebelschwaden gerade sichtbar werden ließen. Doch den Schatten schien nichts zu erschüttern.

Das muss ein Turm von einem Mann sein! Wenn das Hel ist, dann gute Nacht!, dachte Silber und arbeitete fieberhaft an einem Rettungsplan.

Plötzlich legte ein Windhauch die Hände am Gepäckträger des Rollers frei. Die pfannengroßen Pranken eines Mannes wurden erkennbar, der doppelt so groß war wie Silber. Rimini hatte vor Schreck die Hände über die Augen gelegt und war noch tiefer im Fußraum zusammengesunken.

Da schrie jemand im Rücken von Silber und Delphine: »Lass es gut sein, Phos!«

In diesem Moment ließ der Schatten Silberschweif los. Silber drehte sich um, während Delphine den Riesen im Auge behielt. Auf der anderen Seite war niemand zu entdecken. Doch plötzlich tauchte aus dem Nebel ein Mann auf und Silber stellte fest, dass er ihm gerade bis zur Brust ging. »Was wollt ihr?«, rief er vorwurfsvoll.

»Bist du Hel?«, fragte Silber.

»Wer sollte ich sonst sein? Der Weihnachtsmann?«, fragte Hel zurück. »Lasst uns in mein Haus gehen, dort müssen wir nicht so brüllen!«, schrie er.

Silber nickte, nahm schnell seinen silbernen Rucksack unter der Sitzbank hervor, zog den Schlüssel von Silberschweif ab und gab Rimini ein Zeichen, ihm zu folgen. Auf dem Weg zu Hels Haus ließ Delphine den Riesen namens Phos nicht aus den Augen.

Schließlich erreichten sie eines der Häuser am Ufer. Um zur Tür zu gelangen, mussten sie sich alle ein wenig ducken, Phos musste sogar in die Knie gehen, um nicht mit dem Kopf anzustoßen.

Als Hel die Tür aufschloss, leuchtete ihnen sofort der warme Schein eines Kaminfeuers entgegen. »Kommt schnell rein!«, sagte er und verschloss die Tür, nachdem der Riese sich hindurchgequetscht hatte. Jetzt erkannte Silber, dass Phos kein Zyklop mit einem leuchtenden Auge war, sondern dass er eine Helmlampe mit einem starken Scheinwerfer über seine schwarzen Zottelhaare gestreift hatte. In seinem Bart hätten Vögel mehrere Nester bauen können. Ein Mund war darunter nicht zu entdecken. »Das ist Phos, mein Matrose!«, sagte Hel. »Und wer seid ihr?«

Silber sah den kleinen, aber stämmigen Mann an.

Kein Haar wuchs auf seinem Kopf, der so rund war wie das Steuerrad eines Schiffes mit zwei großen Ohren zum Festhalten. Zwei listige Augen saßen an der Wurzel seiner krummen Nase und seine Hände waren wie Ruder geformt. Er trug gelbe Plastikkleidung wie sein Matrose.

»Das sind Delphine und Rimini. Ich bin Silber«, sagte Silber.

»Wer von euch kommt aus dem Fluss?«, fragte Hel.

Delphine, Silber und Rimini warfen sich einen fragenden Blick zu. »Ähm, niemand«, murmelte Silber.

»Aber einer muss doch aus dem Fluss gekommen sein! Sonst hättet ihr doch keinen Fahrschein, mit dem ihr das Nebelhorn betätigen konntet!«

Hel untersuchte jede Falte in den Gesichtern der drei und sagte dann: »Also gut. Was wollt ihr?«

»Bist du der Fährmann?«, fragte Delphine.

»Mädchen, schau dich hier mal um, was siehst du? Meinst du, hier wohnt eine Landratte?«

Delphine folgte der Einladung wie Silber und Rimini auch. Das ganze Haus war gebaut wie ein kleines Schiff. Statt Vorhängen gab es Segel vor den Fenstern, ins obere Stockwerk führte keine Treppe, sondern eine Strickleiter mit hölzernen Sprossen. Über einer Pendeltür hing ein kleines Schild, darauf stand *Kombüse*.

»Phos, feuere nach und komm dann nach achtern!«, rief Hel. Der Matrose brummte eine Antwort durch seinen Bart, löschte seine Helmlampe und stampfte zum Kamin.

»Setzt euch!«, rief Hel und zeigte auf zwei karge Holzbänke an einem Holztisch.

»Hel, kannst du mir helfen?«, fragte Rimini, nachdem er sich gesetzt hatte. Silber hatte den Eindruck, Rimini wollte die Sache schnell hinter sich bringen.

»Das kommt darauf an, mein Junge …«, sagte der Fährmann.

»Kennst du mich? Ich meine, hast du mich schon einmal gesehen?«

Hel musterte Rimini, der inzwischen die von Daphne geborgte Wollmütze und den kratzigen Schal ausgezogen hatte.

»Nein, Junge. Müsste ich das? Bist du etwas Besonderes?«

»Na ja, das weiß ich eben nicht. Aber ich dachte, ich wäre vielleicht mal auf deiner Fähre gefahren oder so.«

»Auf meiner Fähre?« Hel lachte, bis er rot wurde. »Phos, hast du das gehört? Er denkt, er wäre mal mit meiner Fähre gefahren!« Vom Kamin war ein Grunzen zu hören, das dem Räuspern eines Bären ähnelte. Hel überwand den Lachanfall und fing sich wieder.

»Also wirklich, Junge. Ich habe noch nie einen Passagier meiner Fähre jemals wiedergesehen! Wie auch? Wer meine Fähre betritt, kann ja gar nicht zurückkommen!«

Delphine warf Silber einen schnellen Blick zu.

»Warum nicht?«, fragte der.

»Das liegt doch in der Natur der Sache. Ich steuere jede Fähre nur ein einziges Mal. Durch das Delta zur Insel Ypsaland. Spätestens dort müssen meine Passagiere von Bord und spätestens dort haben meine Fähren sich aufgelöst.«

»Ja, aber wie kommst du dann selbst zurück?«

»Auf dem Rücken von Phos. Wenn man nicht wüsste, dass er ein Mensch ist, könnte man denken, seine Eltern seien Wale gewesen. Er ist der einzige Nichtfisch, der das Delta je durchschwommen hat.«

»Und wie erklärst du dir, dass Rimini einen Fahrschein für deine Fähre in der Tasche hat?«, wollte Delphine wissen.

»Zeig den Fahrschein einmal her!«, rief Hel und Silber präsentierte ihn in seiner Handfläche, als wäre es ein seltenes Insekt.

Hel untersuchte den Fahrschein genau. »Tatsächlich ...«, murmelte er und der amüsierte Ton verschwand aus seiner Stimme. »Ein Fahrschein für eine Fahrt mit meiner Fähre. Er ist gültig. Mit diesem Fahrschein kann man das Nebelhorn in Gang setzen, was ihr ja auch getan habt. Und der Fahrschein gehört dem Jungen?« Delphine und Silber nickten. »Und er kommt nicht aus dem Wasser?«

Silber schüttelte den Kopf und erzählte Hel, wo er Rimini aufgefunden hatte und was danach geschehen war.

Hel hörte aufmerksam zu, runzelte die Stirn und nahm Rimini unter die Lupe. Schließlich meinte er mit einem seltsamen Unterton: »Hier, mein Junge, steck das gut weg, du wirst es noch brauchen.« Hel wartete, bis Rimini den Fahrschein in seine Hosentasche gesteckt hatte, dann sagte er: »Jetzt geh doch mit Phos mal in die Kombüse und hilf ihm, ein paar Makrelenbrötchen zu machen. Und Lebertran! Komm, geh nur, Phos beißt nicht, der sieht nur so aus.«

Das Grunzen von hinten klang zwar nicht sehr ermutigend, aber sein Magenknurren erinnerte Rimini daran, dass es gut war, dem Vorschlag zu folgen.

Als er mit dem Riesen durch die Pendeltür verschwunden war, beugte sich Hel ein wenig zu Delphine und Silber vor.

»Dass der Junge den Fahrschein besitzt und nicht aus dem Wasser kommt, bedeutet, dass er etwas ganz Besonderes ist. Normalerweise werden meine Passagiere vom wilden Wasser des Stroms ans Ufer gespült, manche mehr tot als lebendig. Sofern sie noch Kraft und einen gültigen Fahrschein haben, betätigen sie das Nebelhorn und ich tue dann meine Pflicht.«

»Und die wäre?«, fragte Silber.

»Ich muss meine Passagiere unter allen Umständen zur Insel Ypsaland übersetzen.«

»Und was kann der Grund dafür sein, dass Rimini einen ganz anderen Weg hinter sich hat?«, fragte Delphine.

»Ich weiß gar nicht, ob ich euch das erzählen soll«, murmelte Hel, schien sich dann aber einen Ruck zu geben. »Der Junge muss einer vom goldenen Strand sein! Ja, das könnte sein!«

»Was meinst du, Hel?«

»Manchmal müssen wir Passagiere an den goldenen Stränden einer kleinen Vulkaninsel im Stromdelta einsammeln. Furchtbar traurige Fälle. Phos und ich machen es nicht gerne. Ja, wenn ich recht darüber nachdenke, könnte es sein, dass er einer vom goldenen Strand ist.«

»Aber ich habe ihn halbnackt im Schnee gefunden, nicht an irgendeinem goldenen Strand!«, rief Silber.

Hel war deutlich anzumerken, dass die Herkunft Riminis auch ihm ein Rätsel war. »Wie auch immer, er gehört nach Ypsaland. Ob er will oder nicht!«

»Das hört sich nicht gerade an, als ob Ypsaland ein Urlaubsparadies ist«, flüsterte Delphine.

»Natürlich nicht. In Ypsaland endet der Weg des Jungen.«

»Heißt das, er wird dort sterben?«, fragte Silber.

»Sterben ist vielleicht das falsche Wort. Ihn nach Ypsaland zu bringen, ist sogar der einzige Weg zu verhindern, dass er stirbt. Man könnte vielleicht sagen, der Junge ist eine Möglichkeit, die nicht mehr möglich ist. Etwas, das hätte sein können, aber nicht mehr sein kann, versteht ihr?«

»Kein Wort!«, murmelte Delphine und lauschte

dem Geklapper von Geschirr und Besteck aus der Kombüse.

»Also gut, ich versuche es mal anders zu erklären. Wenn er wirklich einer vom goldenen Strand ist, muss es einen Tag im Leben dieses Jungen gegeben haben, an dem er ein anderer Mensch geworden ist. Ein Tag wie kein anderer, irgendetwas ist passiert, etwas Einschneidendes, etwas Wunderschönes, etwas Schreckliches oder etwas Wundersames, durch das er sich grundlegend verändert hat. Er ist ein Anderer geworden, was passiert ist, hat ihn auf einen anderen Weg gebracht, hat ihm Kraft gegeben für Heldentaten oder für etwas sehr Schlimmes. Kann sein, dass die Entscheidung sein Herz zerrissen hat wie ein Blatt Papier. Aber entschieden hat er sich.«

»Ich weiß, was du meinst«, murmelte Silber und schlug sich verstohlen gegen die Brust.

Hel fuhr fort. »Rimini ist gewissermaßen eine Möglichkeit, die nicht zur Tatsache geworden ist. Und Möglichkeiten, die niemand zu Tatsachen macht, gehören nun mal nach Ypsaland. Darum heißt Ypsaland ja auch *die Insel der verworfenen Möglichkeiten.*«

»Hel, tut mir leid, aber ich verstehe es nicht«, sagte Delphine. »Heißt das etwa, es gibt noch einen zweiten Rimini, eine Tatsache von ihm?«

Hel rieb sich über die Glatze. »Es würde mich sehr wundern, wenn dem nicht so wäre. Aber um euch weiterzuhelfen, müsste ich mehr über den Jungen wissen. Und ehrlich gesagt, ich bin nur derjenige, der ihn nach Ypsaland bringen muss. Mehr will ich auch gar nicht über ihn wissen. Es wäre ein Grauen, die Geschichten all meiner Passagiere zu kennen. Das interessiert vielleicht Charisma, aber ich bin nur ein einfacher Fährmann.«

Delphine und Silber sahen sich fragend an, während im Hintergrund die Pendeltür zur Kombüse quietschte.

»Charisma?«, fragte Delphine.

Hel flüsterte schnell: »Charisma, die Königin von Ypsaland. Beim Klabautermann, gut, dass ich ihr niemals begegnen musste!« Dann rief er: »Ah, da kommt ja unser Abendessen!«

Phos und Rimini schienen sich in der Zwischenzeit angefreundet zu haben. Der Matrose warf dem Jungen ein gutherziges Lächeln zu, das man auch für das Zähnefletschen einer Bestie hätte halten können, doch Rimini hatte sich daran gewöhnt und lächelte zurück. »Wir haben frischen Lebertran gekocht!«, rief er begeistert. »Und ihr dürft nachher die Kombüse putzen!«

Der Riese trug ein Tablett mit einem Berg von Makrelenbrötchen und Rimini eine Glaskanne mit dickflüssigem Saft und fünf ineinandergestapelte Gläser.

Silber war der Gedanke an Essen unerträglich. »Hel ...«, flüsterte er dem Fährmann zu, »du wirst Rimini nicht nach Ypsaland bringen!«

Hel starrte ihn an und flüsterte zurück: »Silber, ich muss. Oder willst du, dass es den Jungen in Stücke reißt? Stell dir doch mal vor, du kommst an eine Kreuzung und gehst gleichzeitig nach rechts und links. Klingt nicht gerade empfehlenswert, oder? Welcher Rimini als Möglichkeit verworfen und welcher Tatsache geworden ist, das haben wir zwei nicht entschieden.«

Silber raufte sich die Haare. »Gut, dann komme ich mit! Wenn Rimini nicht mehr Tatsache werden kann, dann will ich es auch nicht mehr sein«, sagte er.

Hels listige Augen blinzelten. »Du weißt, was das bedeutet, nicht wahr? Von Ypsaland gibt es kein Zurück. Phos ist zwar ein guter Schwimmer, aber zwei Personen trägt auch er nicht auf seinem Rücken.«

Silber nickte und senkte den Kopf.

»Gut, wie du willst, Silber«, sagte Hel, nahm sich ein Makrelenbrötchen und stopfte es beinah ganz in den Mund. »Und jetzt langt zu, bevor Phos alles alleine isst. Er braucht nämlich Kraft. Während ihr schlaft, wird er die Fähre bauen, mit der wir im Morgengrauen nach Ypsaland übersetzen!«

Die Fähre

Obwohl Silber es gewohnt war, in einer Hängematte zu schlafen, machte er in dieser Nacht kein Auge zu.

Er wälzte sich in seinem Schweiß hin und her wie ein Hering in der Marinade. Was erwartete Rimini und ihn auf Ypsaland? Was war Riminis Geheimnis? Welchen Tag hatte er durchleben müssen, an dem er ein anderer Mensch geworden war? Silber ahnte an seinem eigenen Schicksal, wie das gehen konnte. Auch er war nach einem schrecklichen Tag ein Anderer geworden. Aus Silber war Finn Hasselblatt geworden, der sich auf den Dächern versteckte. Dann war er als Silber zurückgekehrt, hatte sich herausgetraut aus seinem Versteck und zum ersten Mal seit langer Zeit wieder etwas gemalt, was andere sehen durften. Was aber, wenn er nun für immer Silber bliebe? Für immer diese zweite Haut aus silbernem Stoff anbehielt, maskiert bliebe und nie mehr als Finn Hasselblatt in ein normales Leben zurückkehrte? Wenn Finn Hasselblatt nichts weiter mehr war als eine Möglichkeit, die für alle Zeit verworfen war? Ihn nur noch an etwas erinnerte, an das er nicht mehr erinnert werden wollte? Silber ahnte die Antwort, denn er glaubte, Hel richtig verstanden zu haben. Finn Hasselblatt würde sicher einer von Hels nächsten Passagieren auf der Fähre werden. Auch er würde nach Ypsaland fahren müssen und nie mehr zurückkehren.

Aus den Andeutungen von Hel war Silber trotzdem nicht ganz schlau geworden. Er ahnte, dass auch der Fährmann nur bruchstückhafte Informationen besaß, aufgeschnappt von früheren Passagieren vielleicht. Was geschah, wenn Rimini seine Erinnerung wiederfand? Vielleicht war es gut, dass aus ihm keine Tatsache geworden war. Vielleicht war er einer wie Silber, der ein fürchterliches Unglück zu verantworten hatte und für den es wirklich besser war, nicht mehr möglich zu sein.

Charisma, die Königin von Ypsaland, wusste bestimmt mehr als Hel. Silber war sicher, dass sie das Rätsel von Riminis Vergangenheit lösen konnte. Sollte sie Rimini aber nur ein Haar krümmen wollen, hätte ihr letztes Stündchen geschlagen, das hatte Silber sich bereits beim Abendbrot geschworen. Der Gedanke daran, das Delta zu durchqueren, ließ ihn zwar insgeheim frösteln, aber das durfte er keinem zeigen. Auch war er gespannt auf die Fähre, die Phos bauen würde.

Gleich nach dem Abendessen war der Matrose verschwunden, nur mit einer schweren Axt bewaffnet. Wollte er in einer einzigen Nacht eine Fähre bauen, die einerseits den Fluten des Stromes widerstehen konnte und doch nur genau so lange hielt, bis sie in Ypsaland angekommen waren? Und warum nahm er keine Schaufel für eine Fähre aus Sand?

»Silber!«, flüsterte Delphine von der Nachbarhängematte herüber. »Kannst du auch nicht schlafen?«

»Kein bisschen!«, flüsterte Silber zurück. »Wie auch? Wenn ich an den Morgen denke, wird mir übel.«

»Ich werde nicht mitkommen nach Ypsaland«, sagte sie. »Wenn es von dort kein Zurück gibt, ist es für mich der falsche Weg!«

Silber zuckte zusammen, als wäre die Hängematte unter Strom gesetzt worden. An Delphines Atem hörte er, dass auch sie mit sich kämpfte.

»Du willst Rimini und mich im Stich lassen …?«

»Silber, ich habe lange darüber nachgedacht. Ich muss es tun. Es gibt nämlich etwas, das du nicht weißt.«

»Was?«

»Ich habe dich angelogen. Ich bin nicht aus der Kummerschule geflohen.«

»Sondern?«

»Konstantin York hat mir einen Handel angeboten. Ich soll Rimini an ihn ausliefern. Dafür hat er mich gehen lassen. Hier, sieh!«

Sie reichte ihm die Hälfte des Fotos herüber, die York ihr gegeben hatte.

Silber riss die Augen auf, um in dem schwachen Licht, das die Glut aus dem Kamin herüberwarf, etwas zu erkennen. »Was hat York mit Rimini zu tun?«, fragte Silber ein wenig zu laut. Prompt drehte sich Rimini in seiner Hängematte unruhig auf die andere Seite.

»Ich glaube, es hängt doch irgendwie mit der Flasche zusammen. York fürchtet Rimini. Er will ihn in seine Gewalt bekommen. Ich glaube, Rimini weiß etwas über York, das den Direktor vernichten kann.«

»Na ja, noch weiß er es ja nicht! Er hat ja nicht mal eine Ahnung, wie er heißt. Was hat York dir dafür versprochen, dass du ihn in die Kummerschule bringst?« In seiner Stimme war zu hören, wie sehr es ihn enttäuschte, dass sie ihm nicht gleich reinen Wein eingeschenkt hatte.

»Das Geheimnis eines Pulvers, das ein tückisches Fieber heilen kann.«

Silber schloss die Augen. Jetzt erkannte er, in welchem Zwiespalt Delphine die ganze Zeit über gesteckt hatte. Er ahnte die ganze Wahrheit.

»Hast du … also, ich meine, dieses Fieber …?«

»Es kann bei mir jederzeit ausbrechen. Malaria.«

»Was wirst du jetzt tun?«, fragte Silber.

»Ich muss zurück in die Kummerschule. Ich werde versuchen, York das Geheimnis des Pulvers auf einem anderen Weg abzujagen.«

»Und wenn er nach Rimini fragt?«

»Werde ich ihm eine unglaubliche Lügengeschichte auftischen.« Nach einer kurzen Pause fügte Delphine leise hinzu: »Silber, es gibt da noch etwas, das du wissen solltest: Diese Marie, die Rimini in mir erkannt haben will, ist meine verstorbene Großmutter. Ich kann mir darauf selbst keinen Reim machen. Vielleicht findest du es für mich heraus.«

Weshalb kannte Rimini ausgerechnet Delphines Großmutter? Silber fühlte sich hundeelend. Fragen über Fragen. Alles drehte sich in ihm. Und doch wurde ihm mit einem Schlag klar, was es mit den Möglichkeiten in Wahrheit auf sich hatte. Wie kinderleicht war es doch, sich von Finn in Silber und umgekehrt zu verwandeln! Er konnte das jederzeit tun, es lag nur an ihm selbst. Aber nun musste er sich hier und jetzt entscheiden zwischen zwei Wegen. Einer hieß, Rimini an York auszuliefern und Delphine zu retten. Was auch immer York mit Rimini vorhatte, es wäre bestimmt der Tod des Jungen. Der andere war, Delphine ziehen zu lassen und Rimini zu retten. Das wäre Delphines sicherer Tod. Der Silber, der mit Rimini nach Ypsaland fuhr, würde nie mehr zurückkehren können, um Delphine zu retten. Der andere Silber würde den Jungen im Stich lassen. Er knirschte mit den Zähnen, um diese Gedanken zu zermalmen, versuchte aufzuwachen aus diesem üblen Traum. Er fühlte förmlich, wie es ihn zu zerreißen begann, und er spannte alle Muskeln an, um dagegen anzukämpfen.

Delphine ahnte, wie ihm zumute war. Leise wie eine Katze sprang sie aus ihrer Hängematte. »Silber, ich muss los. Viel Glück für euch in Ypsaland! Rimini könnte keinen besseren Beschützer haben als dich!« Sie umarmte und drückte ihn fest.

»Hier!«, flüsterte er. »Nimm!« Delphine sah auf seine Hände und erkannte, dass es der Schlüssel für Silberschweif war. »Du hast ja gesehen, wie man ihn fährt«, murmelte Silber.

»Danke! Ich nehme ihn als Andenken an dich mit«, sagte sie und kletterte die Strickleiter ins Erdgeschoss hinunter.

»Ach, Delphine. Wenn du es schaffen solltest, kannst du gelegentlich eine tote Maus vor die Kathedrale werfen?«

»Mach ich, Silber!«

Nachdem Delphine die Tür leise hinter sich zugezogen hatte, weinte Silber, bis er vor Erschöpfung einschlief.

Als Hel begann, an Silbers Hängematte zu rütteln, dauerte es eine Weile, bis er zu sich kam. Schnell warf er einen Blick auf Delphines Hängematte. Sie war leer.

»Es ist Zeit«, sagte der Fährmann. »Zieh diese dicken Socken an, auf der Fähre wirst du kalte Füße bekommen. Delphine hat es vorgezogen zu verschwinden, nehme ich an?«

Silber nickte und es war nicht einmal gelogen, als er sagte, sie habe etwas Lebenswichtiges zu erledigen. »Hel, gibt es wirklich keine andere Möglichkeit?«

Hel unterbrach seinen Weg nach unten. »Für dich schon«, sagte der Fährmann. »Für Rimini nicht. Es sei denn, du willst, dass er jämmerlich zugrunde geht. Weißt du, was passiert, wenn eine verworfene Möglichkeit ihrer eigenen Tatsache begegnet?« Hel machte eine Handbewegung, die Silber ahnen ließ, was dann geschehen würde. »Außerdem wäre ich meinen Job los und das werde ich nicht zulassen. Da bin ich wiederum in der Zwickmühle, verstehst du? Und jetzt komm! Weck deinen Freund. Phos wartet schon.«

Silber weckte Rimini und sie zogen sich an.

»Wo ist Delphine?«, fragte Rimini.

»Sie hat etwas sehr Wichtiges zu erledigen. Wir treffen sie später wieder.« Silber schmerzte seine eigene Lüge sehr.

»Kommt ihr jetzt endlich runter?«, rief Hel.

Silber nahm seinen Rucksack und kletterte als Erster nach unten. Rimini folgte ihm.

Als sie Hels Haus verließen, fragte Silber: »Hel, stimmt es, dass deine Fähren aus Sand gebaut sind?«

Hel nickte. »Im Sommer schon. Jetzt im Winter geht das natürlich nicht.«

»Aus welchem Material ist denn die Fähre, mit der wir heute fahren?«

»Das wirst du gleich sehen. Phos hat es gerade noch rechtzeitig geschafft. Wir müssen vor Sonnenaufgang in die Schleuse, sonst erreicht ihr Ypsaland niemals. Also, lasst uns einen Zahn zulegen!«

Sie rannten am Ufer entlang. Natürlich war der Nebel bereits am frühen Morgen allgegenwärtig. Aber Hel hätte den Weg auch mit geschlossenen Augen gefunden. Schon bald blieb der Fährmann stehen und kletterte auf die dicke Ufermauer. Er half Silber hinauf und der wiederum reichte Rimini die Hand.

Oben auf der Mauer sah Silber ein starkes Seil, das zum Wasser hinunterführte. Diesmal würde er nicht springen müssen wie gestern Abend. Vorsichtig beugte er sich vor, um an der Mauer entlang auf das Wasser sehen zu können. Zunächst sah er in das Gesicht von Phos, der wieder seine Helmlampe aufgesetzt hatte. Er schnellte hoch und wieder runter wie auf einem Trampolin und hielt mit beiden Händen das Tau. Selbst diesem Riesen war es fast unmöglich, auf dem Wasser die Balance zu halten. Dann weitete sich Silbers Blick und er erkannte, aus welchem Material die Fähre gebaut war. Unwillkürlich begann er zu zittern. Die Fähre war aus blankem Eis geschlagen!

»Los, klettert runter! Schnell! Phos kann sie nicht mehr lange halten!«

Silber griff das Tau, schlang die Beine darum und stieg sicher hinunter.

Rimini aber begann zu schaukeln, als er im Tau hing. Er war solche Kletterpartien nicht gewohnt und es dauerte einige Minuten, bis er auf dem Eis der Fähre stand. Phos packte ihn schnell, damit er nicht von dem schaukelnden Eisboot geschleudert wurde.

Kurz darauf stand Hel auf dem Deck. »Leinen los!«, brüllte er und sofort begann die Fähre in den feuchten Nebel des Stroms hineinzutanzen wie eine verlorene, besonders kunstvoll gestaltete Eisscholle. Kein Antrieb, kein Motor oder Ruder waren zu sehen, sie schwamm einfach so, als ob sie den Kurs durch das Delta instinktiv kannte wie ein Lachs die tückischen Wasserwege zu seinem Laichplatz.

Konstantin York stand vor einem großen, halbrunden Holztisch in seinem geheimen Labor. Wie die Tentakel eines ihm hörigen Monstrums lagen die Schläuche und Leitungen des großen Kupferkessels vor ihm. Er steckte in seiner Arbeit wie ein Tiefseetaucher im Meer. Mit verschiedenen Pipetten dirigierte er ein Orchester von Glasröhrchen, die ohne erkennbare Ordnung in einem Holzgestell steckten. Immer wieder nahm er einzelne Röhrchen heraus, roch am Inhalt, steckte die Pipette hinein, um damit einige Tröpfchen umzusiedeln in andere Behälter mit anderen Flüssigkeiten. Becher aus Glas und kunstvoll geformte Kolben mit bunten Flüssigkeiten standen auf dem Tisch wie die Reste von einer großen Feier. Gelegentlich packte York mit einer Zange ein heißes Glas, schüttelte es, regulierte die Flamme an kleinen, zischenden Gaskochern oder träufelte Essenzen in andere Mini-Röhrchen, um sie in den Bauch einer Maschine zu schieben, die die Mischung der Essenzen automatisch untersuchte.

Als Schritte vor der Tür zu hören waren, schreckte Konstantin York auf.

»Herr York, darf ich eintreten?«, keuchte Bleck van Lunteren.

»Van Lunteren! Ich hoffe, Sie haben einen guten Grund für diese Störung!«

»Mehr als das, Herr York. Diese Laborantin! Delphine Blanche ...« Van Lunteren schnappte nach Luft.

York sah den Kopfjäger an. Er war bis auf die Haut durchnässt und stank nach Brackwasser und Schweiß. Sein grüner Wollanzug triefte und bei jedem Schritt schwappte es in den schweren schwarzen Stiefeln. Die Enden seiner Schnurrbarthaare standen nicht wie sonst gerade über dem Mund, sondern hingen herunter. Er schien einiges durchgemacht zu haben.

»Beruhigen Sie sich doch!«

»Sie, sie ... wurde geboren, also, sie, sie ...«

»Van Lunteren, jetzt sammeln Sie sich!«

»Sie dürfte eigentlich gar nicht existieren!«, platzte der Kopfjäger heraus.

»Sie trauen sich, mir mit solchem Unsinn zu kommen?«, sagte York.

»Nein. Ähm, ja. Sie wurde geboren, obwohl ihre Großmutter starb, bevor sie eine Tochter gebären konnte, die wiederum die Mutter der Laborantin hätte werden können und ...« Van Lunteren erkannte, dass sein Bericht ziemlich verwirrend klang. »Am besten, ich fange mal von vorne an. Auf der Rückseite des Fotos, das Sie mir gaben, fand ich eine kaum lesbare Nummer. Jeder Fotograf benutzt solche Nummern, um seine Fotos kenntlich zu machen wie mit einer Unterschrift. Der Fotograf war längst verstorben, aber sein Sohn führt das Geschäft des Vaters fort. Anhand alter Unterlagen konnte er den Namen des Mädchens auf dem Foto herausfinden. Sie hieß Marie Montague.«

Konstantin York, aus dessen Besitz das Foto stammte, kannte diesen Namen. Trotzdem traf ihn die Tatsache, dass der Kopfjäger ihn aussprach, wie ein Peitschenhieb. Er unterdrückte einen Schrei und torkelte an ein Regal hinter dem großen Kessel, in dem Hunderte kleiner Fläschchen mit Pulvern standen. Mit dem Finger fuhr er hastig die Reihen der Fläschchen ab, hielt plötzlich inne, zog eines heraus, entfernte den Stopfen, schüttete sich Pulver in den Mund und spülte es mit einem Glas Wasser hinunter. Mit beiden Armen an das Regal gestützt, wartete er darauf, dass es wirkte. Erst als er sich wieder van Lunteren zuwandte, wusste der Kopfjäger, dass er weiterreden durfte.

»Ich brach ins Stadtarchiv ein und fand heraus, dass diese Marie Montague früher in der Stadt gelebt hatte. Und ich fand ihren Totenschein. Sie starb schon mit 17 Jahren …«

»… am 1. Februar 1967, an Malaria«, flüsterte York.

Van Lunteren wunderte sich darüber, dass der Direktor das wusste. Der Kopfjäger nahm sich ein Handtuch vom Haken neben einem Waschbecken und rubbelte sich seinen Kopf trocken.

»Malaria war tatsächlich die Todesursache. Aber das

Todesdatum war nicht der 1. Februar 1967. Kann es nicht gewesen sein.«

»Van Lunteren, was reden Sie da?«, krächzte York.

»Das Datum stand zwar auf dem Totenschein, aber es wurde nachträglich korrigiert.«

York setzte sich und konnte nicht verhindern, dass ihm vor Fassungslosigkeit die Unterlippe absackte. »Es wurde geändert?«

»So ist es. Offenbar hat ein Arzt den Totenschein voreilig ausgestellt.«

»Wann …?«

»Fast fünf Monate später starb sie erst.«

Wenn der Name Marie Montagues in York einen Schwächeanfall ausgelöst hatte, dann war der sonst so stolze und strenge Direktor jetzt kurz vor dem Zusammenbruch.

»Diese Marie Montague starb erst im Sommer. Bei der Geburt ihrer Tochter.«

»Sie brachte eine Tochter zur Welt? Van Lunteren, irren Sie sich auch nicht?« York schien mit einem Mal um Jahre zu altern.

»Nein, ich bin absolut sicher. Ich habe die Geburtsurkunde genau studiert. Eine Hebamme brachte die Tochter dieser Marie Montague zur Welt. Das Leben der Mutter aber war nicht mehr zu retten. Die Malaria hatte sie zu sehr geschwächt. Hier, lesen Sie.«

Der Kopfjäger reichte York ein Stück Papier, das er offenbar aus den Akten im Archiv herausgerissen hatte. York starrte darauf und las mit heiserer Stimme: »Charlotte Montague, geboren am 15. Juli 1967. Mutter Marie Montague bei der Geburt verstorben, Vater unbekannt.«

»Was haben Sie noch herausgefunden?«

»Der Geburtsschein wurde ungewöhnlicherweise von einer Hebamme ausgestellt, vermutlich war kein Arzt greifbar.«

»Marie Montague hat eine Tochter geboren, bevor sie starb ... Charlotte Montague ... Charlotte ...«, flüsterte York abwesend vor sich hin, als ob der Name eine geheime Formel wäre. »Das könnte die Antwort auf alle Fragen sein. Weiter, van Lunteren. Was noch?«, röchelte er.

»Die Hebamme. Das könnte eine Spur sein, um mehr herauszufinden ...«, sagte der Kopfjäger.

»Dann finden Sie mehr heraus! Koste es, was es wolle!«, rief York.

Plötzlich war Krach vor dem Labor zu hören. Jemand schlug grob an die Tür. Van Lunteren, der sah, dass der Direktor völlig in seine Gedanken versunken war, öffnete. Vor der Tür standen zwei Kopfjäger, die wie jüngere, aber nicht weniger bösartige Brüder van Lunterens aussahen.

»Bleck, dieses Biest haben wir eben aufgegriffen. Sie wollte heimlich auf die Insel gelangen! Sie hat sich ganz schön gewehrt, wir mussten sie zu dritt überwältigen.«

Einer winkte mit einer großen Taschenlampe und zeigte auf eine Gestalt, die zwischen den beiden immer wieder versuchte, sich dem eisernen Griff der Kopfjäger zu entziehen.

Bleck van Lunteren glotzte auf die Gestalt, als ob er jede Pore ihres Gesichtes auswendig lernen wollte. Dann rieb er sich die Hände und rief: »Gut gemacht! Bringt sie herein, der Direktor wird sich für sie interessieren!«

Als York, der nach der Einnahme des Pulvers allmählich wieder zu sich kam, auf die Gestalt aufmerksam wurde, konnte er nicht glauben, wen er vor sich hatte. Vor wenigen Sekunden noch hatte er voller Sorge an sie gedacht.

Nachdem er Bleck van Lunteren und seine Kollegen fortgeschickt hatte, wandte er sich seiner Gefangenen zu und sagte in einer für ihn ungewohnten Sanftheit: »Hallo, Delphine. Ich freue mich, dich zu sehen. Ich glaube, wir beide haben uns viel zu erzählen …«

Silber wusste nicht, wie viele Stunden sie schon mit der Eisfähre auf dem Wasser tanzten. Es kam ihm vor, als habe er den letzten Rest der wirklichen Welt mit dem Ablegen in Nebelungen verlassen. In seinem Kopf war alles durcheinandergeraten, denn die Fähre war für die Kraft der drei Flüsse nur ein Spielball, der mal hierhin, dann wieder dorthin geworfen wurde.

Rimini schlief in einer kleinen Kajüte im Bug der Fähre.

Phos, der Rimini offensichtlich in sein Herz geschlossen hatte, hatte seine Jacke geopfert, damit der Junge nicht fror. Der hünenhafte Matrose hockte neben Rimini und ließ ihn keine Sekunde aus den Augen.

Es war ein Rätsel, wie dieser Mann innerhalb einer Nacht ein solches Meisterwerk wie diese Fähre hatte erschaffen können. Selbst zwei Rettungsringe aus Eis, in denen die Namen Silber und Rimini eingeritzt waren, hatte er nicht vergessen.

Hel stand am Steuerrad. Es war das einzige Teil der Fähre, das nicht aus Eis geschlagen war, sondern aus Holz mit bunten Griffen. Silber konnte nicht erkennen, ob Hel die Fähre wirklich durch den Nebel lenkte und welche Kraft diesen Eisklotz anschob. Auf seine Frage hatte der Fährmann nur gebrüllt: »Sie schmilzt momentan sehr langsam voran, Junge.« Bisher war im Getöse des Wassers eine Unterhaltung nur möglich gewesen, wenn man bereit war, sich die Kehle wund zu schreien, darum hatte Silber nicht weiter nachgehakt. Er hätte zu gerne gewusst, wie es möglich war, dass in dieser Kälte überhaupt etwas schmelzen konnte. Silber kam es sogar vor, als ob die Kälte zunähme. Aber wenigstens schien sich der Nebel etwas zu lichten und die Kraft des Wassers nachzulassen.

»Wir sind gleich an der Schleuse zum Delta!«, rief Hel. »Hoffentlich hat Kryptos einen guten Tag.«

Silber nickte und starrte in den Nebel. Sein Magen bereitete gerade eine Revolte vor und er war froh, wenn die Fähre endlich in ruhigeres Fahrwasser kam.

Tatsächlich entdeckte er bald ein Dach aus Felsen, unter das die Fähre zu treiben schien. Phos grunzte laut und es klang wie eine Warnung in Richtung Schleuse. Silber hatte den Eindruck, dass die Fähre ihre Fahrt beschleunigte, und als sie näher an das Felsdach kamen, erkannte Silber, dass die Schleuse eine gewaltige Muschel war. Eine Hälfte war hochgeklappt, die andere lag unter der Wasseroberfläche. Es wirkte eher wie die Einfahrt in eine riesige Garage als in eine Schleusenkammer, die es möglich machte, dass die Fähre auf einem anderen Wasserniveau weiterfahren konnte. Als die

Fähre unter das Dach der Muschel trieb, duckte er sich vor dem Echo, das von den Muschelwänden auf sie herabregnete.

Rimini erwachte und fragte, ob sie im Innern einer Dose gelandet seien, die unter einen starken Wasserstrahl gehalten wurde.

Plötzlich ließ Hel das Steuerrad los und ging ans Heck der Fähre. Mit der Stirnlampe von Phos leuchtete er die Wände ab. An einer Stelle traf der Strahl das runzelige Gesicht eines Mannes. Er saß hoch oben in einem aus Flusstang geflochtenen Korb und ließ einen Zahnstocher zwischen seinen Lippen hin- und herwandern.

»Hel, du Nervensäge von einem Zwerg!«

Hel warf Silber einen schnellen Blick zu und schrie: »Kryptos, du alte Miesmuschel. Bring uns ins Delta!«

»Hast du deinen Strompiraten etwa gegen diesen Silberling dort eingetauscht?«

Phos lugte aus der Kajüte heraus und schrie etwas Unverständliches, aber sicherlich nicht sehr Freundliches an die Muscheldecke.

»Hel, sag ihm, er soll sich zusammenreißen. Ich komme jetzt runter.«

Plötzlich begann der Korb von der Muscheldecke zu sinken, langsam geführt von zwei dicken Tangseilen, die Kryptos durch seine Hände gleiten ließ. Kurze Zeit später landete der Korb auf dem Heck der Eisfähre. Kryptos war ein Mann wie ein Strich, aber mit einem

Kopf wie dem eines Büffels. Sein ganzes Gesicht war voller Falten. »Denkfalten!«, zischte Hel Silber zu.

»Was? Nur zwei Passagiere?!«, rief er, als er den Korb verließ.

»Ähm, eigentlich nur einer ...«, sagte Hel und deutete auf Rimini. »Silber kommt freiwillig mit.«

Kryptos starrte Silber an und brummte: »Die Jugend wird auch immer verrückter!« Er zupfte eine Falte in seiner Backe gerade, bevor er Rimini ins Visier nahm. »Fahrschein!«

Während Rimini gehorchte und den Fahrschein aus seiner Hosentasche zog, ging Kryptos zu seinem Korb zurück und holte ein dickes, speckiges Buch heraus, das von einem Gummiband zusammengehalten wurde. Er entfernte die elastische Schnur, zückte einen Bleistiftstummel hinter seinem Ohr hervor und trat wieder vor Rimini.

»Na, dann zeig mal her.«

Der Schleusenwärter nahm den Fahrschein von Rimini entgegen, legte ihn auf das Buch, schob seine Zungenspitze in den Mundwinkel und den Bleistiftstummel zwischen die Finger und wollte auf dem Fahrscheinrand etwas notieren. Doch in diesem Moment erschrak er.

»Was soll das? Hier steht ja schon eine PIN!«, knurrte Kryptos. »Wo hast du die her?«

»Eine PIN?«, fragte Rimini.

»Deine Persönliche Identifikations-Nummer!«

»Keine Ahnung«, flüsterte Rimini wahrheitsgemäß.

»Hel, was ist hier los?«, wandte sich Kryptos an den Fährmann.

»Tja, ehrlich gesagt«, murmelte Hel nach einem Blick auf den Fahrschein, »ist mir das noch gar nicht aufgefallen. Vielleicht hängt es damit zusammen, dass er nicht wie die anderen aus dem Wasser kam …«

»Egal, wo er herkam. Es muss doch alles seine Ordnung haben!«, rief Kryptos.

»Kann mir mal einer erklären, was hier los ist?«, mischte sich Silber ein.

»Natürlich!«, sagte Kryptos mürrisch. »Der Weg der verworfenen Möglichkeiten führt sie meist an die Küste von Nebelungen, wo sie mit einem gültigen Fahrschein, den sie vorher erhalten haben, das Nebelhorn betätigen. Hel bringt die verworfenen Möglichkeiten dann nach Ypsaland. Hier bei mir erhalten sie vor ihrer Ankunft eine PIN-Nummer!«

»Keiner macht so schöne PIN-Nummern wie Kryptos«, murmelte Hel, vielleicht auch, um den Schleusenwärter milde zu stimmen.

Kryptos las leise die PIN-Nummer vom Fahrschein ab: »*Ypsaland-0102-LK-67*. Na, das haben wir gleich«, murmelte er und begann in seinem Buch zu blättern.

»Hm. 0102-LK-67? Das gibt's doch nicht!« Er blätterte in dem Buch weiter nach vorne. Silber schielte auf die Seiten und entdeckte, dass sie voller Zahlen standen, daneben winzige Notizen, kein Fleck war unbeschrieben und die Zeichen waren so klein wie die Köpfe von Stecknadeln. »Das ist ja ewig her! Wie kann das sein, Hel? Normalerweise sind meine Nummern doch brandaktuell.«

Hel zuckte die Schultern. Plötzlich hielt Kryptos mit dem Blättern inne und fuhr mit dem Finger über das Blatt, das er aufgeschlagen hatte.

»Ich hab's. Also, das kann doch nicht sein. Komm mal her, Bursche!«, rief Kryptos zu Rimini. Phos ließ den Jungen keine Sekunde aus den Augen und folgte ihm.

»Dich hab ich schon mal hier durchgeschleust. Am 1. Februar 1967! Damals habe ich dir bereits eine PIN-Nummer zugeteilt. Die, die hier auf dem Fahrschein steht. Aber wenn ich dich so anschaue, hast du dich ja prima gehalten.«

Silber musste sich setzen. Das war beinahe vierzig Jahre her! Selbst wenn Rimini in Wirklichkeit viel älter war, als er aussah, und sich durch den Verlust seiner Erinnerung ab und zu benahm wie ein Zwölfjähriger, er konnte auf keinen Fall älter als siebzehn sein.

»Na gut, dann lasst uns mal die Schleusentore schließen. Ich verstehe nur nicht, wie man so einen Mistkerl freiwillig nach Ypsaland begleiten kann ...«, brummte Kryptos mit einem Seitenblick auf Silber und schlug das Buch zu.

Silber sprang auf. »Hey, Rimini ist kein Mistkerl, verstanden?« Auch Phos knurrte bedrohlich.

»Ach, ist er nicht? Junge, wenn du wüsstest, was der Kerl angerichtet hat! Klar, dass er den Fahrschein nach Ypsaland in der Tasche hat.«

Rimini stand kurz davor loszuheulen. »Was habe ich denn getan?«, fragte er mit bebender Stimme.

Kryptos schnaufte. »Darüber darf ich nichts sagen. Aber deine PIN-Nummer spricht Bände.«

Silber kam ein Gedanke. »Kryptos, kannst du etwas aus seiner PIN-Nummer erkennen, das du uns vielleicht doch sagen darfst?«

Kryptos sah Silber an und kniff die Augen zusammen, wodurch sein Gesicht noch mehr Falten aufwarf. Es war deutlich, dass Silber dem merkwürdigen Schleusenwärter imponiert hatte, als er für Rimini Partei ergriffen hatte. »Ist doch klar. Das Datum seines Ypsilon-Tages. Und seinen Namen«, sagte Kryptos.

Silber schrie auf. »Sag es uns!«

»Sein Ypsilon-Tag war der 1. Februar 1967, das ist in drei Tagen 38 Jahre her. Nur Charisma wird wissen, wie es kommt, dass das schon so lange her ist und er trotzdem noch ein Junge ist. Das ist auch der Tag, an dem er hier durchgeschleust wurde. Sein Name ist ...« Kryptos schlug das Buch noch einmal auf. »Sein Name ist Leander Knips. Und jetzt lasst mich meine Arbeit machen. Haltet euch gut fest, gleich rappelt's in der Muschel!«

Als das Maul der Muschel sich schloss, wurde es stockfinster und Phos und Hel warfen schnell ihre Stirnlampen an. »Haltet euch gut fest!«, rief Hel. Rimini saß zusammengekauert in der Ecke und wollte sich nicht an seinen wirklichen Namen gewöhnen, vor allem, weil er jetzt wusste, dass er unter diesem Namen ein Mistkerl gewesen sein sollte. Er war richtig froh, dass seine Erinnerung noch nicht zurückgekehrt war.

Silber hockte sich neben ihn und legte den Arm um seine Schulter. Mit der anderen Hand hielt er sich an der eiskalten Reling der Fähre fest. »Mach dir nichts draus, ich werde dich weiter Rimini nennen«, flüsterte er und Rimini nickte dankbar.

Während die Muschel mitsamt der Fähre in ihrem Bauch zu vibrieren begann, schloss Silber die Augen. Er konnte es kaum noch aushalten. Was war das Geheimnis dieses Jungen? Was hatte er getan, das so schrecklich gewesen sein sollte? Konnte es schlimmer gewesen sein als die Sache, die Silber selbst zu verantworten hatte? Sollte Delphine Rimini deshalb zu Konstantin York bringen? Wollte der Direktor der Kummerschule Rimini für das bestrafen, was er getan hatte? Das wäre zumindest eine Erklärung für das Interesse an ihm.

Silber lauschte den Geräuschen außerhalb der Muschel. Es klang so, als würde das Wasser immer wütender, weil es nicht in die Muschel eindringen konnte. Langsam drehte das Gehäuse sich und die Fähre blieb auf dem Rest Wasser in der unteren Muschelhälfte stehen. Ein Gefühl wie in einem Drehstuhl, dachte Silber und für einen kurzen Moment huschte ein Lächeln über sein Gesicht.

Plötzlich stand die Schleuse still. Kryptos zog an einigen starken Seilen, die an der Decke entlangliefen. Es knirschte, als die Muschel sich langsam zu öffnen begann, und helles Licht strömte herein, dass Silber sich schnell die Hand vor die Augen hielt. Als er sie wieder fortnahm und blinzelte, stellte er fest, dass die Muschel sich vollständig geöffnet hatte. Vor ihnen lag spiegelglattes Wasser, das kaum floss. Es war ruhig wie ein stiller See. Strahlender Sonnenschein lag darüber, keine Wolke am Himmel und keine Nebelschwade in der Luft.

»Raus mit euch!«, schrie Kryptos von oben. »Und du, Silber, bist ein mutiger Kerl! 0102-FH-05! Merk dir die PIN-Nummer. Ich habe sie extra für dich gemacht! Du wirst sie brauchen in Ypsaland.«

Silber winkte flüchtig zur Decke hoch und die Fähre begann langsam aus der Muschel heraus auf den ruhigen Strom zu treiben. Es dauerte nur wenige Minuten, bis sie bereits ein gutes Stück zurückgelegt hatten.

»Das ist ja ein Meer, Hel!«, rief Silber bei einem Blick nach vorne.

»Das täuscht. Der Fluss weitet sich hier zwar zu einem riesigen See, aber das ist doch nur ein Teil des Deltas. Wenn der Strom weniger Wasser führt, kommen überall kleine Inseln zum Vorschein, um die sich das Wasser herumschlängelt. Auf jeden Fall ist es heute sehr heiß«, sagte Hel. »Jetzt kommen wir richtig in Fahrt!«

Ein Blick nach hinten bestätigte das. Die Muschel lag schon weit zurück, schloss sich wieder und versank im Wasser, um zu ihrem Ausgangspunkt zurückzukehren.

Schon bald spürte Silber, wie die Fähre immer schneller wurde. Beim Blick übers Wasser bemerkte er in einiger Entfernung eine Insel, die wie ein Berg aus dem Wasser wuchs. Dieser Berg hatte die Form einer gewaltigen Acht, deren obere und untere Hälfte an einem scheinbar viel zu filigranen Nadelöhr aufeinandersaßen. Von der Spitze des Berges stieg Staub oder Sand auf, der sich am Rand der Insel ablagerte. Als Hel Silbers Blick bemerkte, schrie er ihm ins Ohr: »Die goldenen Strände!« Silber nickte und erinnerte sich an das, was Hel ihm darüber erzählt hatte. Doch plötzlich stellte er mit Schrecken fest, dass sich die Reling in den letzten Minuten halbiert hatte. Der Boden der Fähre war so dünn geworden, dass Silber unter seinen Füßen die Fische schwimmen sehen konnte.

»Hel, wie lange hält die Fähre das noch durch?«, fragte Silber.

»Hm. Mit solcher Hitze war zwar nicht zu rechnen, aber auf Phos ist Verlass. Schau!«

Hel zeigte zum Horizont. Dort war eine baumbestandene Insel zu sehen. Silber brauchte nicht zu fragen, ob das Ypsaland war. Die Baumkronen hatten alle die Form eines Ypsilon, als ob sie wie eine gepflegte Hecke gerade eben geschnitten worden wären.

Je schneller die Fähre raste, desto mehr schmolz sie. Je mehr sie schmolz, desto schneller raste sie. Jetzt schlug warmer Fahrtwind in ihre Gesichter und die Insel schien ihnen entgegenzufliegen.

Phos kam plötzlich brummend an den Bug, wo Silber und Rimini saßen. Er gab ihnen ein Zeichen, nach hinten zu gehen, und kaum hatten sie die Spitze der Fähre verlassen, da brach mit einem leisen Zischen ein ganzes Stück weg. Im letzten Augenblick konnte Silber seinen Rucksack ergreifen, sonst wäre er in den Fluten weggetrieben. Jetzt schlug das Wasser direkt auf die kleine Kabine, hinter der Hels Steuerrad stand. Es war zwar nicht mehr weit bis an die Ufer von Ypsaland, aber schwimmend hätten weder Silber noch Rimini die Strecke geschafft.

»Achtung! Gleich bricht das Steuerrad weg, dann sind wir in Poseidons Hand! Haltet euch am Heck fest und legt die Rettungsringe um!«

Schnell folgten die Jungen der Aufforderung des

Fährmanns. Inzwischen war Silber froh um die Abkühlung, die der Rettungsring aus Eis ihm verschaffte. Die Luft um Ypsaland war heiß. In diesem Moment brach die Kabine aus dem Rumpf der Fähre und Phos griff in letzter Sekunde nach dem hölzernen Steuerrad. Die Kabine aus Eis plumpste zischend ins warme Wasser und schmolz schneller, als man zusehen konnte.

Allmählich wurde es eng. Zu viert hockten sie jetzt auf dem letzten Stück der Fähre. Das Eis schmolz unter ihren Füßen, sodass sie in einer Pfütze standen.

Phos brummte etwas und zeigte nach unten. Dort konnte man bereits den Grund des Stromes erkennen. Einige Fische hatten sich in den Schmelzschweif der Fähre gesellt und rissen die Mäuler gierig nach dem Sauerstoff auf, der dort entstand. Fast unmerklich löste sich nun auch der Rest der Fähre auf, sodass sie alle vier schwimmen mussten.

»Schwimmt weiter! Die Rettungsringe halten die letzten Meter!«, rief Hel und Matrose Phos konnte nicht anders, als Rimini noch einmal schnell zum Abschied zu umarmen. Ernsthafte Verletzungen trug der Junge nicht davon. Dann sprang Hel geschickt auf den Rücken des Kolosses, zog dessen langen Bart nach hinten wie Zügel beim Reiten und beide tauchten sie unter wie ein Wal mit seinem Jungen.

»Schwimm!«, rief Silber und Rimini schien überrascht zu sein, dass er es konnte. Die schmelzenden

Rettungsringe gaben ihnen einen leichten Antrieb, sodass sie die Strecke bis zum Strand der Insel temporeich zurücklegten.

Nur wenig später lagen sie erschöpft im Sand und schnauften nach Luft wie zwei gestrandete Robben nach der Flucht vor einem Hai. Silber war der Erste, der sich hochrappelte.

»Alles klar bei dir, Rimini?«

Rimini hob den Kopf und sah sich um. Sie befanden sich auf einem Strand mit weißem Sand. Zwanzig Schritte vor ihnen begann ein dichter Wald, der gepflegt war wie ein Park. Alle Pflanzen, Bäume und Sträucher waren sorgsam in der Form eines Ypsilon geschnitten. Hier musste eine Armee von Gärtnern Tag und Nacht arbeiten, doch niemand war zu sehen.

»Silber, ich finde, hier ist es viel schöner als in Nebelungen oder in der Stadt der Kummerschule. Ist vielleicht doch gar nicht so schlimm, dass wir hier nie wieder wegkommen, was meinst du?«

»Na ja, abwarten ...«, murmelte Silber. »Komm, da vorne geht ein Weg in den Park hinein. Lass uns sehen, wo er hinführt. Wir müssen unsere Sachen trocknen und etwas zu essen finden. Wer weiß, wie die Nächte hier sind.«

Schon bald bemerkten sie, dass es tatsächlich ein Park und kein Wald war, in den sie auf einem gepflegten Kiesweg immer tiefer hineinwanderten. Die Luft war voll von herrlichen Gerüchen und Vogelstimmen.

Silber überlegte, ob es Six hier gefallen würde, und er fragte sich, warum sie niemandem begegneten. Hier mussten doch ständig Menschen pflegen, harken, schneiden und säen.

Schon bald entdeckten sie, dass sie immer wieder an Gabelungen gelangten, an denen sie sich für eine Richtung entscheiden mussten. Dann ging es wieder ein Stück geradeaus, bis sie an die nächste Abzweigung kamen. Nach einer Weile erreichten sie eine Weggabelung, an der zwei Schilder standen. Das eine Schild wies auf den rechten Abzweig, das andere auf den linken. Auf dem einen stand »Digita«, auf dem anderen »Talia«.

»Und jetzt?«, fragte Rimini.

»Erst mal überlegen«, antwortete Silber und sah sich um. Niemand war hier, der ihnen einen Hinweis geben konnte, welcher Weg zu welchem Ziel führte.

»Ich schlage vor, wir gehen Richtung *Digita*«, sagte Silber.

»Meinst du nicht besser *Talia*?«

»Warum?«

»Weiß nicht.«

»Lass uns Richtung *Digita* gehen.«

Es dauerte aber nur eine Weile, bis sie an die nächste Weggabelung kamen.

»Diesmal aber *Talia*!«, rief Rimini.

»Okay.«

Nach gut drei Dutzend Abzweigen gerieten sie in

Streit, entschieden sich aber nach langem Hin und Her für *Talia*. Nach einem weiteren Dutzend Abzweigen waren sie zu erschöpft, um weiterzugehen.

»Warum gibt es nicht einmal einen dritten Weg irgendwo anders hin?«, fragte Rimini.

»Keine Ahnung«, sagte Silber. »Ich glaube, das führt sowieso zu nichts. Bestimmt ein Labyrinth oder so etwas. Wir müssen einfach immer weiter. Umkehren bringt nichts.«

Bald schon hörten sie auf, die Abzweige zu zählen. Jetzt wechselten sie sich mit der Entscheidung ab, welche Richtung sie beim nächsten Mal einschlugen.

Der Tag ging bereits dem Ende zu, als sie jeden Glauben verloren hatten, dass dieses Labyrinth jemals enden würde. Sie krochen mehr, als dass sie gingen. Sie hatten Hunger und waren hundemüde. Plötzlich lichteten sich die Büsche und Bäume des Parks und der Weg endete auf einer großen Wiese.

Am Ende der Wiese stand eine imposante hohe Mauer.

Silber hielt Rimini zurück, der auf die Mauer zulaufen wollte. »Warte mal. Ich wüsste zu gerne«, murmelte Silber, »wo wir gelandet wären, wenn wir andere Abzweige genommen hätten.«

Rimini antwortete: »Ich glaube, auch hier. Schau!«

Nicht weit von ihnen mündete ein anderer Weg aus dem Park auf der Wiese.

»Komisch, dass uns die riesige Mauer nicht vorher

schon aufgefallen ist. Guck mal, die muss man doch von überall her sehen können«, sagte Silber.

Sie gingen über die Wiese zur Mauer. Silber befühlte sie und stellte fest, dass sie aus glattem Stein war. Die Mauer passte gar nicht in die herrliche Parklandschaft. Selbst Phos hätte sie nicht erklimmen können.

»Lass uns an der Mauer entlanggehen, vielleicht führt sie zu einem Durchlass.«

Sie folgten der Mauer eine Weile und stellten bald fest, dass sie kreisförmig angelegt war. Plötzlich blieb Silber stehen, lief dann ein Stück zur Seite und duckte sich hinter einen Busch. Rimini zog er mit sich. »Guck mal, ein Tor!«, flüsterte Silber.

»Und zwei Wachen«, sagte Rimini. »Sehen irgendwie ganz nett aus!«

»Das kann täuschen. Schätze, wir sind am Palast von Charisma angekommen.«

»Der Königin von Ypsaland«, flüsterte Rimini beeindruckt.

»Hätte ich mir schöner vorgestellt. Eine graue, hässliche Mauer. Jetzt wird sich zeigen, ob Kryptos recht hatte, als er dich Mistkerl nannte.«

Silber trat hinter dem Busch hervor und ging auf das Tor in der Mauer zu. Rimini folgte ihm.

Von den beiden Männern, die dort standen, konnte man nur vermuten, dass es Wachen waren. Sie lächelten freundlich, trugen keine Waffen oder Uniformen, sondern waren wie Sportler gekleidet. Beide steckten in blauen Trainingsanzügen und Laufschuhen. Über Stirn und Handgelenke hatten sie Schweißbänder gestreift.

Silber wollte einen der beiden gerade ansprechen, als etwas Merkwürdiges geschah. Durch das Tor in der Mauer trat ein Mann, der genauso gekleidet war wie die beiden Wachen. Er reichte einem der beiden ein kleines Paket, das als Geschenk verpackt war. Die Wache besah sich den Anhänger, auf dem wohl eine Adresse stand. Er nickte und lief los. Dann trat der Mann, der eben noch das Geschenk gebracht hatte, an die Stelle des Mannes, der losgelaufen war.

Silber näherte sich ihm und sagte: »Wir möchten zu Charisma, der Königin von Ypsaland!«

»Das ist so gut wie unmöglich, Junge!«

»Warum?«

»Das kann ich euch jetzt nicht erklären. Hat Kryptos euch überhaupt eine PIN-Nummer gegeben? Denn ohne werdet ihr den Möglichkeits-Lift gar nicht betreten dürfen.«

Silber fiel sofort die Nummer ein, die Kryptos ihm zugerufen hatte. »0102-FH-05«, sagte er schnell.

»Und deine?«, fragte die Wache Rimini.

»0102-LK-67.«

Die beiden Wachposten warfen sich einen Blick zu und einer trug die Nummern in einen Notizblock ein, den er aus seiner Hosentasche geholt hatte.

»Folgt mir bitte!«, rief der andere, drehte sich um

und ging durch das Tor. Silber und Rimini blieben ihm dicht auf den Fersen.

Hinter der Mauer setzte sich der Park fort. Doch nach einigen Minuten sahen Silber und Rimini ein Bauwerk, das ihnen die Sprache verschlug. Es war ein gigantischer quadratischer Turm, höher als die Kathedrale in der Stadt der Kummerschule. Es war unerklärlich, wieso ihnen dieser Turm nicht aufgefallen war, als sie in der schmelzenden Eisfähre zur Insel gerauscht waren, und erst viel später sollten sie erfahren, dass der Turm von Weitem immer in den Farben der Wolken erschien und daher nur geortet werden konnte, wenn man direkt vor ihm stand.

Hoch oben, dicht unter den Wolken, gabelte sich der Turm in zwei Richtungen. Der Palast von Charisma war ein Ypsilon aus grauem Stein, ein Ypsilon mit einer gewaltigen Gabel, die den Himmel zu stützen schien.

Silber und Rimini folgten der Wache zum Eingang des Turms. Kein Tor, keine Tür musste geöffnet werden, es war einfach ein großer Durchgang, der wie der Turm selbst die Form eines Ypsilon hatte und der in eine große Halle führte.

Als sie diese betraten, gerieten Silber und Rimini nicht mehr aus dem Staunen heraus. Schon am Eingang war ein Gemurmel und Gesumme zu hören wie aus einem Bienenstock. Silber fühlte sich sofort an die Abflughalle eines Flughafens erinnert, in der Heerscharen von Reisenden darauf warteten, ein Flugzeug besteigen zu dürfen. Der gigantische Saal wimmelte von Menschen aus allen Ländern des Erdballs. Es wurde gelacht, gebrabbelt, gemurmelt und geweint. Freundliche, schwarz-weiß gekleidete Damen trippelten wie Pinguine in den Massen umher und boten Getränke und Kekse an.

»Was ist das hier?«, fragte Rimini den Begleiter.

»Die Wartehalle von Ypsaland. Seid so nett und sucht euch einen Platz. Dann wartet, bis eure PIN-Nummern auf dieser Tafel dort drüben aufgerufen werden. Erst dann geht zum Lift.« Die Wache zeigte auf einen von etwa drei Dutzend Aufzügen, die in dem gigantischen Turm nach oben fuhren.

»Aber das kann ja Ewigkeiten dauern!«, brummte Silber.

»Es geht recht schnell. Bis Mitternacht ist der Saal leer!«, behauptete die Wache. »Muss er leer sein, denn dann beginnen die Audienzen, sofern es überhaupt welche gibt.«

Silber und Rimini suchten den Saal nach einem günstigen Platz ab. Vom Kind bis zum Greis waren hier alle Lebensalter vertreten. Jungen und Mädchen, Männer und Frauen. Ein buntes Treiben der Farben, Typen und Figuren wie auf den Gemälden, die Silber früher gemalt hatte. Viele unterhielten sich leise, andere hockten in Gruppen zusammen und lachten in regelmäßigen Abständen, als ob sie sich Witze erzählten. Manche aber saßen apathisch auf den grauen Steinbänken, die überall standen, und starrten ins Leere.

»Komm, lass uns zu den Aufzügen gehen«, rief Silber, »dann sind wir näher dran!«

Sie kämpften sich durch die Menschenmenge an die Aufzüge heran und beobachteten, wie die Abfertigung vor sich ging. Große Tafeln mit leuchtenden Ziffern hingen über den Eingängen zu den Liften. Wenn eine PIN-Nummer darauf erschien, rief meistens einer aus der Menge »Hier!« oder »Das bin ich!« oder »Jawoll!«. Gleich darauf ging er zum Lift und betrat ihn. Sobald der Aufzug voll war, schlossen sich die Türen.

Rimini ließ die Anzeigetafel nicht aus den Augen und rechnete wohl damit, dass jeden Moment dort seine PIN-Nummer erschien. »Wir bleiben auf jeden Fall zusammen, nicht wahr, Silber?«, fragte er mit einem leichten Zittern in der Stimme.

Silber nickte. »Klar doch.«

Neben ihm lehnte ein Mädchen an einer der vielen quadratischen Säulen, die dieses in den Himmel gebaute Ypsilon stützten. Sie war vielleicht ein, zwei Jahre älter als Silber. Sie trug ein buntes Kleid und ihre Haare waren mit einem roten Gummiband zu einem Zopf gebunden. In ihrem Gesicht saß ein Lächeln, das Silber ermutigte, sie anzusprechen. Rimini hörte mit einem Ohr der Unterhaltung zwischen Silber und dem Mädchen zu und behielt die Anzeigetafel weiter im Blick.

»Wie lange wartest du schon?«, fragte Silber.

»Ein paar Stunden.«

Silber wurde misstrauisch. Er hätte doch etwas davon mitbekommen müssen, wenn Ilel in der Nacht noch andere Passagiere hier abgesetzt hätte. »Und wie bist du hergekommen?«, erkundigte er sich.

»Mit einer Salzfähre aus dem Süden.«

»Ach, es gibt mehrere Fähren?«

»Klar! Aus allen Himmelsrichtungen kommen sie! Zuckerfähren, Eisfähren. Und die verworfenen Möglichkeiten eines Ypsilon-Tages kommen natürlich auch durch die Goldenen Tore. Und du? Wer hättest du sein können?«, wollte sie wissen.

Silber irritierte die Frage. »Ich, ähm, also …«, stotterte er.

»Okay, willst nicht drüber reden! Ich jedenfalls hätte Tänzerin sein können.«

»Und warum bist du es nicht geworden?«

»Na, du bist gut! Wie alle hier bin ich doch nur eine Möglichkeit, die nicht ergriffen worden ist. Die Tatsache von mir hat einen Job bei einer Versicherung im Büro. So geht es allen hier, allesamt verworfene Möglichkeiten. Guck, der da drüben. Der hätte sich mit seinem Vater versöhnt. Aber Tatsache ist etwas anderes von ihm geworden.«

Silber zuckte zusammen und sah sich den jungen Mann an. Er trug einen dunklen Anzug, eine rote Krawatte und schwarze Lackschuhe. Er starrte wie abwesend auf die Anzeigetafel. »Kennst du ihn?«

»Nein, hab nur eben kurz mit ihm gesprochen.«

»Und wie geht es jetzt hier weiter?«, fragte Silber.

»Na ja, das kommt auf den Möglichkeitsgrad an. Die meisten hoffen, dass sie stark genug sind.«

»Wofür?«

»Na, stark genug, um eine zweite Chance zu bekommen. Das geht aber nur über eine Audienz bei Charisma. Das wäre natürlich das Größte!«

»Und wie entscheidet sich das?«

»Kommt auf das Stockwerk an. Wenn du es bis oben schaffst, kriegst du eine Audienz, so weit ich weiß.«

»Und wenn nicht?«

»Dann landest du auf irgendeinem Stockwerk und wirst als verworfene Möglichkeit eingemottet. Wenn du richtig viel Glück hast, schicken sie deiner Tatsache ein Andenken an dich. Aber selbst das ist nicht sicher.«

Plötzlich leuchteten die Augen des Mädchens. »Hey, meine PIN-Nummer! Also, mach's gut. Und viel Glück!«

Sie sprang schnell in den Lift. Kurz bevor die Tür sich schloss, winkte sie Silber noch einmal zu.

Silber nutzte die Gelegenheit und ließ sich eine Tasse Kakao von einer der freundlichen Pinguin-Damen einschenken. Als sie gerade nicht hinsah, weil sie auch Rimini eine Tasse einschenkte, schaufelte er rasch drei Hände voll von den Keksen in die Hosentaschen. Rimini, der sich auch wie ein Verhungernder Kekse in den Mund stopfte, prustete plötzlich los: »Oh, nein! Unsere PIN-Nummern! Silber, muss ich da wirklich rein?«

Silber nickte entschieden, setzte sich seinen Rucksack auf und ging gemeinsam mit Rimini zum Lift. Ein Liftboy, der so gekleidet war wie die Wachen am Tor in der Mauer, lächelte den Einsteigenden zu.

Silber und Rimini betraten den Lift und warteten. Es dauerte, bis aus allen Ecken der riesigen Halle die Inhaber der PIN-Nummern für diesen Lift zusammengekommen waren.

Ein Blick auf die Anzeige mit den Stockwerken ließ Silber erschrecken. »Rimini, schau dir das an!«

»88 Etagen? Wahnsinn!«, flüsterte Rimini und trank seinen Kakao schnell leer.

»Damit das klar ist, wir steigen erst ganz oben aus, ich hab mich erkundigt!«, zischte Silber ihm zu. Riminis Herz raste allein bei dem Gedanken und er sah aus, als wäre er am liebsten abgehauen, drückte sich aber tapfer hinter Silber in eine Ecke des Aufzugs.

Silber betrachtete die Leute näher, die zu ihnen in den Lift stiegen. Erst jetzt fiel ihm auf, dass Kinder, Jugendliche und junge Erwachsene in der Halle eindeutig in der Überzahl waren. Nur ein Mann und eine Frau um die vierzig betraten den Lift. Es schien Silber, als ob die Möglichkeiten mit zunehmendem Alter abnahmen. Als aber der junge Mann mit dem dunklen Anzug und der roten Krawatte eintrat, wurde Silber blass. Ausgerechnet der musste bei ihnen mitfahren! Einer, der sich mit seinem Vater versöhnt hätte. Hätte! Als ob Silber nicht so schon oft genug daran denken musste, erinnerte der Typ ihn jetzt auch noch an diese Möglichkeit, die er für sich selbst ausgeschlossen hatte.

Schließlich steckte der Liftboy sich eine schmale Pfeife, die an einer Schnur um seinen Hals hing, in den Mund und stieß drei Pfiffe aus. »Vorsicht – Türen schließen jetzt!«

Sofort schob sich die Tür in zwei Hälften von rechts und links zusammen und der Lift setzte sich in Bewegung.

Schon bald hielt er wieder und die Türen öffneten sich.

Silber und Rimini, die jetzt neben dem Liftboy standen, hatten freie Sicht in das Stockwerk, das vor ihnen lag. Eine ältere, kräftige Dame stand gleich neben dem Lift an einem Stehpult. Obwohl sie aussah wie eine gutmütige Oma, war sie aus anderem Holz geschnitzt als die freundlichen Pinguine in der Wartehalle. Sie hielt einen frisch gespitzten Bleistift wie einen Dolch in der Hand und ließ ihn über einer Liste auf dem Pult kreisen. »Ständige Möglichkeiten – bitte aussteigen!«, rief sie.

Niemand im Lift rührte sich.

»Ständige Möglichkeiten – aussteigen!«, wiederholte sie in verschärftem Ton und schoss böse Blicke in die Gesichter im Lift.

Silber schielte verstohlen auf den jungen Mann in dem schwarzen Anzug. War der nicht ständig möglich?

»Du da!«, rief die Empfangsdame und fixierte ein Mädchen von vielleicht zehn Jahren.

Das Mädchen erbleichte.

»Was hättest du möglich gemacht?«, fragte die Dame.

»Ich hätte für die Schule gelernt ...«, antwortete das Mädchen mit einem Piepsstimmchen.

»Also ständige Möglichkeit! Sofort aussteigen!«, brummte die Alte und notierte etwas in der Liste.

Das Mädchen trat aus dem Lift und fragte die Dame: »Was wird jetzt aus mir?«

Die Empfangsdame schob sich die Brille zurecht und sagte: »Ein Andenken vielleicht. An die Tatsache von dir, die nicht für die Schule lernt.«

»Und was für ein Andenken?«

»Schlechte Zeugnisnote oder blauer Brief! Und jetzt zurücktreten, Lift schließen!«

Nach diesem Zwischenstopp auf der Etage »Ständige Möglichkeiten« begriffen Silber und Rimini, wie das Auswahlverfahren hier in diesem Lift des Ypsilon-Turms funktionierte. Keiner von beiden ahnte aber, auf welcher Etage sie selbst aussteigen mussten. Silber war gar keine Möglichkeit, sondern eine Tatsache. Rimini war bereits zum zweiten Mal hier, wenn es stimmte, was Kryptos gesagt hatte. War Rimini damals auf einer der Etagen ausgestiegen und zu einer Erinnerung geworden? Zu einem Andenken in einer Flasche? Oder war es so, dass hier in diesem Turm auch etliche frühere Möglichkeiten von Silber und Rimini als Andenken verstaubten? Zum Beispiel als die ständigen Möglichkeiten, für die sich Silber und Rimini täglich nicht entschieden?

Die Lifttür öffnete sich. Die gleiche Situation, eine ähnliche alte Dame mit einer etwas anderen Brille.

»Tägliche Möglichkeiten – bitte aussteigen!«

Eine Frau in den besten Jahren und ein Junge stiegen aus.

Die alte Dame am Stehpult begrüßte den Jungen wie einen alten Bekannten: »Hallo. Wird aber langsam Zeit, dass auch du endlich mal Tatsache wirst, was?«

Der Junge nickte etwas niedergeschlagen und sagte: »Na ja, ein Mal morgens rechtzeitig aufstehen, dann hätte ich's geschafft. Aber Tatsache ist leider immer was anderes.«

Die alte Dame nickte verständnisvoll: »Zurücktreten – Lift schließen!«

Der Lift schoss nach oben, dass Rimini ganz flau wurde. Vielleicht lag es aber auch an den vielen Keksen. Silber wunderte sich, dass der Typ in dem schwarzen Anzug immer noch nicht ausgestiegen war.

Auf den Stockwerken »Gelegentliche Möglichkeiten«, »Immer mal wiederkehrende Möglichkeiten« und »Ab und zu vorkommende Möglichkeiten« stieg niemand aus und die alten Etagendamen beanstandeten auch nichts. Es war inzwischen klar, dass pro Möglichkeitskategorie elf Stockwerke zur Verfügung standen. Plötzlich hielt der Lift erneut.

»Seltene Möglichkeiten – bitte aussteigen!«

Im Lift keine Reaktion.

Der strenge Blick der Etagendame. »Ihr fünf da!«, rief sie und sah auf zwei Mädchen von etwa vierzehn Jahren, einen Jungen von sechzehn und eine Frau und einen Mann um die vierzig. »Was hättet ihr Tatsache werden lassen?«

»Ich hätte mich unsterblich verliebt!«, murmelte der Mann. Die anderen vier nickten stumm.

»Das heißt, eure Tatsachen haben euch verworfen und es vorgezogen, sich nicht unsterblich zu verlieben, als sie die Gelegenheit dazu hatten?«, vergewisserte sich die Etagendame.

Alle nickten.

»Aussteigen! Zurücktreten – Lift schließen!«, knurrte die Etagendame.

Sechs Kategorien, also 66 Stockwerke hatten Silber und Rimini jetzt geschafft. Zwei Kategorien blieben noch übrig bis zum obersten Stockwerk, wenn die Anzeige an der Liftwand stimmte. Neben dem Liftboy waren noch drei Personen im Aufzug: Silber, Rimini und der junge Mann in dem schwarzen Anzug.

Wieder bremste der Lift. Die Tür ging auf. Wieder eine alte Empfangsdame, doch diesmal mit einer besonders freundlichen Stimme.

»Herzlich willkommen! Verehrte unmöglich gewordene Möglichkeiten – bitte aussteigen!«

Der junge Mann im Anzug stieg mit schwerem Schritt aus. »Ich hätte mich mit meinem Vater versöhnt ...«, murmelte er der Dame zu.

»Dann hättest du im ersten Stock aussteigen müssen – ständige Möglichkeit!«, knurrte sie und wollte ihn in den Lift zurückschicken.

»Mein Vater ist vergangene Nacht gestorben«, sagte der junge Mann.

»Oh, 'tschuldigung. Dann bist du hier natürlich vollkommen richtig: unmöglich gewordene Möglichkeit. Bitte nach hinten durchgehen.«

Die Dame beugte sich über ihre Liste und notierte etwas. Dann sah sie wieder in den Lift. »Und ihr zwei?«, fragte sie Silber und Rimini.

»Ähm, wir sind keine Möglichkeiten, wir sind Tatsachen!«, rief Silber schnell.

»Das behaupten alle, die ganz nach oben wollen!«, sagte die Etagendame. »Wenn ihr Tatsachen seid, warum seid ihr dann überhaupt hier in Ypsaland?«

»Weil wir etwas herausfinden müssen!«, erwiderte Silber.

»Na gut, mir soll's recht sein. Spätestens bei der Inventur wird man ja feststellen, was es mit euch auf sich hat. Zurücktreten – Lift schließen!«

Die Lifttüren schlossen sich. Silber und Rimini atmeten auf, obwohl sie bereits ahnten, dass ihnen das Schlimmste noch bevorstand. Der Lift bremste ab. Die Türen gingen auf. Sie waren auf der obersten Etage angekommen.

»Inventur – alle aussteigen!«, rief eine Etagendame, der die Strenge förmlich aus dem Gesicht sprang. Diesmal standen zwei kräftige Männer hinter ihr.

Rimini und Silber stiegen aus. Der Lift schloss sich direkt hinter ihnen und sie lauschten für einen Augenblick dem surrenden Geräusch nach, mit dem er leer in die Tiefe sauste.

»Was gibt euch Anlass, bis auf diese Ebene zu fahren?«

»Wir müssen etwas über verschiedene Möglichkeiten herausfinden«, beeilte sich Silber zu sagen.

»Aha – ein Fall für Digita und Talia! Na, dann viel Vergnügen!« Die Häme in ihrer Stimme war nicht zu überhören.

»Wie heißt du?«, fragte die Dame und nahm Rimini ins Visier.

»Leander Knips!«, sagte Rimini.

Die Etagendame blätterte lange in einem Karteikasten und zog schließlich eine alte Karte heraus. »Hm. 0102-LK-67. Das ist ja merkwürdig. Das ist ja bald 38 Jahre her. Nach meinen Unterlagen müsstest du längst ein Andenken sein.«

»An was denn?«, fragte Rimini frech.

»Natürlich an die Möglichkeit, die du einst gewesen bist!«, antwortete die Alte. »Hm. Wenn ich recht sehe, warst du keine einfache Möglichkeit, die ständig vorkommt. Du bist an einem Ypsilon-Tag verworfen worden.«

Sie warf den beiden Männern hinter ihr einen schnellen Blick zu und setzte ihre Brille ab. »Dafür kann ich hier in der Inventur aber keine Verantwortung übernehmen. Bitte nimm doch einmal dort hinten Platz.«

Sie zeigte auf eine Steinbank, wie sie auch in der Wartehalle standen. Die Etagendame steckte die Karteikarte zurück und sah Silber an. »Und wie heißt du?«

Silber holte tief Luft und sagte: »Finn Hasselblatt!«

»Was hat der Anzug zu bedeuten?«

»Ist mein Arbeitsanzug.«

Die alte Dame schmunzelte. Und auch über das Gesicht der beiden Männer huschte ein Lächeln. »Ein silberner Arbeitsanzug. Willst wohl Königin Charisma gefallen, was? Aber mach dir keine Hoffnung. Die letzte Audienz ist schon lange her.«

Die Etagendame fächerte die Karteikarten durch, einmal vor und mit gerunzelter Stirn wieder zurück. »Höchst merkwürdig. Keine Karte!«

»Was bedeutet das?«, fragte Silber sofort.

»Das bedeutet, dass du bisher noch keinen Ypsilon-Tag erlebt hast. Mag sein, dass einige von dir verworfene Möglichkeiten in den unteren Stockwerken gelandet sind und dort eingemottet wurden. Darüber führe ich hier allerdings nicht Buch. Du musst aber doch eine PIN-Nummer gehabt haben, um hierher zu gelangen?«

»Klar«, sagte Silber und kratzte sich am Kopf, »0102-FH-05.«

»Bitte? Das ist ja erst übermorgen! Wie kann das denn sein? Das habe ich ja noch nie erlebt. Eine künftige Möglichkeit?«

Einer der beiden Männer beugte sich hinunter zu der Etagendame und murmelte ihr etwas ins Ohr.

»Du bist eine Tatsache und dürftest eigentlich gar nicht hier sein. Warum bist du es trotzdem?«

»Ich will meinen Freund begleiten und außerdem etwas in Erfahrung bringen!«

»Junge, ich glaube, du bist dir nicht bewusst, wie ernst die Situation ist. Übermorgen ist dein Ypsilon-Tag. Das ist der richtige Tag, um etwas über dich in Erfahrung zu bringen. Momentan bist du – wie gesagt – noch eine Tatsache. Dadurch, dass du hergekommen bist, beraubst du dich deiner Möglichkeiten, zwischen denen du dich übermorgen hättest entscheiden müssen. Bitte nimm auch dort drüben Platz.«

Silber gesellte sich zu Rimini auf die graue Steinbank.

Es dauerte noch eine ganze Weile, bis sich erneut der Lift öffnete. Eine Frau von etwa dreißig Jahren wurde überprüft und schließlich zurück in die Etage »Immer mal wiederkehrende Möglichkeiten« geschickt.

Schließlich kam die Etagendame zu Silber und Rimini.

»So, ihr beiden. Ihr wollt also etwas über eure Möglichkeiten in Erfahrung bringen? Digita und Talia, die beiden Hofdamen von Königin Charisma, werden euch nun testen.«

»Wir wollen aber lieber sofort zur Königin!«, protestierte Rimini.

»Das wollen alle. Aber der Weg zu ihr führt nur über die Hofdamen. Von ihnen hängt es ab, ob ihr eine Audienz bei Königin Charisma bekommt. Verstanden?«

»Wie sieht denn dieser Test aus?«, fragte Silber.

»Digita und Talia sind grundverschieden und sich spinnefeind. Sie können jede nur ein einziges Wort sprechen. Digita nur *Ja*, Talia nur *Nein*. Jeder von euch beiden muss ihnen drei Fragen stellen.«

Silber grinste. »Okay, Test schon so gut wie bestanden!«

»Freu dich nicht zu früh, so einfach ist es nicht!«, sagte die Etagendame. »Auf die Fragen dürft ihr selbst nämlich nicht die Antworten kennen! Und natürlich müssen die Fragen die Möglichkeiten der Vergangenheit betreffen. Die beiden sind ja schließlich kein Orakel!«

»Die Möglichkeiten der Vergangenheit? Das ist ja wie geschaffen für mich!«, rief Rimini.

Die alte Dame hatte keinen Sinn für solche optimistischen Bemerkungen. »Gewinnt Digita, also gibt es mehr *Ja*-Antworten, dann bekommt ihr die Audienz. Gewinnt Talia, dann sieht es düster für euch aus, sehr düster, lasst euch das gesagt sein.«

DIGITA UND TALIA

Silber und Rimini wurden von den beiden Männern, die hinter der Etagendame gestanden hatten, über eine gewaltige Treppe noch weiter nach oben geführt. Als die Jungen schon dachten, die Stufen nähmen nie ein Ende, kamen sie an einer Plattform im Freien an. Der Blick über die Insel war atemberaubend. Über ihnen gabelte sich das Ypsilon in seine zwei Spitzen, die in den Wolken endeten. Keine Treppe führte dort hinauf, wie zwei riesige Kamine waren sie vollständig leer. Silber und Rimini standen genau dazwischen.

Die beiden Begleiter stoppten hinter zwei samtbeschlagenen Stühlen mit sehr hohen Lehnen, die die Form eines Ypsilon ergaben, wenn man sie zu einem Stuhl zusammenschob. Die eine Hälfte war schwarz, die andere weiß.

»Wartet hier, bis sie sich umdrehen!«, flüsterte einer der Männer, bevor sie sich entfernten und die Treppe wieder hinunterstiegen.

Silber erkannte, dass es Drehstühle waren, und hätte sich gerne hineingesetzt, um das schöne Gefühl wieder einmal zu spüren. Als ob sein Gedanke das Startzeichen gewesen wäre, begannen plötzlich beide

Stühle sich zu drehen und einige Sekunden später sahen Silber und Rimini in die Gesichter der perfektesten Zwillinge, die es geben konnte. Die gleichen Augen, die gleichen Münder, die gleichen Nasen! Die einzigen, aber entscheidenden Unterschiede waren Kleidung, Schmuck und Haarfarbe. Die eine war in ein schneeweißes Gewand gekleidet, ihr Haar war weiß und stand auf ihrem Kopf wie ein Berg Zuckerwatte. In den schweren Ringen an ihren Händen saßen glänzende weiße Steine, wie weder Silber noch Rimini sie je gesehen hatten. Die andere trug einen rabenschwarzen, eleganten Hosenanzug, ihr schwarzes Haar war zu einer kunstvoll geschwungenen Frisur gestaltet. Sie trug eine Kette mit Hunderten schwarzer Perlen. Wer aber war Digita? Wer Talia?

Silber signalisierte Rimini, dass er anfangen wollte. Sein Blick wanderte von der Weißen zur Schwarzen und zurück. Er hatte die einmalige Chance, jetzt etwas über seine Vergangenheit zu erfahren und drei ehrliche Antworten zu bekommen. Welche Fragen sollte er stellen, auf die er die Antwort nicht schon wusste? Er horchte tief in sich hinein und fragte sich zunächst selbst, was ihm am dringendsten auf den Nägeln brannte. Als ihm die Frage einfiel, musste er sich vor Aufregung gegen die Brust schlagen.

»Kurz bevor mein bester Freund Coco auf den Eisenbahnschienen starb, flüsterte er mir ins Ohr: *Finn, du kannst nichts dafür.* Hatte er damit recht?«

Die Schwarze warf der Weißen einen leicht triumphierenden Blick zu und antwortete: »Ja.«

Silber wurde von einem warmen Gefühl erfasst. Vor Erleichterung liefen ihm die Tränen übers Gesicht und in seinen Schluchzern ging die Tatsache unter, dass er gerade einen Punkt für die Audienz bei Königin Charisma geholt hatte. Er wusste jetzt auch, dass die Schwarze Digita und die Weiße Talia war. Aber er merkte am Fluss seiner Tränen, dass ihm die Audienz jetzt gar nicht mehr so wichtig war. Es dauerte eine Weile, bis er wieder sprechen konnte, und Rimini trat von hinten an ihn heran und legte ihm die Hand auf die Schulter.

»Als wir die Eisenbahnwaggons bemalten, wurden wir von drei Männern der Bahnpolizei erwischt. Wir flohen Hals über Kopf und sie verfolgten uns über die Bahngleise. Einer der Männer war mein Vater. Er war doch, also ich meine, er hat doch Schuld an Cocos Tod, oder?«

Ein hysterisches Lachen der weißen Talia kündigte die Antwort an: »Nein!«

Talias Antwort traf ihn wie ein Peitschenhieb. Er hatte seinem Vater Unrecht getan! Silber hielt sich die Hände vor das Gesicht. »Mach du mal weiter, ich brauch 'ne Pause«, sagte er beschämt und trottete zur Brüstung der Plattform.

Vor ihm ging langsam die Sonne unter und er spürte seit Langem zum ersten Mal den Wunsch, sich mit seinem Vater zu versöhnen, einen Wunsch, von dem er geglaubt hatte, ihn für immer aus seinem Innern vertrieben zu haben.

Rimini räusperte sich und schluckte. »Guten Tag, verehrte Hofdamen!«, rief er und die Vorfreude in seiner Stimme war so wenig gekünstelt wie die Angst in seinem Herzen. Er freute sich, endlich mehr über sich und seine verpassten Möglichkeiten zu erfahren, aber er zitterte, wenn er an die mögliche Antwort auf die Frage dachte, die er zuerst stellen wollte. »Wie auch immer Sie gleich antworten werden, ich bitte Sie, es möglichst sanft zu tun, damit es mich nicht so trifft, verstehen Sie?«

Digita und Talia warfen sich einen irritierten Blick zu.

»Als ich bei Daphne im Frisierstuhl saß und so tat, als ob ich schliefe, da hat Daphne Finn zugeflüstert, ich würde sterben *und* leben. Hatte sie damit recht?«

Digita sah ihn mit einem milden Lächeln an und kratzte sich wie beiläufig mit dem schwarzlackierten Nagel des Zeigefingers hinter dem Ohr. »Ja.«

Riminis gute Laune war wie weggeblasen. Mit einem Mal hing das Damoklesschwert seines Todes wieder über ihm. In den vergangenen Tagen mit Silber an seiner Seite hatte er sich an das Leben gewöhnt. Es war so schön, mit einem Freund wie Silber zusammen zu sein. Und jetzt sollte das alles wieder vorbei sein? Er kam doch gerade erst zu sich, er war doch noch so jung! Warum sollte er sterben? Was hatte er getan? Würde er Daphne und Delphine noch einmal wiedersehen, bevor es mit ihm zu Ende ging?

»Verdammt!«, murmelte Rimini. »Bin ich denn nichts weiter als ein Souvenir? Eine Erinnerung, die nicht mehr zum Leben erweckt werden kann?«, flüsterte er.

Talia fuchtelte mit ihren gummiartigen Armen und ihren weißlackierten, sehr langen Fingernägeln herum, als wenn sie Rimini vierteilen wollte. »Nein!«

»Nein? Wirklich nicht?«, flüsterte Rimini wie in Trance und hatte in diesem Moment völlig ungewollt seine dritte Frage gestellt. Die Antwort kam prompt.

»Ja!«, hauchte Digita.

»Nein«, rief Rimini. »Das sollte doch keine Frage sein!«

Digita zuckte milde mit den Schultern, Riminis hingegen sanken mutlos herab. Er hatte zwei Fragen verschenkt und war sichtlich schockiert.

Silber, der Riminis Befragung mit einem Ohr gelauscht hatte, kam von der Brüstung zurück. Er hatte sich etwas gefangen und in seinem Blick lag ein neuer Mut, eine Entschlossenheit, wie er sie auch als Silber schon lange nicht mehr gespürt hatte. Bisher dreimal *Ja*, zweimal *Nein*, schoss es ihm durch den Kopf. Auf die letzte Antwort kam es an, ob sie eine Audienz bei Charisma erhielten und mehr über seinen Ypsilon-Tag und Riminis Vergangenheit erfahren würden als in diesem tückischen Ja-Nein-Spielchen. Er hatte sich eine Frage überlegt.

»Findet Delphine mich, also ist sie, ich meine ...«

Talia wartete nur darauf, mit Nein antworten zu können. Silber setzte noch einmal an: »Also, kann es sein, dass Delphine sich auch in mich ... Mag mich Delphine?«

Thalia, die Neinsagerin, sackte zusammen. Silber kam es vor, als ob er die Mundbewegungen von Digita in Zeitlupe wahrnahm. Ihre Lippen formten sich zu einem klaren »Ja!«, das sich auf dem Weg in Silbers Ohren in Musik zu verwandeln schien.

Aber ihm blieb keine Zeit, die Antwort nachklingen zu lassen. Mit einem tiefen Grollen kündigte sich ein Sturm an, der aus beiden Abzweigungen des Ypsilon in den Turm fuhr. Wie ein Tornado jagte er durch alle Ritzen des grauen Gemäuers und riss die Sessel um, auf denen die beiden Hofdamen von Königin Charisma gerade noch gesessen hatten. Silber schnappte sich Rimini und warf sich mit ihm in eine Ecke, wo sie sich aneinander festklammerten.

Dann ging alles sehr schnell. Digita und Talia schossen von ihren Sesseln. Alles war erfüllt vom hysterischen Gekreische der Weißen und vom sanften Geraune der Schwarzen. Dann fuhren die beiden Frauen aufeinander zu und wirbelten herum, bis Weiß und Schwarz nicht mehr zu unterscheiden waren wie in den nächtlichen Schwaden von Nebelungen. Die beiden Stuhlhälften glitten wie von unsichtbarer Hand bewegt zu einem Ypsilon-Thron zusammen und der Sturm endete so plötzlich, wie er entstanden war.

Silber war der Erste, der sich aufzusehen traute. Wenige Schritte vor ihm saß eine wunderschöne Frau auf dem Ypsilon-Thron und blickte auf die beiden Jungen herab. Sie trug ein silbernes Gewand, silbernen Schmuck und elegante silberne Schuhe, die nur für eine mächtige Königin geschaffen worden sein konnten.

Charisma heißt euch willkommen, junge Herren! – Ach, verflixt, schert euch zum Teufel! – Wie schön, dass ihr da seid! – Haut endlich ab!«

Silber und Rimini waren so perplex wegen dieser Begrüßung, dass sie sich nicht aus der Ecke heraustrauten, in die sie sich verkrochen hatten.

Charisma schüttelte sich einige Male, zupfte ihre silbernen Haare zurecht und räusperte sich. »Ach, tretet doch näher, junge Herren! Und verzeiht: Ich weiß gar nicht mehr, wie es ist, eine Tatsache zu sein! Ich bin noch ganz zwischen meinen beiden Möglichkeiten Digita und Talia hin- und hergerissen, aber das legt sich gleich.«

Silber und Rimini rappelten sich auf. »Guten Tag, Majestät!«, sagte Silber und verbeugte sich leicht. So hatte er es schon einmal in einem Film gesehen.

»Guten Tag! Welch wunderschönen Anzug trägst du denn da, junger Herr?«

»Der Anzug ist meine Arbeitskleidung. Mein Name ist Silber.«

»Hübsch siehst du aus. Ein junger Herr namens Silber ist mir natürlich besonders willkommen. Was kann ich dir ermöglichen?«

»Es geht um meinen Freund Rimini. Wird er leben oder ...?«

Charisma lächelte. »Einen Augenblick bitte. Ich will euch wirklich von Herzen gern helfen. Aber ich habe keine Macht über das, was war. Und genauso wenig bin ich Herrin dessen, was sein wird. Als Königin von Ypsaland habe ich nur Macht über das, was hätte sein können. Ich bin nur eine einfache Königin der Möglichkeiten, Herrin über verworfene, vergessene und vergangene Möglichkeiten, wie dein Freund eine ist. Vielleicht sollte man sagen, wie er eine war. Denn wer hier nach Ypsaland kommt, kann nicht mehr wirklich werden. Aber an ihn, deinen Freund, kann ich mich tatsächlich erinnern. Komm her, mein Junge ...«

Silbers Blick folgte dem der Königin und landete bei Rimini. Doch was er dort sah, ließ ihn erbleichen. Er sah sofort, dass mit seinem Freund etwas nicht stimmte. »Rimini, was ist?«

Rimini schienen die Beine wegzuklappen. Er torkelte wie nach einem schweren Schlag und wäre wohl Charisma in den Schoß gefallen, wenn die Königin ihn nicht aufgefangen hätte.

»Auch ich erinnere mich jetzt ...«, murmelte Rimini heiser.

Er starrte ins Leere und schien in wenigen Augenblicken viel älter geworden zu sein. Sein Gesichtsausdruck war ernst, beinahe bitter. »Kryptos hatte recht, mein wirklicher Name ist Leander Knips. Und auch mit etwas anderem hatte Kryptos recht: Leander Knips ist der Name des größten Mistkerls im ganzen Land!«

Silber musste sich setzen. »Hey, Rimini! Sag das nicht! Das stimmt doch nicht.«

»Doch, Silber, es stimmt, langsam fällt mir alles wieder ein. In meinem Kopf fühlt es sich an wie in einem eingeschlafenen Arm, auf dem man zu lange gelegen hat. Als ob das Blut jetzt wieder überall hinfließt und die Erinnerung aus ihrem Tiefschlaf erwacht. Ich erinnere mich plötzlich an das, was ich getan habe.«

Charisma streichelte Rimini sanft über den Kopf. Doch die Erinnerung packte ihn so sehr, dass er aufsprang.

»Ich erwache mit einem Schwindelgefühl wie nach der Fahrt auf einer Achterbahn. Ich liege an einem Strand mit goldenem Sand so fein wie Staub, als mich die Pranken eines Riesen packen. Ich verliere das Bewusstsein und als ich wieder erwache, sitze ich in einer schaukelnden Fähre aus Eis und es ist kalt geworden. Ein kleiner Mann steht vor mir, es ist Hel, der Fährmann. Ich frage ihn nach dem Datum. Es ist der 1. Februar 1967 gegen Abend und starke Böen aus Wasserstaub schlagen mir ins Gesicht. Die feuchte Kälte will mir bis in die Eingeweide kriechen. Meine Augen sind geschwollen und entzündet und voller Sand, wie nach einem Tanz in einem Wüstensturm. Hel erklärt mir, wo wir hinsteuern. Ich schreie ihn an, er soll umkehren, und glaube nicht, was er sagt. Ich springe über die Reling ins Wasser. Doch ein Riese, es könnte der junge Phos gewesen sein, zieht mich aus dem Wasser. Ich habe den Kampf verloren. Ich bin eine verworfene Möglichkeit. Ich sammle meine ganze Energie, um zurückzukehren, um doch noch wirklich zu werden, aber ich schaffe es nicht. Als Kryptos die Schleuse schließt, gibt es kein Zurück mehr in die Welt der Tatsachen.«

Charisma schien das Bild vor ihrem inneren Auge zu sehen. »Ja, du warst eine sehr entschlossene Möglichkeit deines Ypsilon-Tages. Ich konnte kaum glauben, dass du verworfen werden konntest. Es knisterte regelrecht, wenn man in deine Nähe kam«, sagte die Königin.

»Was? Rimini, was hättest du möglich gemacht?«, fragte Silber mit zitternder Stimme.

»Dass ich ein Zauberer der Welt wurde.«

»Ein Zauberer der Welt? Gibt es die nicht nur in alten Geschichten und Sagen?«

Charisma lächelte. »Nein. Zauberer der Welt glauben an Möglichkeiten, die andere von vornherein verwerfen. Nicht immer können Zauberer der Welt aus diesen Möglichkeiten Tatsachen schaffen, aber sie setzen ihr ganzes Wissen und Können dafür ein. Äskulap, Hippokrates, Marie Curie oder Albert Schweitzer waren solche Zauberer der Welt. Sie wären lieber selbst gestorben, als anderen die Möglichkeit der Heilung zu verweigern.«

»Aber wenn du so stark warst, wieso bist du dann keine Tatsache geworden?«, fragte Silber.

Sofort zog die Erinnerung Rimini wieder voll in ihren Bann. Er war wie weggetreten. »Meine Eltern sind arm und meine Schwester ist schwer krank. Geld für die richtige Medizin haben wir keins, sodass meine Schwester an der Krankheit stirbt, als ich sechs Jahre alt bin. Fortan will ich die Natur der Dinge und das Spiel der Elemente verstehen. Ich will wissen, warum ein junger Mensch sterben muss, obwohl es niemand will. Ich lese und lerne und forsche Tag und Nacht und bald gibt es kaum noch Lehrer, die mir etwas beibringen können. Ich bekomme Preise, werde als ›Wunderkind‹ auf der ganzen Welt gefeiert. Mit 13 bin ich zu einem Forschungsaufenthalt in Paris eingeladen, lerne eine andere ›Wunderschülerin‹ namens Marie Montague kennen, die ein Jahr älter ist als ich. Ich bleibe eine Zeit lang in Paris und forsche mit Marie an einem Serum gegen Tollwut, mit dem ein halbes Jahr später das Leben eines jungen afrikanischen Prinzen gerettet wird. Marie und ich reisen auf Einladung der Eltern des Prinzen nach Afrika und treffen auf ein stolzes Land. Doch bei unseren Fahrten durch die Provinzen sehen wir, dass es ein sterbendes Land ist. Der Dreitakt verändert unser Leben. Wir sind verzweifelt und traurig.«

»Der Dreitakt?«, fragte Silber dazwischen und Rimini schien für einen Augenblick aus den Bildern seiner Erinnerung zurückzukehren.

»Ja, der Dreitakt. Eins, zwei, drei – tot. Eins, zwei, drei – tot. Eins, zwei, drei – tot. Eins, zwei, drei – wieder stirbt ein Kind. Im Dreitakt. Sie sterben, noch bevor sie einen Namen bekommen oder bevor sie ihn aussprechen können.«

Silber dachte sofort an Delphine. Von ihr hatte er zum ersten Mal von Kindern gehört, die sterben mussten, ohne dass die Eltern ihnen Namen geben konnten.

»Aber warum sterben sie denn nur?«, flüsterte Silber.

»Die meisten sterben, weil sie arm sind und sich keine Medizin leisten können. Wären sie weniger arm, würden sie leben. Sie sterben an Krankheiten, die zu heilen oder zu lindern sind. Eins, zwei, drei – tot. Du musst diesen Satz zwei Millionen Mal aussprechen, um die Kinder zu zählen, die in einem Jahr nur an den Folgen eines Mückenstichs sterben.«

»An einem Mückenstich kann man sterben?«

»Am Stich einer bestimmten Mückenart. Die Krankheit heißt Malaria, ein Fieber, das dir jeden Lebensmut nimmt.«

Silber musste wieder an Delphine denken und spürte den Schmerz in seinem Herzen. »Und was habt ihr dagegen unternommen?«, wollte er wissen.

Rimini versank wieder in seiner Erinnerung. »Marie und ich verlassen das Land wieder. Wir fahren auf einem Segelschiff nach Hause und schwören, in dieses

Land zurückzukehren. Wir können nicht zaubern, aber wir schwören zurückzukehren als Zauberer der Welt!«

Silber verstand jetzt. »Ihr wolltet alles euch Mögliche unternehmen, um …«

»… den Dreitakt zu stoppen«, ergänzte Rimini grimmig und noch jetzt, beinahe vierzig Jahre später, sah man ihm seine Entschlossenheit an. »Den Dreitakt zu stoppen mit einem Elixier, das der Malaria ihre tödliche Wirkung nimmt. Auch wenn es viele Widerstände gab, wir wollten nicht eher aufgeben, bis diese Möglichkeit Wirklichkeit geworden war.«

Rimini atmete schwer und Charisma tupfte ihm mit einem Zipfel ihres silbernen Gewandes den Schweiß von der Stirn.

»Und wie wolltet ihr das anstellen? Ihr wart doch noch so jung.«

Rimini sah Silber mit einem glasigen Blick an. »Es ist ein heißer Sommertag, als das Segelschiff wieder in Europa ankommt. Wir haben Glück und es geschieht etwas, das uns wie gerufen kommt. Ein großes Labor für Pulver und Elixiere ist auf uns aufmerksam geworden. Man bietet uns an, dort zu forschen. Wir denken, es ist die Chance, unseren Schwur in die Tat umzusetzen – auf der Insel im Fluss.«

»Dort, wo heute die Kummerschule steht?«

Rimini nickte kaum merklich. »Dort forschten zu dieser Zeit die Besten der Welt. Doch schon bald stellen wir fest, dass keiner der Forscher sich mit der Malaria beschäftigt. Der Dreitakt interessiert sie nicht. Sie fragen uns sogar, was wir davon hätten, wenn wir an Pulvern gegen die Krankheiten der Armen forschen. Stattdessen sollten wir lieber Pulver gegen die Krankheiten der Reichen erfinden.«

»Das ist ja eine Sauerei!«, rief Silber.

»Aber leider die Wirklichkeit. Marie und ich entwickeln einen Plan. Wir tun tagsüber die Arbeit, die man von uns erwartet. Nachts aber forschen wir heimlich an einem Mittel gegen die Malaria. Wir schlafen wenig und sind dauernd müde. Aber wir halten durch, obwohl es kaum Ergebnisse gibt, die uns ermutigen. Eines Abends aber fällt uns der Schlüssel für den streng verbotenen Teil des großen Labors in die Hände. Marie und ich denken uns nichts dabei, als wir einen nächtlichen Ausflug dorthin unternehmen. Doch wir machen dort eine erschütternde Entdeckung. Es gibt bereits ein Pulver gegen die Malaria!«

Silber konnte das nicht glauben. »Wieso liegt es ungenutzt dort unten, wenn daran Millionen von Kindern sterben?«

»Weil es für die Forscher nicht lohnte, das Pulver fertig zu entwickeln, auszuprobieren und zu versteigern.«

»Warum nicht?«

»Die Reichen erkranken zu selten daran. Nur die Armen. Und die können das Pulver sowieso nicht bezahlen. Darum bleibt es in den Laborschränken liegen. Wer will schon viel Arbeit und Geld in etwas stecken, nur um es dann zu verschenken? Nur ein Zauberer der Welt würde so etwas tun …«

»Wie ging es dann weiter?«, fragte Silber leise. Er klebte an Riminis Lippen.

»Das Pulver gegen Malaria – wir stehlen die Formel und forschen nachts daran weiter. Bald sind wir so weit, dass es ausprobiert werden muss. Wir müssen sehen, ob das Pulver das gewünschte Resultat erzielt, wenn wir es in den menschlichen Körper bringen. Bricht das Malariavirus dann nicht oder nur kontrolliert aus, wären wir fast am Ziel. Ich war so überzeugt von unserem Erfolg, besessen von der Idee der Zauberer der Welt, dass ich es getan habe …«

»Was hast du getan?«, fragte Silber.

»Im Glauben, die Elemente zu beherrschen, überrede ich Marie, das Pulver an ihr zu testen, und sie willigt ein. Zunächst scheint es gut zu gehen, doch nach einigen Tagen erkrankt Marie am Fieber. Wir schleichen aus dem Labor, um einen Arzt aufzusuchen. Der behandelt Marie zwar, hält sich aber nicht an sein Arztgeheimnis und verrät uns an den Direktor des Labors. Dort sind alle außer sich. Wir – die wir eben noch die Vorzeige-Wunderkinder waren – werden nach Strich und Faden niedergemacht. Eine Zeitung druckt ein Foto von mir, darunter steht: *Dr. Frankenstein – so experimentierte er mit dem Körper seiner Freundin!* Ich bin so verzweifelt, ich denke, ich kann nie wieder an den Elementen forschen. Tatsächlich verklagt uns das Labor und es ist zu erwarten, dass man uns zu hohen Strafen verurteilt. Alle sind gegen uns. Nur ein Mitarbeiter des Labors ist auf unserer Seite. Er hilft uns bei der Flucht und versteckt uns in einem schäbigen Zimmer auf dem Werftgelände am Fluss. Zwei Nächte später müssen wir wieder einen Arzt rufen, weil es Marie immer schlechter geht. Der Arzt sagt, Marie würde noch in der kommenden Nacht sterben und ...«

Rimini konnte den Satz nicht vollenden, denn er begann zu schluchzen und nach Luft zu ringen. Silber legte tröstend den Arm um ihn.

»... sie sei schwanger!«, flüsterte Rimini, während Tränen über seine Wangen liefen.

»Sie erwartete ein Baby?«, fragte Silber mit aufgerissenen Augen. »Etwa von dir?!«

Rimini nickte. »Ja. Marie und ich haben uns geliebt. Wir waren füreinander bestimmt. Doch der Mann, der uns geholfen hat, sagt, ich muss sofort untertauchen, außer Landes gebracht werden, sonst würde man mich als Mörder verurteilen. Silber, was hätte ich denn tun sollen?«, fragte Rimini verzweifelt.

»Was geschah dann?«

»Leander Knips musste sich zwischen zwei Wegen entscheiden. Er hatte zwei Möglichkeiten. Die eine war, bei Marie zu bleiben und alles zu versuchen, um sie und das Leben des Kindes zu retten, ganz gleichgültig, was aus ihm selbst geworden wäre. Diese Möglichkeit, das … war ich und ich wurde verworfen.«

»Und was wurde Wirklichkeit?«

»Die Tatsache von Leander Knips verlässt Marie und schwört, die Zauberer der Welt, die er für den Tod von Marie verantwortlich macht, bis ans Ende seiner Tage zu hassen. Der Mitarbeiter aus dem Labor bringt ihn außer Landes und nimmt ihn in seine Heimat mit. Der Leander Knips, der Wirklichkeit geworden ist, ist nur noch von einem Gedanken besessen: die Elemente zu studieren, bis er die ganze Macht über sie haben würde. Doch nicht, um das Bestmögliche wirklich werden zu lassen, sondern um seine eigene Macht zu vergrößern. Er will die Macht haben über Leben und Tod. Das ist das Letzte, woran ich mich erinnere: an den Gedanken *Macht*. Danach trennen sich unsere Wege. Die verworfene Möglichkeit Leander Knips kommt hierher nach Ypsaland. Die Tatsache Leander Knips besteigt ein Schiff nach Übersee und verlässt das Land. Er erstickt beinahe an den Tränen aus Wut und Trauer und Hass, dem Hass auf eine Idee, mit der Marie und er zu Zauberern der Welt werden wollten.«

Rimini schluchzte und konnte nicht mehr weiterreden. Auch Silber konnte nichts sagen und nahm ihn wieder schweigend in den Arm.

Nach einigen Minuten rappelte Rimini sich unvermittelt hoch. »Entschuldigt mich bitte einen Augenblick«, murmelte er und ging mit gebeugtem Schritt zu der großen Treppe. Charisma räusperte sich und rief ihm hinterher: »Aber natürlich. Lass dir von den Palastwachen einen heißen Tee geben. Du bist eine der tapfersten Möglichkeiten, die ich je erlebt habe, Leander.«

Charisma wartete, bis Rimini die Treppe hinuntergegangen war. Dann nickte sie Silber zu. »So geschah es am Ypsilon-Tag von Leander Knips, dem 1. Februar 1967. Er wurde beinah zerrissen vom erbitterten Kampf zweier mächtiger Möglichkeiten in ihm. Die eine verfluchte die Zauberer der Welt, die andere wollte nach Maries Tod erst recht einer sein. Die Gabel des Ypsilon hätte ihn beinah durchtrennt wie einen Apfel, den man in zwei Hälften schneidet. Um als Tatsache nicht verrückt zu werden, musste Leander Knips alles verraten, woran er bis dahin geglaubt hatte, auch das geheime Zeichen von Marie und Leander, das Amulett des Äskulap mit den beiden Schlangen. Du kennst es, Silber, Rimini trägt es auf der Brust. Leander warf es fort, als er das Schiff nach Übersee bestieg. Damit verwarf er endgültig die Möglichkeit, ein Zauberer der Welt zu werden. Genau zu diesem Zeitpunkt trennten sich Tatsache und Möglichkeit.«

Silber nickte. »Was geschah, als Rimini hier in Ypsaland ankam?«

»Beinah spielend bekam er eine Audienz. Ich sah sofort, wie stark er war – eine der stärksten Möglichkeiten, die je verworfen wurden. Nur der schreckliche

Schmerz über Maries Tod und den seines Kindes hatte verhindern können, dass er als Zauberer der Welt zur Tatsache geworden ist. Er trug das Amulett des Äskulap auf seiner Brust wie ein Andenken für alle Ewigkeit. Und dieses Zeichen brachte mich schließlich auf eine Idee. Ich beschloss, Riminis ganze Kraft in ein besonders starkes Andenken fließen zu lassen. Die Tatsache von Leander sollte niemals den Tag vergessen, an dem er sich entschieden hatte, er sollte ein Andenken an seinen Ypsilon-Tag bekommen, bei dessen Anblick er erzittern und immer daran denken sollte, welche Möglichkeit er von sich verworfen hatte. Als Königin von Ypsaland bin ich es meinen Untertanen schuldig, dass solchen Möglichkeiten, wie Rimini eine war, das Andenken bewahrt wird und sie bei ihren Tatsachen nicht in Vergessenheit geraten. Ich ließ eine besondere Flasche herstellen, die ein Schiff enthielt. Es sollte den tatsächlichen Leander an den Eid erinnern, den Marie und er einst auf dem Schiff schworen. Es sollte ihn an die Möglichkeit erinnern, ein Zauberer der Welt zu werden! Ich nannte das Schiff ›Ypsilon‹ und schickte es dem tatsächlichen Leander Jahre später als Geschenk.«

Silber nickte und begann allmählich das Geheimnis der Flasche zu verstehen.

»Welche Kraft hat die Flasche denn unzerstörbar gemacht?«, fragte er.

Charisma lächelte, als habe sie diese Frage erwartet.

»Stell dir vor, du willst etwas unbedingt vergessen, das sich in deinem Gedächtnis eingenistet hat. Keine Kraft wird groß genug dafür sein! Nichts fesselt etwas so sehr in deinem Gedächtnis wie der Wunsch, es zu vergessen. So verhält es sich auch mit den verworfenen Möglichkeiten eines Ypsilon-Tages. Du schließt sie weg an dem Tag, an dem du dich für eine andere Wirklichkeit entscheidest. Aber tief in dir schlummern sie wie ein Dämon, den man besiegt zu haben glaubt. Wenn du sicher gehst auf dem gewählten Weg, dann kannst du die verworfenen Möglichkeiten der letzten Weggabelung wirklich vergessen. Du lässt sie in den Kerkern deines Gedächtnisses einfach vermodern oder sperrst sie in eine dunkle Kammer deines Herzens, deren Türen du nie wieder öffnest. So kannst du als Tatsache in Frieden leben. Aber je mehr du deine verworfenen Möglichkeiten auslöschen willst, desto weniger wird es dir gelingen. Du selbst machst das Andenken an sie unzerstörbar.«

»Aber wie konnte es geschehen, dass das Andenken an Leander, der ein Zauberer der Welt geworden wäre, wieder lebendig wurde?«, fragte Silber.

Charisma sah einen Augenblick über die Brüstung des Turms in die Ferne. Sie schien zu überlegen, ob sie Silber in ein Geheimnis einweihen durfte, das viele seiner Fragen beantworten würde. Nach einem Moment wandte sie sich wieder Silber zu und sagte: »In den Andenken, ob sie nun aus Ypsaland kommen oder aus anderen Reichen und nicht nur in den großartigen wie der Flasche des Leander Knips, wird eine ungeheure Kraft gebannt. In einem Foto schlummert immer auch ein Stück von dem Menschen, an das es erinnert, mit einem Ring kann der ganze Schmerz oder das Glück einer großen Liebe lebendig werden und ein Geruch kann eine Welt neu erschaffen, die längst versunken ist. Andenken an etwas, das als Möglichkeit einst verworfen wurde. Doch die Andenken schweigen nicht von ihren Kräften. Sie raunen den Tatsachen etwas zu, sie flüstern von dem, was einmal möglich war. Andenken können gefährlich sein, Silber, aber natürlich leben sie nicht. Was ihnen Leben geben kann, selbst wenn sie schon steinalt sind, das steckt in uns. Konstantin York, der tatsächliche Leander, hat alles Mögliche getan, um das Andenken an den früher möglichen Leander zu vernichten. Als ihm das nicht gelang, hat er versucht das Andenken für immer zu begraben. Vielleicht wäre ihm das auch gelungen ...«

»... wenn Delphine nicht die Flasche gestohlen hätte«, murmelte Silber.

Charisma nickte. »Durch das Öffnen des Siegels, vor dem Konstantin York aus Furcht zurückgeschreckt war, wurde der Teil von ihm wieder entfesselt, dem du den Namen Rimini gabst. Eine Möglichkeit von Leander, die vor einem halben Menschenleben verworfen wurde.«

»Wie kann das denn sein? Nach so vielen Jahren? Wieso ist die Erinnerung an das, was einst möglich war, im tatsächlichen Leander nicht längst erloschen? In den Kerkern seines Gedächtnisses verrottet?«

Charisma kräuselte die Stirn. »Das ist nur durch eines erklärbar.«

»Und durch was?«, flüsterte Silber.

»Die Entscheidung seines Ypsilon-Tages muss auf einem Irrtum beruhen.«

»Aber er entschied sich doch, Marie zu verlassen, weil man ihm sagte, sie würde in wenigen Stunden sterben«, überlegte Silber. »Das hat ihm jeden Willen genommen, ein Zauberer der Welt zu werden, so wie er einst geschworen hatte.«

»Genau das meine ich. Wäre es nicht möglich, dass derjenige, der ihm das sagte, log? Wäre es nicht möglich, dass Marie Montague gar nicht starb in der Nacht, als Leander sie verließ?«

»Oh Gott!«, rief Silber, dem die ganze Tragik dessen bewusst wurde, was Charisma ihm da soeben zu verstehen gegeben hatte.

Doch in diesem Moment wurde das Gespräch abrupt unterbrochen. Zwei grimmige Leibwächter Charismas kamen die Treppe hochgestürmt. Zwischen ihnen stolperte ein ziemlich mitgenommener Liftboy.

»Königin Charisma! Eure Majestät!«, rief einer der Leibwächter.

»Was gibt es? Ich bin mitten in einer Audienz.«

»0102-LK-67 hat den Liftboy gezwungen, ihn in die Goldene Mitte zu fahren!«

»Was? Woher konnte er vom verborgenen Tor zur Goldenen Mitte wissen?!«

»Das entzieht sich unserer Kenntnis, Majestät.«

»Ja, ist denn das die Möglichkeit? Wie oft habe ich befohlen, dass das Tor scharf bewacht wird? Wie oft?«

Die zwei Männer sahen betreten zu Boden, der Liftboy schien der Ohnmacht nahe.

»Leander muss lebensmüde sein!«, murmelte Charisma.

»Was ist die Goldene Mitte?«, fragte Silber und malte sich das Schlimmste aus.

Charisma stöhnte. »Die Goldene Mitte ist das Tor zur Wanderwüste Psi. Sie liegt zwischen Ypsaland und der Wirklichkeit, zwischen den Möglichkeiten und den Tatsachen. Vielleicht ist es die einzige Wüste auf Erden, die ihren Namen wirklich verdient.«

Silber musste all seine Kraft zusammennehmen, um weiterzufragen. »Charisma, Rimini darf nichts zustoßen! Was hat es mit dieser Wanderwüste auf sich?«

»Silber, es sollte wohl so sein, dass du durch die Begegnung mit deinem Freund Rimini die ganze Welt des Ypsilon kennenlernst. Vieles davon bleibt den Tatsachen normalerweise verborgen.«

Silber hatte inzwischen eine Ahnung von dem, was es mit dem Ypsilon auf sich hatte. Er hatte aber auch das Gefühl, dass er noch nicht alles wusste. »Charisma, meinst du nicht auch, ich sollte jetzt wirklich alles erfahren?!«, rief er.

Charisma sah ihn beinah überrascht an und schien wieder einen Augenblick zu überlegen, ob das wirklich gut war. Dann aber strahlte ihr Blick vor Einsicht und Milde.

»Das Ypsilon, Silber, das ist der Weg unseres Lebens. Würde man eine Karte vom Lebensweg eines Menschen zeichnen von seiner Geburt bis zum Tod, sie sähe aus wie ein Wald aus Ypsilons. Auf jedem Abzweig beginnt bereits das nächste Ypsilon, kaum auf einer Geraden, nähert man sich bereits der nächsten Gabelung.«

Silber zeichnete im Geist ein Stück seines eigenen Lebensweges und nickte zum Zeichen, dass er verstand.

»An jeder Gabelung sind kleine Entscheidungen zu treffen, Entscheidungen des Alltags, die nicht länger wirken als einen Augenblick und keine großen Folgen nach sich ziehen. Doch in jedem Leben gibt es schwerwiegende Entscheidungen, Entweder-oder-Entscheidungen, Ja-oder-Nein-Entscheidungen, die dich verändern, oft sind es Entscheidungen zwischen Leben und Tod. Tage, an denen eine solche Entscheidung fällt, heißen ...«

»... Ypsilon-Tage«, ergänzte Silber. »Aber was hat das mit dieser Wüste zu tun?« Silber war kurz davor zu verzweifeln, weil er nicht wusste, was er tun musste, um Rimini zu retten.

»In der Wanderwüste Psi entscheidet sich das Schicksal der beiden Möglichkeiten – die eine wird eine Tatsache, die andere wird verworfen und kommt hierher in mein Reich.«

Silber huschte ein Hoffnungsschimmer übers Gesicht. Er erinnerte sich an die Schilderungen Riminis. Bevor er in Hels Fähre stieg, meinte er in einem Sandsturm getanzt und eine Wüste durchquert zu haben. »Aber dann hat Rimini die Wüste vor 38 Jahren ja schon einmal durchwandert und kennt sich dort aus!«

»Ja und nein. Die Psi ist der Ort im Zentrum des Ypsilon, an dem sich ein Lebensweg gabelt. Hier werden wichtige Entscheidungen getroffen, die das Leben grundsätzlich verändern. So war es auch bei Leander Knips vor 38 Jahren. Er musste sich entscheiden: Marie voller Machthunger und Hass auf sich selbst zu verlassen oder aber bei ihr zu bleiben bis zum Tod und ein Zauberer der Welt zu werden. Normalerweise kann eine verworfene Möglichkeit wie Rimini nicht noch einmal zurück in die Psi. Aber irgendwie hat er wohl von dem alten Katapult erfahren, das wir den *Rückzieher* nennen. Es kann jemanden nach einer getroffenen Entscheidung zurückschleudern in die Psi, wenn die Energie der Möglichkeit groß genug ist. Allerdings ist dies lebensgefährlich. Aus diesem Grund habe ich immer versucht, meine Untertanen vor diesem Schritt zu bewahren und ihnen diesen Weg zu versperren. Einige Möglichkeiten sind jedoch so stark, dass sie sich meinem Einfluss entziehen und ihr Leben in der Psi noch einmal riskieren. Die meisten finden im Katapult den Tod und kehren weder in die Wirklichkeit noch nach Ypsaland zurück.«

Silber musste sich zwingen tief durchzuatmen. »Rimini hat diesen Rückzieher bestimmt überlebt! Er ist geschickt und flink. Und in der Psi kennt er sich aus, nicht wahr, Charisma?«, beeilte er sich zu fragen.

Die Königin schüttelte traurig den Kopf. »Das ist es ja gerade. Selbst wenn er das Katapult überlebt hat, ist die Wüste Psi eine Welt, die sich in jedem Augenblick verändert. Niemand findet sie gleich vor. Die Psi ist ständig in Bewegung.«

»Wie kommt das?«, fragte Silber.

»Diese Wüste ist wie eine gigantische Sanduhr. Ständig läuft der Sand, reißt Krater, bebt und schüttet sich zu Dünengebirgen auf. Wenn die Zeit für eine Entscheidung abgelaufen ist, dann dreht sie sich auf den Kopf und nichts ist mehr so wie vorher. Alles wird im Sand zerrieben.«

»Wie lange dauert es, bis die Sanduhr einmal durchgelaufen ist?«

»Ganz unterschiedlich! Manchmal ist der Durchfluss verstopft. Manchmal geht es rasend schnell. Das kommt auf dich selbst an. Wenn der Weg zum Ziel klar ist, dann geht es schnell. Wenn nicht, dann kann es ewig dauern und die Qualen der Entscheidung wollen kein Ende nehmen.«

»Was in Teufels Namen hat Rimini dort vor, Charisma?«, fragte Silber und er erschrak, als sich das Gesicht der Königin der Möglichkeiten zu versteinern schien.

»Ich fürchte, er kann nur eines im Sinn haben. Nachdem jetzt seine Erinnerung zurückgekehrt ist, will er seine Tatsache finden und vernichten!«

»Konstantin York? Er will sich rächen dafür, dass er vor 38 Jahren verworfen wurde?!«, schrie Silber außer sich.

»Vielleicht«, antwortete Charisma ruhig. »Sicher scheint, dass er einen Weg zurück in die Welt der Tatsachen sucht. Doch für eine verworfene Möglichkeit gibt es keinen Weg zurück. Die Psi wird sein Verderben.«

»Bring mich sofort zur Goldenen Mitte!«, forderte Silber, der sich daran erinnerte, was geschehen würde, wenn sich Tatsache und verworfene Möglichkeit leibhaftig begegnen. »Ich muss Rimini retten!«

»Dummkopf!«, brüllte plötzlich eine Stimme von der großen Palasttreppe her. »Du wirst noch früh genug in deinen Untergang gehen! Jetzt gedulde dich!«

Silber war so verdattert, dass er gar nicht über die Worte des Wesens nachdachte, das dort auftauchte. Er traute seinen Augen kaum. Ein Mann, nicht größer als ein Kind, feuerrote, volle Haare, die von Weitem wie ein Hut mit bizarren Federn aussahen, und eine faltige, braunrote Haut wie rissiges, altes Leder. Er trug ein sandfarbenes Hemd mit aufgekrempelten Ärmeln und eine weite, ebenfalls sandfarbene kurze Hose. Seine Füße steckten in dicken, hellbraunen Wollsocken und festen, halbhohen Wanderschuhen. Vor seiner Brust baumelte ein riesiges Fernglas. In der linken Hand trug er einen zerbeulten Blecheimer mit Sand.

»Silber, das ist Cäsar, der Potentat meines Reiches. Er wacht über die Wanderwüsten-Wetterwarte. Das Feuer in seinem Leuchtturm leitet die verworfenen Möglichkeiten, die den Kampf in der Psi verloren haben, sicher hierher, in meinen Palast nach Ypsaland. Keiner kennt die Tücken der Psi besser als Cäsar!«

»Wohl wahr!«, donnerte dieser. »Und als der Rückzieher vorhin seine Fracht an der Warte vorbeischoss, dachte ich schon, ein neuer Sandkrieg wäre ausgebrochen. Dass aber eine verworfene Möglichkeit von Ypsaland zurück in die Psi flieht, ist ja wohl das Dreisteste, was ich je gehört habe! Und das nach 38 Jahren!« Der kleine Mann bebte vor Erregung.

»Cäsar, bitte gib uns deinen Lagebericht. Was hast du von der Warte aus beobachtet?«, fragte Charisma.

»Cäsar, bitte beeilt Euch. Es geht um Leben und Tod!«, rief Silber.

»Ruhig Blut!«, dröhnte Cäsar. »Wenn du jetzt aufbrechen würdest, müsstest du dir um dein Leben keine Gedanken mehr machen, denn dann wäre dir der Tod sicher. Also beherrsche dich und schau auf die Karte!« Blaue, funkelnde Augen blinzelten Silber aus dem faltigen Gesicht an.

Silber wusste sofort, dass er dem Potentaten vertrauen konnte, und gehorchte. Cäsar nahm den Eimer, den er in der Linken trug, und schüttete seinen Inhalt auf den Boden. Mit der Hand zeichnete er geschickt eine Landschaft in den Sand.

»Das ist in etwa die momentane Gestalt der Wanderwüste. Meine letzten Beobachtungen sind keine halbe Stunde alt. Im Süden entstehen laufend neue Krater, hier im Norden, rund um das verborgene Tor, lassen heftige Beben die Wüste erzittern. Täler und Schluchten reißen den Sand urplötzlich auf. Im Osten zieht ein

Sandorkan heran. Selbst die wandernden Oasen der Yonos, dieses hinterhältigen Wüstenvolkes, das sich nicht entscheiden kann, sind nicht mehr sicher. Die meisten Yonos haben sich unter ihren Palmen verschanzt und bewegen sich keinen Meter vom Fleck. Einige verworfene Möglichkeiten, die heute Morgen hier ankamen, berichten von starken Aktivitäten der Nonos entlang der Ufer des Nihils. Sie sollen ganze Heerscharen von Möglichkeiten in den Bergen und Schluchten des Dilemmaya-Gebirges gefangen halten. Heute Morgen war die Luft durchschnitten von den Schreien derer, die in den Zwickmühlen zu Sand zerrieben wurden.«

Silbers Verzweiflung wuchs, je mehr er über die Wüste Psi erfuhr. Was hatte Rimini sich nur gedacht, dorthin zu fliehen?!

»Hast du gesehen, was mit Rimini geschah, nachdem das Katapult ihn in die Psi geschleudert hatte?«, wollte Silber wissen.

»Natürlich. Der Junge war sehr geschickt, hat keinen Kratzer davongetragen und sich unverzüglich der Brücke übers Zögertal genähert. Dort kreisen die Skorpiongeier und halten unermüdlich Ausschau nach frischer Beute.«

»Zögertal? Skorpiongeier?«, fragte Silber.

Charisma lächelte ihm aufmunternd zu. »Jeder, der in der Psi eine schwierige Entscheidung zu treffen hat, muss als Erstes über diese Brücke gehen. Obwohl

Rimini nichts mehr entscheiden kann, musste er dort hinüber, denn nur so gelangt man in das Innere der Psi.«

Cäsar nickte. »Tja, Junge, eine schwere Entscheidung zu treffen, kann ein echter Höllenritt sein! An deiner Stelle würde ich lieber hierbleiben. Wenn du das Tor zur Psi durchquert hast, ist es zu spät.«

»Genug, Cäsar!«, rief Charisma. »Wir können Silber nicht aufhalten. Er ist eine Tatsache und gehört auch nicht hierher in mein Reich. Eigentlich führt der Weg des Lebens ja in die umgekehrte Richtung, aber in Silbers Fall ist es anders.« Die Königin sah Silber mit einem warmen Blick in die Augen. »Die Rückkehr in die Welt der Tatsachen kann dir nur gelingen, wenn du die Psi durchquerst. Cäsar, schildere Silber die Schrecken der Psi. Aber fasse dich kurz! Die Zeit drängt.«

»Nun gut, Junge, hör zu ...«, knurrte der Potentat. »In wenigen Augenblicken wirst du wissen, wie sich eine ausgemergelte Maus fühlt, die auf dem Bauch einer hungrigen Katze steppt!«

Silber schluckte.

»Die Sache ist schwieriger, als ein Tatsachenhirn wie deines es vielleicht begreifen kann. Du willst aus der Psi deinen Freund retten, eine verworfene Möglichkeit, die nach den Gesetzen der Möglichkeiten dort gar nicht sein dürfte. Zunächst werde ich dich mit dem Katapult möglichst nah an das Zögertal schleudern. Von da an gibt es kein Zurück. Höre, was du unbedingt beachten musst!«

Silber nickte ernst. Der Potentat holte schnaubend Luft. »Erstens: Der Sand im Zögertal wird alles versuchen, um dich zu bannen. Nur eine Sandscheuche kann dich dort heraustreiben. Aber sie geben sich nicht mit jedem ab!«

»Mit wem geben sie sich denn ab?«, fragte Silber.

»Nur mit Menschen, die eine echte Lebensentscheidung zu treffen haben. Nur solche Menschen werden von den Scheuchen unterstützt. Sonst wären die Wege der Psi vollgestopft mit Leuten, die unfähig sind, die einfachsten Alltagsentscheidungen zu treffen. Zu welcher Kategorie du gehörst, musst du selbst wissen.«

»Was ist, wenn ich keine Lebensentscheidung treffen will?«

»Dann wirst du im Sand ersticken und niemals das Gefühl erleben, am Scheidepunkt zu siegen!«

»Am Scheidepunkt?«, flüsterte Silber.

»Das Ziel eines jeden, der die Psi durchquert!«

»Okay«, murmelte Silber und versuchte seinen Mut nicht zu verlieren. »Und zweitens?«

»Zweitens: Sollte sich eine Sandscheuche deiner annehmen, zwinge sie dazu, die drei Gesetze der Psi zu nennen. Kann sie es nicht oder klingen sie irgendwie falsch, dann ist es wahrscheinlich keine Sandscheuche.«

»Sondern?«, fragte Silber.

»Etwas anderes, wovon ich jetzt besser schweige, um dir nicht unnötig Angst zu machen.« Der Potentat verzog das Gesicht vor Ekel, bevor er schnell fortfuhr: »Übrigens: Verhandle mit einer Scheuche nie über das Pfand, das sie von dir verlangt, denn wenn Sandscheuchen beleidigt sind, dann geht gar nichts mehr. Das ist eine der beiden sehr nachteiligen Eigenschaften der Sandscheuchen.«

»Und die andere?«

»Auf Sandscheuchen lastet ein alter Fluch, von dem sie nur erlöst werden, wenn sie ein einziges Mal den Fahrplan einhalten und ihre Fahrgäste pünktlich am Scheidepunkt abliefern.«

Silber schluckte die Fragen, die er zu den einzelnen Punkten hatte, hinunter. Er ahnte, dass es auf jede Minute ankam.

»Vielleicht solltest du noch etwas wissen zum Scheidepunkt. Er liegt kurz vor den Goldenen Toren, nördlich der Oasen von Eventualien. Du wirst merken, wenn du dort bist. Dein Hals wird vor Trockenheit kratzen, als habest du ein Pfund Heftzwecken verschluckt. Nur auf dem Scheidepunkt bist du frei zu entscheiden. Nichts kann dich dort mehr aufhalten, alle Schrecken der Psi liegen hinter dir. Nur ein Schritt trennt dich von den zwei Auswegen, den Goldenen Toren. Die eine Möglichkeit von dir geht durch das rechte Tor und wird eine Tatsache, die andere hierher nach Ypsaland in die Welt der verworfenen Möglichkeiten.«

»Weiter!« Silber bemühte sich, nicht dem Schwindelgefühl nachzugeben, das von ihm Besitz ergreifen wollte.

»Drittens, und das ist vielleicht der furchterregendste Schrecken der Psi«, sagte Cäsar. »Ich weiß nicht, warum du vor deinem Ypsilon-Tag freiwillig in die Psi gehst. Ich weiß auch nicht, ob eine Scheuche dich annimmt und tatsächlich durch die Psi führt. Aber sobald du drin bist, führt nur ein einziger Weg wieder heraus!«

»Welcher?«, krächzte Silber.

»Du musst eine wichtige Lebensentscheidung treffen. Um der Psi zu entkommen, wird dir das nicht erspart bleiben. Überlege dir vorher, in welcher Sache du entscheiden willst. Sonst irrst du nur sinnlos umher und wirst bei der Umdrehung der Psi zu Sand zermahlen.«

Silber nickte und es war nicht zu übersehen, dass die Tapferkeit des Jungen dem alten Raubein Cäsar Respekt einflößte.

»Komm, ich bringe dich jetzt zur Goldenen Mitte! Das Katapult ist schon zum Abschuss vorbereitet«, brummte der Potentat.

Erst jetzt meldete sich Charisma wieder zu Wort. »Silber, es ist nun Zeit, Abschied zu nehmen. Ich wünsche dir viel Glück!«

Silber reichte ihr die Hand und Charisma drückte sie fest. »Danke, Charisma, vielen Dank für deine Hilfe.«

Dann schulterte Silber seinen Rucksack und folgte dem Potentaten zur Treppe.

»Eins ist übrigens sicher, das haben meine Beobachtungen ergeben«, brummte Cäsar, während er mit festen Schritten die Palasttreppe hinuntermarschierte. »Die nächste Entscheidung, die am Scheidepunkt fällt, wird gewaltig! Wir werden das Beben in ganz Ypsaland spüren.«

»Wie kommst du darauf?«, fragte Silber.

»Weißt du, ich kenne das Wetter der Wüste wie andere ihr Wohnzimmer. Ich beobachte es schon eine Ewigkeit. Und in der vergangenen Nacht gab es zum ersten Mal seit Beginn der Wetteraufzeichnungen ein Phänomen, bei dessen Anblick es selbst mir beinahe den Boden unter den Füßen weggezogen hat.«

»Welches?«, fragte Silber schnell.

»Nebel«, antwortete der Potentat ehrfürchtig.

»Was ist daran besonders?«

»Nebel in der Psi, das kann nur bedeuten, dass alle Kräfte aktiv werden am folgenden Tag. Dass die Nachtluft dampft vor Energie. Kräfte und Gegenkräfte einer Entscheidung richten sich auf eine Schlacht ein. Die Entscheidungsschlacht!«

Unter dem Fluss

Als Delphine aufwachte, wusste sie nicht, wie lange sie geschlafen hatte. Bevor sie die Augen öffnete, lauschte sie eine Weile dem Geräusch, das sie geweckt hatte. Es war ein dumpfes, rhythmisches Brummen, das von weither näher kam, fast bis an sie heranrauschte und sich dann wieder entfernte. Kaum aber war es verklungen, schien es am Geräuschhorizont neu zu entstehen, sich wieder zu nähern, um sich aufs Neue davonzumachen. Plötzlich erkannte Delphine, dass das Geräusch von über ihr kam, und augenblicklich verstand sie, dass es das Dröhnen von Schiffsschrauben war. Sie befand sich in einem Raum unter dem Fluss!

Sie schlug die Augen auf und stellte fest, dass sie auf einem großen Bett lag, das mehr als jedes andere den Namen Himmelbett verdient hatte, denn über ihr wölbte sich eine hohe, in dunklem Blau getünchte Decke, auf die von kundiger Hand offenbar der gesamte Sternenhimmel gemalt worden war. Delphine sah die zwölf Tierkreiszeichen, aber auch ihr unbekannte Sterne und Sonnen, Punkte in allen Größen, die auf seltsame Art und Weise den Raum zu beleuchten schienen.

Sie richtete sich auf und stellte fest, dass das Bett in der Mitte des großen, hohen Raumes stand. Sonst war er völlig leer, kein Stuhl, kein Tisch. Über der schweren, für die Raumhöhe zu niedrigen Holztür hing eine goldene Scheibe. Darin waren Buchstaben aus türkisen Edelsteinen eingelassen. Delphine erkannte sofort, dass es Latein war. »Visita Interiora Terrae Rectificando Invenies Occultum Lapidem«, las Delphine leise und bemerkte, dass die Anfangsbuchstaben jeweils hervorgehoben waren und für sich gelesen V.I.T.R.I.O.L. ergaben.

Welche Bedeutung hatte das? Sie erinnerte sich einigermaßen an die nicht sehr aufregenden Lateinstunden bei dem Geheimen Doktor Gonzales und versuchte eine Übersetzung. »Besuche das Innere der Erde, dann destilliere und du wirst den verborgenen Stein finden«, murmelte sie. Darauf konnte sie sich aber keinen Reim machen.

»Gar nicht schlecht, deine Übersetzung …«, sagte plötzlich jemand in ihrem Rücken. Delphine fuhr erschrocken herum und sah in das Gesicht von Konstantin York.

Er stand da, als ob er gerade durch die Wand geschlüpft wäre.

»Wo bin ich hier?«, fragte Delphine.

»Tief unter dem Fluss im Herzen des Kummerfelsens«, antwortete York. Er deutete auf den gemalten Sternenhimmel. »Aber selbst hier musst du nicht auf den Blick in die Sterne verzichten. Eine genauere Himmelskarte wirst du weit und breit nicht finden.«

»Ich dachte, für einen Arzt und Chemiker würden Sternbilder keine große Rolle spielen.«

»Paracelsus, der Große Meister meiner Zunft, war überzeugt, dass von den Sternen sogar die Gesundheit des Menschen regiert wird. Er irrte schon vor fünfhundert Jahren, aber das hindert die Menschen bis heute nicht daran, in den Sternen Hinweise auf das Glück, ihre Gesundheit und ihr Leben zu suchen. Die Sterne haben Macht, sie geben uns Hoffnung, doch die wahren Antworten finden wir nicht am Himmel, sondern in einem ganz anderen Kosmos.«

Während Delphine über Yorks Worte nachdachte, spürte sie einen dumpfen Kopfschmerz. Sie hegte den Verdacht, dass ihr langer Schlaf keine natürliche Ursache gehabt hatte. Hatte York nachgeholfen? Zuzutrauen war es ihm. Sie stand auf und versuchte sich an das Gespräch mit ihm zu erinnern, nachdem die Kopfjäger sie aufgegriffen und zu ihm in sein Labor gebracht hatten.

»Wie lange habe ich geschlafen?«

»Eine Nacht und einen Tag.«

»Was hat der lateinische Spruch über der Tür zu bedeuten?«

»Wie gesagt, deine Übersetzung war wirklich nicht schlecht. V.I.T.R.I.O.L. – in einer modernen Übersetzung würde man vielleicht sagen: Um die Welt zu veredeln, filtere die Fehler aus ihr heraus, bis nur noch das Vollkommene übrig bleibt.«

Delphine war sofort hellwach. Das Stichwort *veredeln* hatte sie schon in einem anderen Zusammenhang gehört. Naturwissenschaftler des Mittelalters, Alchemisten, hatten es sich zur Aufgabe gemacht, den *Stein der Weisen* zu finden, der kranke Körper gesund und unvollkommene Metalle vollkommen machen konnte. Sie wollten Krankes oder Unedles in Gesundes und Edles verwandeln.

»Veredeln? Das war doch das Ziel der Alchemisten, oder?«, sagte sie.

York nickte respektvoll. »Ganz recht. Aber die Zeit der Alchemisten ist lange vorbei, ihre Methoden, ihre Techniken und ihr Glaube sind längst überholt. Doch ihr Ziel ist noch heute lebendig – Schlechtes besser zu machen. Nur ein Elixier von großer Kraft kann so etwas leisten.«

Delphine war verunsichert. Yorks Stimme klang so versonnen, beinah träumerisch. Doch das Mädchen blieb wachsam. »Ein Elixier, das alles veredeln soll? Einen Kieselstein in Gold verwandelt? Einen Todkranken kerngesund macht? Alte jung macht? Schwache stark? Meinen Sie so etwas? Das wäre ein Zaubertrank, so etwas kann es nicht geben!«, rief sie.

»Aber es geht doch nicht um Gold oder Kranke und Schwache! Es geht um die, die sich für kerngesund halten! Leute in deinem Alter. Sie sollen endlich ihre naiven und unheilvollen Gefühle beherrschen und vernünftig werden. Ihre Kraft in die richtige Richtung lenken! Bevor sie irgendwelchen Hirngespinsten erliegen oder im Ozean der Möglichkeiten ersaufen! Sie sollen sich endlich fehlerfrei entscheiden!«

Delphine kniff die Augen zusammen und wusste, gerade war Yorks großer Plan kurz aufgeblitzt, über den sie mehr erfahren musste. »Wie kommen Sie nur auf so einen Irrsinn?!«, fragte sie und hatte Mühe, sich zu beherrschen.

»Untersuchungen der Geheimen Doktoren haben ergeben, dass jedes Kind bis ins junge Erwachsenenalter hinein sein Leben mit durchschnittlich tausend Fehlentscheidungen ruiniert. Ich wiederhole: eintausend Fehlentscheidungen! Diese Zahl ist alarmierend. In den letzten dreißig Jahren ist diese Zahl um das Zehnfache gestiegen! Früher trafen junge Menschen im selben Zeitraum nur knapp hundert Fehlentscheidungen! Ist das nicht schlimm?«

»Und das wollen Sie hier in der Kummerschule ändern? Dafür der Bau dieser Schule? Das sollen die Geheimen Doktoren uns Laboranten beibringen? Richtig zu entscheiden?«, fragte Delphine zurück.

»Ach, Kind«, seufzte York. »Ich bin doch kein Pädagoge! Natürlich kann keine Schule, selbst wenn sie so einzigartig ausgestattet ist wie diese hier, ein solches Ziel erreichen. Die Schule ist doch nur ein Mittel zum Zweck. Als Wissenschaftler weiß ich, dass nur ein einzigartiges Elixier so etwas bewirken kann. Eine Quintessenz, ein himmlisches Mittel, zubereitet aus irdischen Komponenten. Eines, das aus jungen Taugenichtsen und Versagern erfolgreiche Menschen macht! Ein Pulver, das ihnen hilft zu entscheiden, was richtig und was falsch ist. Stell dir das doch einmal vor. Du musst dir diese Frage nie mehr stellen, du weißt es! Du quälst dich nicht mehr mit Entscheidungen. Es gibt gar keine Entscheidungen mehr. Der richtige Weg ist vorgezeichnet. Du tust immer nur das Richtige! Du machst nie mehr einen Fehler!« York kam regelrecht ins Schwärmen.

»Und woher soll man wissen, was richtig und falsch ist? Wer sagt einem das?«, wollte Delphine wissen.

York war irritiert. Er konnte offenbar nicht verstehen, dass es hier Unklarheiten gab. »Durch ein Möglichkeitsserum natürlich. Es filtert die fehlerhaften Möglichkeiten, für die man sich nicht entscheiden sollte, heraus und übrig bleibt die einzig richtige. Ich habe ihm den Namen Possibelium gegeben«, sagte er mit Stolz in der Stimme.

»Possibelium?«, fragte Delphine.

»Das Elixier, mit dem ich den Sumpf der Möglichkeiten trockenlegen werde. Auch du hast deinen Beitrag dazu geleistet. Jeder Laborant hat seinen Beitrag dazu geleistet.«

Delphine guckte so fragend, dass York rief: »Doch grau ist alle Theorie! Folge mir!«

Der Direktor führte das Mädchen aus dem Raum heraus. Sie waren offenbar sehr tief unter dem Wasserspiegel des Flusses und durchquerten ein ganzes Labyrinth von Höhlen und Gängen.

»Hier haben Flusspiraten früher ihre Geiseln verhungern lassen«, murmelte York und Delphine wusste in diesem Moment nicht, ob dies als Drohung gemeint war. »Und ihre Schätze gelagert, so wie ich die meinen«, fügte er mysteriös hinzu. York ging voran. Sie kamen an einem uralten steinernen Becken vorbei, das mit warmem Wasser aus einer Quelle gespeist wurde. »Es gibt keinen besseren Platz für ein geheimes Labor als über einer warmen Naturquelle mit schwefelhaltigem Wasser«, bemerkte York im Vorbeigehen. Nach einem Abzweig gelangten sie an eine schwere Eisentür, die er aufschloss. Als sie hindurchgegangen waren, wusste Delphine sofort, wo sie waren: in den Kellergewölben unter dem Laborantenhaus. Nur wenige Schritte von hier fiel der Schacht in den Boden hinab, aus dem Delphine die Flasche gestohlen hatte.

York schien Delphines Gedanken zu erraten. »Heute weiß ich, dass es für die Entwicklung des Possibeliums ein Segen war, dass du die Flasche gestohlen hast.«

Delphine stutzte. »Warum das denn?«

»Das wirst du noch früh genug erfahren«, sagte York und begann am Ende des Ganges eine steinerne Treppe hochzusteigen.

Delphine folgte ihm und bemerkte im Gegensatz

zum ersten Mal an den ausgetretenen Steinstufen deren hohes Alter. York schien diesen uralten, im Mittelalter gebauten Felsenkeller vollständig modernisiert und bewohnbar gemacht zu haben.

Die Treppe endete im Nichts. York blieb vor einer Wand stehen und schob eine große Steinplatte zur Seite, sodass ein schmaler Durchgang entstand. Nachdem er und Delphine durchgeschlüpft waren, verschloss York die Steinplatte wieder sorgfältig.

»Woher wusstest du eigentlich von diesem Durchgang?«, fragte er beiläufig.

»Ich bin Ihnen gefolgt, als Sie eines Abends hier entlanggingen. Später haben Sie mit der Flasche gesprochen. Dabei habe ich Sie belauscht«, antwortete Delphine.

York nickte, als habe er die Antwort bereits gewusst, und ging weiter.

Kurz darauf erreichten sie das große Labor. Hierher hatten die Kopfjäger Delphine vorgestern Abend gebracht. Ihr Blick war jetzt ungetrübt und ausgeruht und sie erkannte sofort, dass dieses Labor mit den feinsten und besten Geräten, den neuesten Maschinen und modernsten Apparaten ausgerüstet war. Der Kupferkessel im Zentrum des Labors war eigens zur Gewinnung kostbarster Elixiere hergestellt worden.

York führte sie zu einer Tür am Ende des Raumes, die mit faustdickem Panzerglas gesichert war. Nachdem er sie aufgeschlossen hatte, betraten sie einen hohen Raum mit gewölbter Decke. Fratzen und Dämonen glotzten auf Delphine herunter, dass ihr ein Schauer über den Rücken lief. In die längere Wand war zum Fluss hin ein hohes Fenster eingelassen. Vor dem Fenster stand ein schweres dunkelrotes Sofa. Es schien Delphine der ideale Platz, um allein zu sein, allein mit seinen Gedanken. An der gegenüberliegenden Wand befand sich ein mächtiges Regal mit speziellen Böden, in die Öffnungen für Glasbehälter eingelassen waren. Alles war fein säuberlich beschriftet und farblich unterschiedlich markiert.

York blieb stehen und betrachtete das Regal mit leuchtenden Augen. »Gottes Gewürzregal!«

Ein Blick genügte Delphine, um zu erkennen, was York damit meinte.

»114 Gläschen – 114 Elemente. Aus ihnen setzt sich das gesamte Universum zusammen, die Zutaten für alles, was möglich ist in der ganzen Galaxie. Nummer 114 habe ich selbst entdeckt. Es war im Sonnenstaub enthalten, den eine Raumkapsel zur Erde gebracht hat, und ist das seltenste Element auf Erden, millionenfach wertvoller als Gold. Ich habe es Konstantinium genannt.«

Delphine staunte wieder, wie ungeniert York seine Selbstverliebtheit zur Schau stellte. Anders als bei den früheren Begegnungen kam es ihr so vor, als wenn er es darauf anlegte, ihr zu imponieren. Was hatte er vor? Warum hatte er sie hierher geführt, in sein Allerheiligstes? Stellte er ihr eine Falle? Oder hoffte er gar, dass sie aufhören konnte, seine Feindin zu sein?

»Und die darüber stehenden gelben Gläschen?«, fragte sie.

»Medikamente, Verbindungen, Mischungen«, antwortete York leichthin. »Entwicklungen der letzten Jahre. Damit könnte man sämtlichen Geißeln der Menschheit den Garaus machen. Würde ich sie verkaufen, ich wäre der reichste Mann der Erde.«

Delphine spürte, dass sich jetzt der Zeitpunkt näherte, auf den sie hingearbeitet hatte, seit sie ihre Mutter verlassen hatte. Sie hoffte, dass York ihre wachsende innere Unruhe nicht bemerkte, und überflog unauffällig, York immer wieder mit belanglosen Fragen ablenkend, die ganze Palette der Medikamente. Sie versuchte die kleinen Buchstaben zu entziffern, las die Etiketten, überprüfte die Daten, mit denen die Gläschen beschriftet waren, und plante in Gedanken den Moment, wenn sie das, was sie suchte, gefunden haben würde. Doch noch war der Augenblick nicht gekommen. Sie wollte York zunächst in Sicherheit wiegen und ahnte nicht, dass der Direktor seinerseits dabei war, die letzte Phase seines geheimen Plans einzuläuten, mit dem er die Welt erschüttern wollte.

SISYPHOS, DIE SANDSCHEUCHE

Das verborgene Katapult in der Goldenen Mitte von Ypsaland hatte Silber unter Cäsars fachkundiger Anleitung sicher in die Wüste Psi geschleudert.

In den Augenblicken vor dem Abwurf hatte Silber sich gefragt, wo diese Entscheidungswüste Psi nur liegen mochte. War es der riesige Inselberg im Flussdelta, der die Form einer himmelshohen Acht hatte? Oder war die Wüste nichts weiter als eine kollektive Fata Morgana, die sich alle einbildeten, die den schweren Weg einer Lebensentscheidung gehen mussten? Traf nicht jeder seine Entscheidungen nur mit den Mitteln seiner eigenen Gedanken, seiner Willensstärke und seiner Gefühle, jeder in sich selbst? Lauerten nicht allein in einem selbst die Gefahren, die man auf dem Weg zu einem Scheidepunkt bewältigen musste? Konnte es sein, dass man bei dem Weg dorthin anderen, die auch eine Entscheidung zu treffen hatten, begegnen, ja ihnen sogar auflauern konnte? War das Riminis Plan? Silber ahnte, dass es möglich war, in der Psi jemandem zu begegnen, wenn die Entscheidungen, die zu fällen waren, irgendwie zusammenhingen.

Als er in den warmen Sand prallte wie

ein Meteorit aus Fleisch und Blut, verlor er alle Gedanken an die Unwirklichkeit der Wüste Psi.

Einige blaue Flecken waren alles, was er davontrug.

Die Sonne stach vom Himmel und sorgte für eine unerträgliche Hitze. Silbers Blick hatte sich im Nu im Sand festgefahren und konnte sich nicht mehr lösen. Seine Beine waren schwer und sanken immer tiefer in den Sand ein, wie in einem Sumpf. Er wusste nun, was Cäsar gemeint hatte, als er sagte, der Sand im Zögertal würde alles tun, um ihn zu bannen. Tatsächlich war das Schauspiel, das sich ihm bot, faszinierend: Sand sackte im Handumdrehen in Spalten ab, Schluchten falteten sich im Nu in den Boden, Berge türmten sich auf und die verdrängte Luft schoss Sandfontänen wie Geysire in die Höhe. Alles war in Bewegung, veränderte sich. Schon jetzt schien die Wüste Psi ein wilder, dem Untergang geweihter Kosmos zu sein. Doch was würde erst geschehen, wenn sich diese gewaltige Wüste auf den Kopf stellte und alles, was sich auf ihr bewegte, unter einer Sandlawine begrub? Wann würde es so weit sein? Es war unvorstellbar, dass hier etwas von Dauer sein konnte, jede Karte wäre bereits hoffnungslos veraltet, bevor man sie fertig gezeichnet hätte. Wie sollte man hier nur jemanden finden? Wo mit der Suche anfangen? Der Ort, an dem Rimini eben noch war, konnte im nächsten Augenblick verschwunden sein. Hatte Silber eben noch darüber gegrübelt, wie wirklich diese Wüste eigentlich war, befürchtete er nun, dass ein einziger Schritt genügte, um tatsächlich unterzugehen. Gleichzeitig wusste er, dass hier in der Psi in den nächsten Stunden Entscheidungen fallen würden über Leben und Tod. Wenn Cäsar recht behielt, musste er selbst eine Lebensentscheidung treffen, um richtig in die Wüste hinein- und wieder hinauszugelangen. Seine Entscheidung hatte nichts mit Rimini oder sonst wem zu tun, sondern nur mit ihm selbst. Er musste es tun, doch er wollte noch eine Weile warten, dem Schauspiel untätig beiwohnen, Kraft schöpfen, obwohl er genau wusste, dass es auf jede Sekunde ankam.

Plötzlich ließ ihn ein stechender Schmerz im Nacken herumfahren. »Dir mach ich Beine, elendiger Trödler! So was wie du will eine Entscheidung treffen? Dann beweg dich, bevor die Brücke übers Zögertal bricht!«

Der Peitschenhieb brannte auf Silbers Haut und er ahnte, dass er in das Gesicht einer männlichen Sandscheuche blickte. Ihre Haut war eine einzige Kraterlandschaft aus Pickeln und Furchen. Aus zwei dunklen Augen schoss Silber ein Blitz an Entschlossenheit durchs Mark. Der Körper steckte in einem wehenden Gewand, das bis zu den Knöcheln reichte und aus Sackleinen grob zusammengeflickt war.

»Zack, zack! Lauf endlich! Oder willst du schon hier im Sand ersticken? Gleich ist es zu spät!«, schrie die Sandscheuche außer sich und ließ wieder die Peitsche knallen.

Silber zögerte nur noch einen Moment und löste seinen Blick von dem wilden Sandschauspiel. Er begann zu laufen und wurde immer schneller, je mehr er den Atem der Scheuche in seinem Nacken spürte. Ein gutes Stück vor ihm tauchte eine schmale Brücke auf. In einem weiten Bogen führte sie über einen Schlund, aus dem Sandwolken heraufstiegen. Es bebte und donnerte und die Brücke erzitterte immer wieder in kurzen, heftigen Stößen. Auf der anderen Seite des Abgrunds meinte Silber ein seltsames Fahrzeug, einen kleinen Wagen, zu erblicken.

Wieder durchschnitt ein Peitschenhieb die Luft. »Weiter!«, brüllte die Sandscheuche, dass Silber das Trommelfell schmerzte.

Er rannte schneller und erreichte die Brücke. Bereits als er den ersten Schritt daraufsetzte, fuhr er zusammen. Dort, wo gerade noch sein Fuß aufgetreten war, brach der Sand weg und rieselte in den Abgrund! »Wenn du stehen bleibst, stirbst du!«, schrie die Scheuche. Silber lief. Doch die Brücke schien nur darauf gewartet zu haben, unter Silbers Schritten wegzubrechen. Bei der kleinsten Bewegung versackten Tonnen von Sand unter seinen Füßen. Er lief wie auf Wasser und traute sich nicht, nach hinten zu sehen. Konnte die Sandscheuche ihm noch folgen? Jedes Zögern – und sei es nur ein hastiges Umblicken – hätte unweigerlich sein Todesurteil bedeutet.

Silber rannte nicht mehr, er flog jetzt beinah über

die Brücke. Sein Rucksack schlug ihm bei jeder Erschütterung von hinten gegen den Kopf.

Zweimal knallte die Peitsche noch in seinem Rücken, dann hatte er die andere Seite der Brücke erreicht. Erschöpft und kraftlos ließ er sich nach vorne in den Sand fallen und keuchte sich die Lunge aus dem Leib.

Eine Explosion schreckte ihn auf, noch bevor er wieder richtig zu Luft gekommen war. Er hob seinen Kopf aus dem Sand und blickte in die Richtung, aus der das Geräusch gekommen war.

Die Sandscheuche, der der Spurt über die einstürzende Brücke nichts ausgemacht zu haben schien, war mit eiligen Handgriffen dabei, den merkwürdigen Wagen startklar zu machen, den Silber schon von der anderen Seite der Brücke aus gesehen hatte. Silber rappelte sich hoch und ging näher heran, um den Wagen genauer zu betrachten.

Es war eine Kreuzung zwischen einer zu kurz geratenen, liegenden Rakete und einem Bobschlitten mit Rädern. Die kleinen Felgen schienen aus Metall und für die Fahrt auf Schienen gemacht zu sein, von denen allerdings weit und breit nichts zu sehen war. Der gesamte Körper des Wagens bestand aus festem, grünlich schimmerndem Glas. Nur die Schnauze war mit Metall verstärkt. Ein Dach besaß der Bob nicht, nur eine Windschutzscheibe. Im Innern konnte Silber zwei hintereinanderliegende Sitze erkennen. Vor den Sitzbänken befand sich jeweils eine abgewetzte, mit Leder überzogene Haltestange. Waren die Striemen und Einkerbungen darauf etwa Kratz- und Klammerspuren von ehemaligen Fahrgästen? Plötzlich wusste Silber, woran ihn dieses Gefährt erinnerte: an den Wagen einer Achterbahn! Eine Achterbahn mitten in der Wüste? Wie ein Geistesblitz schoss Silber die Erinnerung an Riminis Schilderungen durch den Kopf.

Die Sandscheuche ließ sich nicht davon ablenken, dass Silber um den Wagen herumging. Konzentriert, aber ohne eine Sekunde Zeit zu verschwenden, absolvierte sie ein Programm von geübten Handgriffen an dem Gefährt. Sie klappte zwei Glasröhren, die rechts und links an den Seiten des Wagens befestigt waren und wie zu klein geratene Kanonen aussahen, in die Fahrtrichtung. Die nach unten gebogenen Öffnungen der beiden Rohre lagen jetzt wie zwei Rüssel dicht über dem Sand. Als die Gestalt in den Wagen sprang, sich in die Sitzbank quetschte und mit einem breiten Ledergurt gewissenhaft anschnallte, wusste Silber, dass die Abfahrt nur eine Frage von Sekunden sein konnte.

Plötzlich wandte die Sandscheuche den Kopf und blitzte Silber wieder vernichtend an: »Worauf wartest du noch? Steig endlich ein, wir haben einen Fahrplan einzuhalten!«

Silber bemerkte, wie sie einen verstohlenen Blick auf eine kleine Sanduhr warf, die vorne auf einem schmalen Armaturenblech befestigt war. Er kletterte noch etwas kraftlos auf die hintere Sitzbank und beobachtete das Hantieren der Scheuche. Nur wenige Instrumente und Anzeigen hatte der Wagen, noch weniger als Silbers Motorroller. Ein kleiner Rückspiegel an der Windschutzscheibe. Ein einziges schweres Pedal im Fußbodenraum und in Brusthöhe vor der Sandscheuche ein halbrundes Lenkrad, wie es in Flugzeugen zu finden war. Nicht gerade ein Wunderwerk der Technik, dachte Silber. »Wer bist du?«, fragte er und versuchte, sich vom feindseligen Blick der Sandscheuche nicht beeindrucken zu lassen.

»Wonach sehe ich denn aus, bitte!?«

»Eine Sandscheuche?«, riet Silber.

»*Eine* Sandscheuche? Ist das der Dank dafür, dass ich dich über das Zögertal gescheucht habe? Ich bin Sisyphos, *die* unvergessliche Sandscheuche! Ein Augenblick genügt, damit ich in dein Gedächtnis springe. Aber du brauchst ein ganzes Leben, um mich wieder vergessen zu können. Aus Sand bin ich und zu Sand werde ich, wenn ich einst erlöst werde von meinem Fluch.«

»Du bist verflucht? Zu was?«, fragte Silber.

»Menschen wie dich zum Scheidepunkt zu scheuchen, Tag für Tag. Immer wieder. Mit demselben Fahrplan. Nur mit dem einzigen Unterschied, dass du mir heute mit deiner Trödelei von Anfang an jede Chance auf Pünktlichkeit versaut hast! Als ob das, was uns unterwegs noch zusetzt, nicht schon reichen würde.«

»Gibt es keine Möglichkeit, dass du von deinem Fluch erlöst wirst?«

Sisyphos bekam einen verklärten Gesichtsausdruck. »Doch. Wenn ich ein Mal pünktlich am Scheidepunkt ankomme. Dann werde ich endlich zu einem Häuflein Sand. Himmlisch!« Wie beiläufig sah Sisyphos zur Sanduhr im Cockpit und erschrak. Mit hastigen Griffen kurbelte er an einigen Instrumenten herum. »Schluss jetzt!«, zischte er. »Sag deinen Namen, damit ich wenigstens weiß, wen die Skorpiongeier gleich bei lebendigem Leib rupfen werden!«

Unwillkürlich warf Silber einen Blick in den Himmel und sah mehrere mächtige Vögel über ihnen kreisen. »Ich heiße Silber.«

»Gut. Du bist dir über die Entscheidung im Klaren, die du treffen willst?«, brummte die Sandscheuche, ohne den Blick von den Instrumenten zu wenden.

Silber nickte. »Ich will meinen Freund Rimini retten!«

»Waas?«, schrie die Sandscheuche und warf den Kopf herum. »Du willst keine Entscheidung in eigener Sache treffen?«

Wie ein Glockenschlag hallten Silber plötzlich Cäsars Worte in den Ohren. »Doch, doch!«, rief er schnell. »Ich muss etwas Wichtiges für mein künftiges Leben entscheiden. Aber wie die Entscheidung ausfällt, das hängt davon ab, ob es mir gelingt, Rimini zu retten«, sagte Silber.

Die Sandscheuche schien jetzt die Startvorbereitungen endgültig abbrechen zu wollen und strafte Silber mit einem Blick, der dem Jungen im Gesicht brannte.

»Eine Wenn-dann-Entscheidung etwa? Womit habe ich einen solchen Feigling als Fahrgast verdient?!«

»Ich bin nicht feige, merk dir das! Ich bin sogar bereit zu sterben, um Rimini zu retten!«, schrie Silber.

»Das wirst du auch müssen, wenn wir nicht bald starten!«, schrie die Scheuche zurück und drückte einen kleinen roten Knopf, auf dem das Symbol einer Flamme zu erkennen war. Plötzlich tönte aus dem Heck des Wagens eine Zündung und gleich darauf das Rauschen eines Staubsaugers.

»Sisyphos, kannst du mir die drei Gesetze der Psi nennen?«, fragte Silber, während der Motor warmlief. Er bemerkte, wie der Mund von Sisyphos sich zu einem Grinsen formte. Was er eben noch für Pickel gehalten hatte, war nichts anderes als grobkörnige Sandhaut, die wie Schmirgelpapier aussah.

»Ach, eben noch Sand gefressen vor Erschöpfung, aber jetzt schon wieder misstrauisch sein! Die drei Gesetze der Psi sind uralter Kram, den kein Mensch mehr versteht!«, höhnte Sisyphos.

»Trotzdem. Sage sie auf! Jetzt!«, beharrte Silber.

»Ich kann dir die drei Gesetze von Sisyphos aufsagen: Anschnallen, niemals aussteigen und während der Fahrt nicht hinauslehnen!« Die Scheuche grinste.

»Nenne die Gesetze der Psi! Sonst steige ich sofort wieder aus!«

Merkwürdigerweise schien diese Drohung Silbers Wirkung zu haben. Die Sandscheuche sah ihm direkt in die Augen. »Erstens: Schaue dein Ziel!«, knurrte sie. »Zweitens: Scheiden heißt handeln! Drittens: Scheue nicht den Preis!«

Silber kamen die drei Gesetze ziemlich mysteriös vor. Er hatte keinen Schimmer, was sie zu bedeuten hatten. Aber er spürte, dass die Sandscheuche die Wahrheit gesagt hatte und die Gesetze noch wichtig werden konnten. Er brannte sie darum in sein Gedächtnis ein.

»Womit wir übrigens beim Thema wären«, murmelte Sisyphos. »Wir starten in ein paar Sekunden. Scheue nicht den Preis! Was kannst du mir als Pfand anbieten? Zackig, jetzt!«

Silber wusste nicht, wovon die Scheuche sprach. »Was? Welches Pfand?«, fragte er. In der Aufregung war ihm Cäsars Warnung entfallen.

»Habe ich mir gedacht. Erst lange zögern und zaudern und dann kein Pfand abgeben wollen! Musst du aber. Hier und jetzt! Es ist nur zu deiner eigenen Sicherheit. Rück sofort etwas heraus, was mit deiner Entscheidung zu tun hat! Du kannst es wiederhaben, wenn wir den Scheidepunkt erreichen und du tatsächlich eine Entscheidung fällst, was – wenn ich die Sanduhr so anschaue – kaum noch möglich sein dürfte.«

Silber dachte fieberhaft nach. Die Scheuche verlangte Sicherheiten, dass er auch wirklich eine Entscheidung treffen würde. Was konnte er ihm als Pfand anbieten? Silbers Blick fiel auf seinen Rucksack, den er unter die Bank gestellt hatte. Dabei kam ihm die Idee. Hastig griff er hinein und reichte der Scheuche die Postkarte, die Coco ihm einmal aus Rimini geschickt hatte. »Hier!«, rief er. »Nimm das als Pfand! Aber wenn ich es nicht heil wiederkriege, dann backe ich aus dir einen Sandkuchen!«

Sisyphos grinste anerkennend. Dieser Ton gefiel ihm. Er nahm die Karte, steckte sie unter seinen Sitz und ließ den Motor des Wagens aufheulen. Sofort schoss der Wagen los wie eine Rakete und im selben Augenblick löste sich für Silber das Rätsel, wie der Bob sich auf einem schienenlosen Boden fortbewegen konnte. Die Saugrohre an den Seiten zogen von hinten Sand in eine kleine Brennkammer, erhitzten ihn auf Höllentemperatur und schossen den geschmolzenen Sand wie einen feinen Lavastrom nach vorne genau vor die Räder des Bobs. Dort erkaltete die Sandlava augenblicklich zu schmalen Streifen, zu Schienen aus Glas, auf denen der Wagen in atemberaubendem Tempo dahinraste. Die ganze Wüste war ein unerschöpfliches Reservoir an Treibstoff für Sisyphos' Bob. Silber, der mit seinem Motorroller selbst gerne schnell fuhr, erkannte wieder die Ähnlichkeit zu einer Achterbahn. Auf Glasschienen durch die wildeste Wüste der

Welt! Keine Strecke wurde hier jemals zweimal gefahren, auf immer neuen Wegen verlegte diese Bahn ihre Schienen selbst. Wie anders hätte auch ein Fahrzeug in dieser lebenden Landschaft fahren können? Nur auf Schienen, die sich ständig an den Untergrund anpassten, konnte man sich hier verlassen. Nachdem er das begriffen hatte, gewann Silber an Zutrauen und er begann sich umzuschauen.

Das Vehikel kämpfte sich gerade ein Dünengebirge hinauf, das fast senkrecht in den Himmel stieg, beinah automatisch wurde die Bahn langsamer und Sisyphos konnte eine gewisse Unruhe vor Silber nicht verbergen.

»Zweifelspass! Starke Verwehungen!«, schrie Sisyphos gegen den Lärm der Saugrohre nach hinten.

Silber nickte zum Zeichen, dass er verstanden hatte.

»Verdammter Mist! Wir werden noch mehr Zeit verlieren!«, rief die Sandscheuche und schlug jähzornig gegen die Frontscheibe.

Zweifelspass? Silber schluckte seine Angst hinunter und umklammerte die Haltestange vor sich mit eisernem Griff. *Zweifelspass* hörte sich wirklich nicht sehr vertrauenerweckend an. Während er noch darüber nachdachte, was ihn dort erwartete, erreichte der Wagen die Dünenkuppe. Spätestens jetzt war Silber klar, dass der Vergleich mit einer Achterbahn nicht hinkte. Für einen Sekundenbruchteil blieb in seinem Magen die Zeit stehen und sein Kopf wollte das Bewusstsein abschütteln beim Gedanken an die Abwärtsfahrt, die ihm jetzt bevorstand. Beinah wie im freien Fall ging es hinunter in ein Sandloch. Selbst eine Sandlawine konnte den Wagen nicht überholen. Der Talboden tief unter ihnen schien wie ein gieriges schwarzes Auge nach Silber und Sisyphos zu schielen. Starke Böen spritzten den Sand von vorne und links und rechts gegen den Wagen und warfen ihn hin und her. Doch als sie etwa die Hälfte der Schussfahrt in den Abgrund hinter sich hatten, erschrak Silber, weil er glaubte ein Trugbild zu sehen. Sie durchquerten mit einem Mal ein fruchtbares Feld, das zu beiden Seiten neben ihnen aus dem Wüstensand wuchs, als ob es täglich gepflegt und bewässert würde. Die Pflanzen glichen jungem Weizen und trotzten offensichtlich jeder Verwehung und jedem Sandbeben. Erst kniehoch waren die Halme gewachsen, hatten aber bereits wunderschöne volle Ähren und wogten im Wind hin und her wie ein Fischschwarm, der mal hierhin, mal dorthin in aller Ruhe die Richtung wechselte. Silber schätzte, dass es nicht lange dauerte, um hindurchzufahren, aber das Feld schien kein Ende zu nehmen, so weit das Auge reichte.

Kaum hatte der Wagen das Feld erreicht, begannen die Spitzen der Ähren wie Peitschen an das Gefährt zu schlagen und die Fahrt des Bobs zu verlangsamen, sosehr die Sandscheuche auch Gas gab. Ein Raunen, ein Flüstern, erst ganz leise, dann immer lauter, bis Silber es verstand: »Kehre um!« Instinktiv zog er den Kopf ein und duckte sich in den Wagen. Er prüfte Sisyphos' Blick im Spiegel. Auch die erfahrene Sandscheuche sah nicht gerade so aus, als ob ihr die Durchquerung dieses Feldes behagte. »Noch ist es Zeit!«, zischten die Ähren jetzt. »Wäre es nicht besser aufzugeben?«, raunte es eindringlich und entfernte sich wieder. Silber starrte in die Ähren. Kein Hinweis darauf, dass dort jemand saß und flüsterte. »Denk auch mal an Delphine!«, hauchte es aus dem Feld und Silber fröstelte es. »Das schaffst du niemals!«, schoss es an sein Ohr. Von allen Seiten kam es jetzt. »Lohnt es, für Rimini dein Leben aufs Spiel zu setzen?« – »Hoffnungslos!« – »Er ist doch selbst schuld!« – »Was hast du selbst davon?« – »Was bringt es dir?« Jedes Mal fuhr Silber mit dem Kopf herum in die Richtung, aus der die Botschaft geflüstert wurde. »Es könnte schiefgehen!« – »Wo das nur hinführt?« – »Du wirst versagen!« Silber hielt sich die Ohren zu. Ihm war längst klar geworden, dass sie sich mitten in Feldern des Zweifels befanden. »Wieso? Warum? Weshalb?«, zischte es von allen Seiten, doch Silber gewann immer mehr den Eindruck, die Quelle des Raunens sei nicht außerhalb des Gefährts, sondern in seinem eigenen Inneren zu suchen. »Warum so viel riskieren?«, fauchte es noch einmal, doch dann hatte der Wagen das Ende des tückischen Feldes erreicht und schoss wieder über normalen Wüstenboden. Silber spürte seinen trockenen Hals und begann zu husten.

Sisyphos öffnete ein kleines Fach im Bodenraum des Wagens, zog eine Flasche mit Wasser heraus und reichte sie ihm nach hinten.

Silber trank gierig und fühlte sich gleich ein wenig besser. Er war froh, die Zweifelsfelder hinter sich zu haben.

Sisyphos stand die üble Laune allerdings ins Gesicht geschrieben. »Zögertal und Zweifelsfelder haben wir passiert und Verspätung, als ob wir in Zeitlupe dahingekrochen wären. Schätze, wir werden Nihil Nisi gar nicht mehr erreichen! Na ja, wenn ich an die Nonos, die Bewohner von Nihil Nisi, denke, dann ist es vielleicht auch besser so ...«

Delphine benahm sich wie eine Löwin auf der Jagd. In den Räumen seines privaten Labors belauerte sie Konstantin York, immer in Deckung bleibend und auf den richtigen Moment für einen Angriff wartend. Sie setzte dabei geschickt ihre beiden stärksten Waffen ein – ihre Schlauheit und ihren Instinkt. Sie hatte dem Direktor der Kummerschule Interesse vorgegaukelt, sich auf das gewaltige rote Sofa am Fenster gesetzt und geduldig zugehört, wie er ihr vom Zusammenspiel der Elemente vorschwärmte. Tatsächlich fiel es Delphine schwer, sich dem Bann seiner Worte zu entziehen. Auch die Art, wie er zu ihr sprach, hatte sich seit dem letzten Zusammentreffen im Gläsernen Saal verändert. York war auffällig erpicht darauf, von Delphine anerkannt und bewundert zu werden. Sie konnte sich keinen Reim darauf machen, sosehr sie sich auch den Kopf über dieses rätselhafte Verhalten zerbrach. Immer wieder musste sie sich zusammenreißen, um ihren Plan zu verfolgen, mit ihrem Blick heimlich in dem großen Wandregal mit Substanzen, Stoffen, Elixieren und Medizin nach dem zu fahnden, wonach sie in Wahrheit suchte.

Unvermittelt kehrte eine merkwürdige

Farbe in Konstantin Yorks Stimme zurück. Es war eine Mischung aus Trauer und Enttäuschung, die Delphine schon früher bei ihm gehört hatte. »Ich hoffe, ich langweile dich nicht?«, fragte er.

»Nein, ganz und gar nicht!«, behauptete Delphine und wandte ihren Blick unauffällig vom Regal ab.

»Du schaust die ganze Zeit auf das Regal mit den Substanzen, nicht wahr? Suchst du etwa das hier?«, murmelte York, griff in eines der Fächer und entnahm ihm ein Gläschen. Das Opfer hatte die Löwin gewittert.

»Ist es diese Substanz, die du deiner Mutter Charlotte bringen sollst?«, fragte York tückisch und machte ohne jede Vorwarnung aus der Löwin eine Gejagte.

»Woher wissen Sie etwas von meiner Mutter? Woher wissen Sie, dass sie diese Medizin dringend braucht?«, rief Delphine überrascht.

Doch York wollte ihre Frage jetzt nicht beantworten. »Erzähle du mir lieber, woher du wusstest, dass hier in der Kummerschule dieses Pulver existiert. Es war doch kein Zufall, dass du dich hier als Laborantin beworben hast?«

Delphine konnte keinen Sinn darin erkennen, in ihrer jetzigen Situation noch zu schweigen. Silber und Rimini waren verloren auf Ypsaland und sie selbst war, auch wenn er sich alle Mühe gab, diesen Eindruck zu vermeiden, eine Gefangene Konstantin Yorks.

Sie seufzte. »Meine Mutter hat mir von Ihnen erzählt. Dass Sie ein Mann sind, dem der Tod von Millionen egal ist. Sie besitzen die Medikamente, um die Seuchen der Armen zu heilen. Und wenn nicht zu heilen, dann zu lindern. Aber sie weigern sich, die Medikamente billig oder kostenlos abzugeben. Sie schauen lieber zu, wie Millionen sterben. Als meine Mutter nach dem Tod meines Vaters mit mir nach Afrika ging, um dort als Ärztin zu arbeiten, war ich gerade zwölf Jahre alt. Kurze Zeit später erkrankte sie an Malaria und stellte fest, dass auch ich den Erreger im Blut trug.«

Mit Überraschung stellte Delphine fest, dass ihre Geschichte nicht ohne Wirkung auf Konstantin York blieb. Er stand vor ihr wie versteinert.

»Meine Mutter begann mich in Techniken auszubilden, deren Zusammenspiel ich erst später verstand. In einem Kloster in Tibet lernte ich das Klettern und die Selbstverteidigung. In ihrem Labor lernte ich vieles über die Elemente, über Elixiere und die Natur des Menschen. Schließlich schickte sie mich fort. Sie wollte, dass ich den Wirkstoff gegen die Malaria stehle, hier aus der Kummerschule. Denn dieser Wirkstoff, so sagte meine Mutter, gehöre allen Menschen, nicht einem allein!«

York schoss die Wut ins Gesicht. Er nahm das Gläschen mit dem Wirkstoff und schmiss es auf den Boden. Das Glas zersprang und das Pulver, das sich darin befand, zerstaubte in einer kleinen Wolke.

»Was tun Sie da?«, schrie Delphine entsetzt und warf sich auf den Boden.

»Es ist nichts mehr wert«, sagte York mit kaltem Blick.

Delphine fixierte ihn mit hasserfüllten Augen und rief: »Es ist nichts mehr wert?! Sagen Sie das auch denen, die von einer Mücke gestochen werden und am Fieber innerlich verbrennen? Seit ich auf der Welt bin, sind mehr Menschen daran gestorben als in allen Kriegen zusammen! Durch eine Krankheit, die besiegbar ist!« Delphine war kurz davor, auf York loszugehen.

»Dieses Pulver hätte daran nichts geändert. Es wurde vor fast vierzig Jahren entwickelt. Dem Virus, der die Malaria hervorruft, kann es nichts mehr anhaben. Er ist längst resistent dagegen.«

Delphine sah York an, dass er nicht log. Ihr trieb es aber vor Zorn das Blut in den Kopf, dass er über eine der schlimmsten Plagen der Menschheit sprach wie über das tägliche Wetter.

»In einem hast du allerdings recht. Die Krankheit wäre zu besiegen. Es gäbe Pulver, die sie im Zaum halten könnten, wenn sie ausgebrochen ist. Ich selbst habe sogar ein viel effektiveres Mittel entdeckt als das, was jetzt dort auf dem Boden liegt. Hier, in diesem Glas, befindet sich der Grundstoff! Es müsste nur noch fertig entwickelt und erprobt werden. Hochwirksam ist es in jedem Fall.«

York zog ein Gläschen mit Pulver aus dem Regal und hielt es hoch. »Aber – Hand aufs Herz – wer will diese Medikamente jahrelang entwickeln, ausprobieren und dafür ein Vermögen ausgeben? Das lohnt sich doch gar nicht! Das kann man doch niemals durch den Verkauf von Medikamenten wieder reinholen. Die meisten Kranken sind arm und können Medizin nicht bezahlen. Es ist viel einträglicher, Medikamente für die Reichen zu entwickeln, damit sie die Krankheit erst gar nicht bekommen, wenn sie in den armen Ländern ihre Ferien verbringen. Denn die Reichen können jeden Preis zahlen. Jeder vernünftige Mensch denkt doch so.«

»Ein Zauberer der Welt denkt anders ... «, sagte Delphine leise, der plötzlich jede Wut abhanden gekommen war. Sie ekelte sich vor dem, was der Direktor sagte, und meinte plötzlich den Geruch von Fäulnis in seinem Atem wittern zu können. Aber sie musste sich eingestehen, dass er die Welt nur so beschrieb, wie sie tatsächlich war.

»Ein Zauberer der Welt?«, fragte Konstantin York fassungslos und er konnte nicht verhindern, dass seine Stimme sich überschlug.

»Die möglich machen wollen, was Sie aus Gier verwerfen«, murmelte Delphine und beobachtete, wie York immer gequälter atmete. Aus einem nicht ersichtlichen Grund schienen ihn ihre Worte schwer zu treffen. »Wenn Zauberer der Welt ein Medikament hätten, das Menschen helfen könnte, würden sie es nicht vor ihnen wegschließen.«

»Hätte. Könnte. Würde. Du hast keine Ahnung von

der Wirklichkeit, mein Kind …«, krächzte York und setzte sich auf einen kleinen Hocker. »Du hast keine Ahnung, wie dieser Gedanke ein Leben ruinieren kann. Ein kurzer Augenblick der Schwäche im Strudel zwischen zwei Möglichkeiten kann das ganze Glück eines Lebens zerstören.«

Delphine war verunsichert. Plötzlich schien sich Konstantin York, der ihr eben noch mit seinem Possibelium Angst gemacht hatte, in einen gebrochenen Mann zu verwandeln. Sein Blick starrte ins Leere, als er zu sprechen begann.

»Der Abend des 1. Februars 1967 ist neblig und kalt. Zwei junge Leute müssen sich wegen eines großen Fehlers, den sie begangen haben, vor der Polizei verstecken. Sie heißen Marie Montague und Leander Knips …«

Delphine wurde blass. »Woher wissen Sie von Marie Montague?«

York schüttelte den Kopf. »Warte. Hör zu …«, flüsterte er und fuhr fort: »Marie hat hohes Fieber. Sie liegt auf ein paar schäbigen Decken in einem heruntergekommenen Werftschuppen am Hafen. Eine armselige Kerze verbreitet schwaches Licht. Ein Mann hat dieses Versteck für die beiden organisiert. Er heißt Henry James York. Er ist es auch, der einen Arzt bestellt hat und ihn bezahlen wird. York ist einer der Laborleiter in der Arzneimittelfabrik auf der Insel. Marie und Leander kennen ihn von der gemeinsamen Arbeit. Als der Arzt kommt, verlässt Leander den Schuppen, um seine Verzweiflung zu verbergen. Nachdem der Arzt Marie untersucht hat, eröffnet er York, dass er die Polizei verständigen werde, damit sie Leander festnehmen kann für das, was er Marie angetan hat. York handelt eine kurze Schonzeit heraus und York ist es auch, der Leander den Befund des Arztes mitteilt. Marie hat nur noch wenige Stunden zu leben. Leander weiß, dass der Tod von Marie ihm die Seele aus dem Leib reißen wird. Lebenslanges Berufsverbot droht ihm, wenn herauskäme, dass er die Verantwortung für Maries Tod trägt, für Leander eine Vision, grausamer als der eigene Tod. Henry York bietet ihm an, ihn sofort außer Landes zu bringen. Leander ringt mit sich selbst – und entscheidet sich gegen Marie. Die kommenden Stunden durchleidet er Höllenqualen, will mehrfach umkehren, seine Entscheidung korrigieren, einen Rückzieher machen, aber die Vorstellung, ins Gefängnis zu wandern, so jung zu sein und schon am Ende, das lässt ihn immer wieder zu seinem Entschluss zurückkehren. Die Stunde, in der das Schiff aus dem großen Hafen einer anderen Stadt nach Übersee ablegt, hält Leander auch für die Todesstunde von Marie. Er steht an der Reling und reißt in seinem unbeschreiblichen Schmerz das gemeinsame Zeichen, das Amulett des Äskulap, von seiner Brust, um es über Bord zu werfen …«

Delphine war wie erstarrt. »Äskulap, ein Zauberer der Welt …«

York seufzte und nickte schwach. »Von diesem Moment an beginnt Leander die Idee zu hassen, die Marie das Leben gekostet hat. Später adoptiert Henry York Leander. Sein junges Alter und sein Talent, sein Wissen und sein Ehrgeiz lassen ihn zu einem Allround-Genie der Naturwissenschaften werden. Er wird ein anerkannter Arzt, Biologe und Chemiker. Als er später die Arzneimittelfabrik seines Adoptivvaters übernimmt und sie zu einem machtvollen Imperium ausbaut, da heißt er nicht mehr Leander Knips. Er hat diesen Namen abgelegt wie seine alte Idee von den Zauberern der Welt. Jetzt heißt er Konstantin York.«

Delphine starrte Konstantin York an und das Blut sackte aus ihrem Kopf. Kreidebleich stotterte sie: »Sie sind …?«

York nickte sichtlich mitgenommen. »Aber Marie Montague starb nicht in dieser Nacht. Entweder hatte der Arzt sich geirrt oder – was wahrscheinlicher ist – er hat es so nie behauptet. Vermutlich hatte Henry James York Leander belogen, um dessen Forschungsgenie, das er zweifellos erkannt hatte, für sich zu nutzen. Marie war schwanger und gebar etwa ein halbes Jahr später ein Kind, dem sie den Namen Charlotte gab. Sie war Leanders Tochter. Sie war … *meine* Tochter.«

»Und meine Mutter!«, rief Delphine, ohne sich sofort darüber im Klaren zu sein, was das für ihr Verhältnis zu York bedeutete.

Der verzog keine Miene. Sein rechter Arm zuckte in

Richtung von Delphines Schulter, doch auf halbem Weg ließ er ihn wieder sinken. »Nachdem ich die ganze Wahrheit über Maries Schicksal erfahren hatte, ließ ich Nachforschungen anstellen. Deine Mutter Charlotte ist vor einem halben Jahr an der Malaria gestorben.«

Stille legte sich über das Labor und Delphine begann lautlos zu weinen. Einige Minuten waren nicht genug für sie, alles zu verstehen. Auch Yorks Gesicht war wie versteinert. Plötzlich begann Delphine den Kopf zu schütteln, als ob sie sich das eben Gehörte wieder aus den Ohren schleudern wollte. Erst jetzt drang zu ihrem Bewusstsein vor, was sie soeben erfahren hatte.

»Dann bist du ja mein …«, murmelte sie entsetzt.

»Ja, ich bin dein Großvater«, sagte Konstantin York.

ZWICKMÜHLEN IM DILEMMAYA

Silber blieb nicht allzu viel Zeit, um sich von den Zweifelsfeldern zu erholen, denn bereits kurz nachdem sie das nächste Tal im Wüstensand erreicht hatten, beschleunigte die Sandscheuche Sisyphos das Tempo und raste auf ein Bergmassiv zu, dessen Anblick Silber den Atem nahm. Der Berg wirkte wie gedrechselt und schraubte sich in Serpentinen wie ein Korkenzieher in den Himmel. Der ganze Berg war mit unzähligen Hütten bebaut.

»Nihil Nisi!«, brüllte Sisyphos. Es klang für Silber wie ein unbekannter Fluch. »Das Tor zum Dilemmaya-Gebirge.«

Silber musste nicht lange kombinieren, um zu erkennen, dass die Strecke der Glasschienen-Achterbahn über diesen Berg führte, und beim Anblick der steilen Serpentinen wurde ihm jetzt schon schlecht. Sein Gefühl besserte sich nicht gerade durch den Anblick einer Fahne, die auf dem Gipfel des Berges wehte. Ein grimmiger schwarzer Kopf prangte darauf und wirkte wie lebendig, als er sich im Wind hin und her bewegte.

»Der Schüttelkopf, das Banner der Nonos«, zischte Sisyphos und gab sich keine Mühe, seine Verachtung zu verbergen. Er drosselte das Tempo etwas, was den Motorenlärm erheblich verringerte.

»Klingt gruselig!«, rief Silber gequält und musste seine Fantasie bremsen.

»Nonos haben ein untrügliches Gespür für Menschen, die sich leicht anstecken lassen von der Krankheit, unter der sie selbst leiden. Sie nennen sie die *Qual der Wahl.* Sich nicht entscheiden können zwischen zwei Möglichkeiten, für die gleich gute Gründe sprechen. Wenn Nonos ein Opfer gefunden haben, erschleichen sie sich sein Vertrauen und bringen es in eine nahezu unlösbare Situation, in ein Dilemma. Das kann man durch Grübeln oder Nachdenken selten lösen und hat dem gewaltigen Sandgebirge hinter Nihil Nisi auch seinen Namen gegeben.«

»Und was haben die Nonos davon, wenn sie ihre Opfer so quälen?«, fragte Silber, ohne dass ihm entging, wie Sisyphos das Tempo des Wagens noch weiter drosselte, vermutlich um später in den Serpentinen nicht wegen überhöhter Geschwindigkeit aus den Kurven getragen zu werden.

»Na, du kannst fragen! Sie wollen ihre Opfer in ein Dilemma bringen, das ihnen das Herz bricht. Dann werden diese Opfer nämlich selbst zu Nonos.«

»Wie erkenne ich denn überhaupt einen Nono?«

»Sie schütteln immerzu wortlos den Kopf. So ...« Sisyphos machte es Silber vor. »Und natürlich an der Watte in den Ohren«, ergänzte er.

»Was?«

»Sie stopfen sich Watte in die Ohren, damit sie die Herzen ihrer Opfer nicht brechen hören. Denn dazu führt es, wenn man zu lange in einem Dilemma schmort. Ein ekelhaftes Geräusch, sage ich dir. Hoffentlich bleibt es uns heute erspart.«

»Sisyphos, müssen wir da wirklich durch?«, fragte Silber vorsichtig, auch wenn er die Antwort bereits wusste.

»Wohl Angst, was?«, rief die Scheuche und verschluckte sich beinah an ein paar Sandkörnern. »Natürlich! Der einzige Weg ins Dilemmaya führt über diese Serpentinen. Es ist der reinste Spießrutenlauf, wirst sehen. Aber wenn wir auf dem Weg bleiben, können sie uns nichts anhaben. Bloß nicht beirren lassen, egal, was sie auch tun.«

Schon schmolzen die Seitenrohre der Bahn die ersten Glasschienen in die erste Kurve der Serpentinen und es ging sofort steil bergauf. Sisyphos steuerte seinen Wagen fast spielend über die gläsernen Schienen. Bis auf ein gelegentliches Knistern hätte ein Luftkissenboot nicht ruckelfreier fahren können. Langsam kämpfte sich der Wagen den steilen, wie eine Spirale gebogenen Bergpfad hinauf. Sisyphos lenkte das Gefährt für seine Verhältnisse vorsichtig durch die engen Kurven. Der Weg der Bahn war von den kleinen Hütten der Nonos gesäumt.

Silber scheute sich zuerst, einen Blick in die Hütten

zu werfen, die in den Hang der Serpentinen gebaut waren und keine Türen besaßen. Doch als er sich zum ersten Mal zwang, es zu tun, war er enttäuscht. Zwei kopfschüttelnde Nonos an einem runden Tisch mit drei Stühlen. Die Watte schien ihnen aus den Ohren zu wachsen. Ein kleiner Strauß Zweifelsähren in einer Vase aus Sandstein auf dem Tisch. In den leeren Blicken der Nonos wie auch in der Umgebung der Hütten spürte Silber nur eines – eine tiefe Traurigkeit gepaart mit Verzweiflung. Wie ein Kälteloch schwappte ihm diese Stimmung entgegen und übertrug sich auf ihn.

Immer weiter ging die Fahrt die Spirale hinauf und immer bot sich das traurige Bild, das Silber schon kannte. Allzu schrecklich konnte er es hier dennoch nicht finden, da waren die Zweifelsfelder schlimmer gewesen.

»Wir sind ausnahmsweise sogar gut in der Zeit!«, sagte Sisyphos, aber der Ton in seiner Stimme verriet, dass ihm die Ruhe selbst nicht ganz geheuer war.

Plötzlich sah Silber jemanden am Straßenrand stehen, der auf die Bahn zu warten schien. Sisyphos erhöhte wie in einem Reflex das Tempo, soweit dies hier möglich war.

»Sei auf der Hut!«, rief er und hielt seine Peitsche fest umklammert.

Als sie die Gestalt am Straßenrand passierten, erkannte Silber, dass es ein blondes Mädchen in ärmlichen Kleidern war und seiner Schwester Merle ähnlich sah. »Bitte nehmt mich mit!«, bat sie.

»Versuch zu erkennen, ob sie Watte in den Ohren hat«, flüsterte Sisyphos, »denn dann ist es eine Falle! Sie wollen, dass wir anhalten, doch das wäre der Anfang vom Ende!«

Als der Wagen das Mädchen passiert hatte, begann sie mitzulaufen, um mit seinem Tempo Schritt zu halten. »Nehmt mich mit oder wollt ihr, dass die Nonos mir das Herz brechen?«, rief sie und begann herzzerreißend zu weinen.

Silber lief es heiß und kalt den Rücken hinunter. Sein Gefühl sagte ihm, dass solche Verzweiflung niemand vortäuschen konnte! Doch wegen ihrer langen Haare konnte er nicht erkennen, ob sie Watte in den Ohren hatte oder nicht.

»Bitte haltet an!«, rief das Mädchen mit tränenerstickter Stimme. »Ihr werdet doch wohl nicht ohne mich weiterfahren? Wie könnt ihr je wieder fröhlich sein, wenn ihr mich hier zurücklasst?«

Sisyphos ging es nicht anders als Silber. Sie waren zwischen zwei Möglichkeiten hin- und hergerissen. Hartherzig weiterfahren und nichts riskieren oder anhalten und eine Fehlentscheidung ganz sicher vermeiden? Schon klammerte das Mädchen seine Hände um den Rand des Wagens, bereit hineinzuspringen. In diesem Moment hielt Sisyphos die Bahn an. Silber schoss einen Augenblick der Gedanke durch den Kopf, dass auch eine Sandscheuche den Versuchungen einer Nono-Falle erliegen könnte. Aber Sisyphos schien Herr der Lage zu sein.

Wie ein Dompteur richtete er seine Peitsche auf das Mädchen. »Wie lautet das zweite Gesetz?«, fragte er und Silber war sicher, eine leichte Unsicherheit in seiner Stimme zu hören.

»Das ist doch nicht so wichtig«, rief das Mädchen. »Habt doch Erbarmen mit einem armen Nono-Opfer!«

»Das zweite Gesetz!?«, wiederholte Sisyphos und schien noch unsicherer zu sein als vorher.

»Entscheiden ...«, begann das Mädchen, »... entscheiden heißt zweifeln!«, rief sie plötzlich.

Sisyphos wartete keine Sekunde. Mit einer blitzartigen Bewegung seiner Peitsche hob er die Haare des Mädchens hoch und ein kurzer Augenblick genügte auch Silber, um das weiße Wattebündel zu erkennen – das Mädchen war zweifellos eine Nono-Falle! Jetzt lief sie davon und lachte hinterlistig.

»Gerade noch mal gut gegangen!«, flüsterte Sisyphos nach hinten und wollte sein Gefährt wieder in Bewegung setzen. Doch da bemerkte er, dass Silber gerade dabei war, aus der Bahn zu klettern. »Silber!«, schrie Sisyphos. »Bleib hier!«

Silber antwortete nicht. Sein Blick hing wie gebannt an einer der Nono-Hütten am Wegrand. Dort saßen an dem kleinen Tisch mit drei Stühlen Rimini und Delphine! Er war fassungslos. Sehnsucht trieb ihn auf die

Hütte zu. »Silber, setz dich zu uns!«, rief Delphine und warf ihm ein himmlisches Lächeln zu. »Hier kannst du dich in aller Ruhe entscheiden. Hör nicht auf die alte Sandscheuche, die nur ihren Fahrplan im Kopf hat!« Silber war, als träume er, und konnte nichts dagegen machen. Er hatte den Eingang der Nono-Hütte fast erreicht.

Plötzlich schlug ein Peitschenhieb in den Türrahmen ein und es staubte vom bröckelnden Sand.

»Silber, komm zurück! Das ist eine Falle!«, schrie Sisyphos. Doch Silber ging unbeirrt weiter. Sein Verlangen, endlich wieder mit Delphine und Rimini vereint zu sein, war stärker.

Der zweite Peitschenhieb schoss in die Hütte der Nonos hinein und spaltete den Strauß mit Zweifelsähren. Für eine Sekunde verwandelten sich Rimini und Delphine in das, was sie wirklich waren, zwei durchtriebene Nonos auf der Suche nach einem Opfer. Jetzt entdeckte Silber auch die Watte in ihren Ohren und spürte, dass er in eine Falle getappt war. Schnell sprang er drei Schritte zurück, obwohl Rimini rief: »Hey, Silber, komm, du fehlst uns!«

Ohne Gegenwehr ließ Silber sich von Sisyphos in den Wagen ziehen. Er sank auf die Rückbank, wagte aber einen letzten Blick in die Hütte. Delphine und Rimini waren verschwunden und die Trauer in den Blicken der Nonos, die stattdessen dort hockten, war einer bösen Wut gewichen.

Sofort ließ Sisyphos den Glasröhrenmotor des Wagens aufheulen und raste los. Er riskierte dabei, in den Kurven über den Rand der Serpentinen zu schießen und im Geröll aus Sand und Nono-Hütten begraben zu werden. Erst als sie das im Wind flatternde Nono-Banner auf der Spitze des Berges hinter sich gelassen und den Pass erreicht hatten, drosselte Sisyphos das Tempo wieder und hielt an.

»Verdammt, das war knapp!«, knurrte die Scheuche und verstaute die Peitsche im Fußraum.

Silber nickte matt und abgeschlagen. Eine große Traurigkeit hatte von ihm Besitz ergriffen. Den Nonos war es nicht gelungen, ihn in ein Dilemma zu locken. Aber sie hatten Gefühle in ihm geweckt, die ihm schwer zu schaffen machten. Merle, Delphine, Rimini – ob er sie jemals wiedersehen würde? Und seinen Vater, dem er so großes Unrecht angetan hatte?

Im nächsten Augenblick wünschte er, selbst die Watte der Nonos zu besitzen. Zuerst dachte er, der Wagen habe sich lautstark wieder in Fahrt gesetzt, aber in Wahrheit war es ein Schrei, der ihm durch Mark und Bein ging, ein entsetzlicher Schrei, der von Höllenqualen kündete.

»Das sind die Zwickmühlen!«, brüllte Sisyphos. »Dieser Schrei war nur ein Vorgeschmack. Sie stehen auf den Almwiesen rechts und links von dem Grat, auf dem wir jetzt fahren müssen. Bloß nicht direkt hineinschauen! Augen zu und durch!«

»Sisyphos, meinst du, da ist überhaupt ein Unterschied zwischen einem Dilemma und einer Zwickmühle?«, fragte Silber.

»Und ob da ein Unterschied ist!«, antwortete die Sandscheuche. »Beides sind zwar direkte Nachbarn, aber doch nicht dasselbe. Steckst du in einem Dilemma, hast du die Qual der Wahl. Du kannst dich nicht für zwei Möglichkeiten gleichzeitig entscheiden. Je länger du dich quälst, desto mehr lähmt es dich. Sprechen für zwei Möglichkeiten also gleich gute Gründe, dann entscheide schnell und du hast es hinter dir. Aus der Zwickmühle aber gibt es keinen Ausweg. Welche Möglichkeit du auch immer wählst, es ist zu deinem Nachteil. Denk an das Mühlespiel. Es ist das Beste für deinen Gegner, wenn du in einer Zwickmühle zappelst. Wie du dich auch bewegst, du verlierst einen Stein an ihn.«

Silber dachte über Sisyphos' Worte nach, während sie weiterfuhren und dem Verlauf des Grats folgten. Auf und ab ging es dabei wie in einer Achterbahn. Silber traute sich kaum noch hinzuschauen, denn links und rechts ging es steil in die Tiefe. Die Abhänge waren von schroffen Sandfelsen gespickt. Hier und da meinte Silber, die weißen Knochen von Skeletten aus dem Sand ragen zu sehen.

Allmählich nahmen die Schreie zu, wurden lauter und mehrten sich, durchmischt von Gejaule, Gewinsel, Heulen, Schluchzen und Jammern. Sie näherten sich unaufhaltsam den Zwickmühlen, deren Größe Silber den Atem verschlug. Vor ihnen lag ein Wald aus Mühlen, die an den Wolken kratzten! Wie in einem Reflex hielt Silber sich die Hände auf die Ohren. Schreie, wie sie entsetzlicher und markerschütternder nicht sein konnten! Sie kamen aus dem Innern der Mühlen, prachtvollen Exemplaren mit vier riesigen Windfängern, die mit großem Geschick aus Palmblättern und Bambusstangen gebaut worden waren.

»Regelrechte Kunstwerke, nicht wahr? Für die Zwickmühlen wird nur das beste Material aus den Oasen von Eventualien verwendet. Für ihre Mühlen würden die Yonos auch ihre letzte Palme schlagen!«, rief Sisyphos. Die Mühlräder rotierten jetzt immer schneller im eisigen Gebirgswind und trugen die entsetzlichen Schreie zu ihnen herüber.

Kurz bevor sie die erste Mühle passierten, erinnerte Sisyphos Silber noch einmal daran, keinesfalls direkt in die Mühlen hineinzuschauen. Silber schloss die Augen und stopfte sich die Kuppen seiner Zeigefinger bis zum Anschlag in die Gehörgänge. Langsam fuhr der Wagen der Bahn durch das Spalier der Zwickmühlen. Silber meinte nach einigen Metern, dass ihm die nur wenig gedämpften Schreie den Magen umdrehten, doch er war fest entschlossen durchzuhalten. Dabei half ihm ein Gedanke, der ihm gekommen war, als Sisyphos erwähnt hatte, dass die Zwickmühlen von den Yonos betrieben wurden. Er war versucht, Sisyphos diesen Gedanken mitzuteilen, aber hier übertönten die Schreie jedes Wort.

Das Malmen und Mahlen der Mühlsteine ließ den Boden beben und zittern. Manchmal kam es Silber so vor, als ob die Erde unter seinen Füßen um einige Meter absackte, und er dachte daran, wie entscheidend es war, dass diese Bahn nicht auf starren Schienen fuhr. Sie wären längst abgestürzt und entweder in den Zwickmühlen zermalmt oder von den gezackten Sandfelsen aufgespießt worden.

Plötzlich kehrte der Gedanke von eben wieder. Warum, fragte Silber sich, bauten die Yonos diese Zwickmühlen? Welchen Nutzen hatte dieses tückische Oasenvolk davon, das eher in den Tod ging, als sich klipp und klar zu entscheiden? Dieser Gedanke ließ ihn nicht los. Als die Erde wieder heftig bebte und Silber meinte, der Glasboden des Wagens breche ihm unter den Füßen weg, schoss ihm die Antwort auf die Frage nach dem Schrecken der Zwickmühlen durch den Kopf. Er schlug alle Warnungen von Sisyphos in den Wind und öffnete schließlich doch die Augen.

Sein Blick fiel sofort auf den Mühlstein im Zentrum der Mühle, die sie gerade passierten. Doch dort, wo er das Schlimmste vermutet hatte, konnte er nur Sand entdecken. Nichts als Sand wurde von diesen Mühlen gemahlen! Unablässig schob sich neues Geröll in kleinen Lawinen in die Mühlen und wurde dort unter entsetzlichem Quietschen und Kreischen, das jeder, der nicht die Augen öffnete, für Menschenschreie aus einem Folterkeller halten musste, zu feinstem Sand gemahlen. Von den Mühlen floss der gemahlene feine Sand weg, sammelte sich in einem weiten Tal und vereinigte sich dort zu einem breiten Strom.

»Die Quelle des Nihils!«, schrie Silber. »Die Mühlen speisen den Sandstrom!«

In genau diesem Moment verwandelten sich die Schreie in ein Knirschen und Malmen, das man leicht ertragen konnte.

»Die Quelle des Nihils!«, wiederholte Silber, damit Sisyphos es jetzt hören konnte. »Das sind gar keine Schreie von Gequälten! Die Mühlen mahlen nur Felsbrocken zu Sand!«

Sisyphos schlug die Augen auf. Sie befanden sich noch mitten im Spalier der Mühlen, aber die Schreie waren normalen Mahlgeräuschen gewichen, die nichts Furchterregendes mehr an sich hatten. Die Sandscheuche schlug sich leicht gegen die Ohren, doch auch nachdem etwas Sand herausgerieselt war, konnte sie nur anerkennend nicken.

»Du hast das Rätsel der Zwickmühlen gelöst! Wie bist du darauf gekommen?«

»Du hast mich selbst darauf gebracht, als du mir erzählt hast, dass das Baumaterial der Mühlen aus den Oasen von Eventualien stammt. Ich habe mich gefragt, welches Interesse die Yonos daran haben könnten, dass man die Zwickmühlen fürchtet. Dabei bin ich darauf gekommen, dass die Qualen der Zwickmühlen eine pure Erfindung der Yonos sein müssen. Ein mieser Trick, nichts weiter. Die Angst vor den Zwickmühlen und vor unangenehmen Entscheidungen treibt den Yonos nur umso schneller immer neuen Nachschub von Opfern zu ihren Oasen nach Eventualien.«

Sisyphos verhehlte seine Bewunderung nicht. »Darauf wäre ich nie gekommen. Für diesen üblen Trick werde ich dem nächsten Yono, dem ich begegne, ein Autogramm in den Rücken peitschen«, knurrte die Sandscheuche und tobte ihren Zorn am Gaspedal aus, obwohl es ohnehin steil bergab ging.

Sofort nahmen die Fahrgeräusche wieder zu, doch Silber brauchte Sisyphos' Schnaufen nicht zu hören, um zu bemerken, dass ihn etwas sehr beunruhigte. Tief unter ihnen, im Tal des Nihils, lag Nebel wie eine brodelnde graue Suppe. Dagegen war die Luft in Nebelungen klar wie ein Kristall.

»Das hat es lange nicht gegeben«, rief die Scheuche und blieb mit dem Fuß bremsbereit. »Da braut sich ganz schön was zusammen.«

»Cäsar hat gesagt, es käme zur Entscheidungsschlacht und es hat bestimmt mit meinem Freund Rimini zu tun. Er wurde vor langer Zeit als Möglichkeit verworfen. Jetzt will er die Sache ins Reine bringen.« Silber berichtete Sisyphos in wenigen Worten von Rimini.

Noch während Silber erzählte, trat die Scheuche auf

die Bremse. Silber sah ihr ins Gesicht und meinte, dass Sisyphos noch blasser als sonst war. Er runzelte die Stirn, dass Sand aus den Falten über sein Gesicht rieselte.

Hastig griff er in den Stauraum unter seinem Sitz und zog ein Fernrohr heraus.

»Ich glaube, ich ahne, was er plant …«, stammelte die Scheuche. Schnell zog sie das Rohr auseinander und starrte durch die Linsen ins Tal. »Tatsächlich, der Nihil führt so viel Treibsand wie nie zuvor …«, murmelte Sisyphos. »Ich weiß, was dein Freund vorhat!«

»Was, Sisyphos?!«

»Er staut den Nihil an der Brücke kurz vor dem Scheidepunkt. Damit will er die Psi vor ihrer Zeit auf den Kopf stellen. Dein Freund sucht mit aller Macht einen Weg zurück in die Welt der Tatsachen. Es scheint ihm egal zu sein, dass er nicht nur sich selbst, sondern uns alle in den Untergang reißen wird.«

Delphine wusste nicht mehr, wie lange sie am Fenster gesessen und auf den Fluss und die Stadt geschaut hatte. Inzwischen kroch die Kälte aus den dicken Mauern der Kummerschule in ihre Knochen. Der lange Blick auf das träge Wasser und die vorbeigleitenden Flusskähne hatte Delphine aber beruhigt und ihr damit geholfen, die schrecklichen Neuigkeiten zu verstehen, die sie erfahren hatte. Ihre Mutter Charlotte Blanche war am Fieber der Malaria gestorben. Nichts konnte sie mehr retten, zurückholen. Selbst wenn Delphine jetzt ein Mittel gegen die tückische Krankheit besäße, es war zu spät.

Das Mädchen ahnte, dass ihre Mutter dem Tod schon nahe gewesen war, als sie Delphine fortgeschickt hatte. Sie hatte gewollt, dass wenigstens ihre Tochter eine Chance bekam, die Krankheit zu überleben, und gehofft, dass der Beherrscher der Elemente, der Arzt, Biologe und Chemiker Konstantin York, ein Mittel gegen die Krankheit besaß. Ihre Mutter hatte sie mit voller Absicht auf die Spur von York gesetzt. Sie musste gewusst haben, dass aus Leander Knips später Konstantin York geworden war, der von seinem Adoptivvater Henry

James York die Arzneimittelfirma übernommen hatte. Sie musste, vielleicht aus dem Tagebuch ihrer eigenen Mutter, über das Schicksal von Marie und Leander Bescheid gewusst und die Spur von Leander nach dessen Flucht verfolgt haben.

Plötzlich spürte Delphine die Hand Konstantin Yorks auf ihrer Schulter und wurde aus ihren Überlegungen gerissen.

»Warum bist du zurückgekehrt und hast die Kummerschule gegründet? Warum bist du nicht Arzneimittelfabrikant geblieben? Warum bist du hierher zurückgekehrt? Hier, wo das Unglück mit Großmutter Marie seinen Anfang nahm? Was hast du vor?«, konfrontierte Delphine ihren Großvater mit einem Teil der Fragen, die in ihrem Kopf herumschwirrten.

York zog geräuschvoll Luft in seine Lungen und ließ seinen Blick in dem Raum umherschweifen. Er zog die Hand wieder von Delphines Schulter, griff an die Stirnseite des riesigen Regals und drückte einen kleinen Knopf, der dort verborgen war. Beinahe lautlos fuhr das große Regal auseinander und gab den Blick auf einen hell erleuchteten, begehbaren Wandschrank voller Fläschchen aus Porzellan und Glas frei. Es mussten Tausende sein. Delphine erinnerte es an das Lager einer sehr modernen Apotheke.

»Ich wollte nicht mehr an den Symptomen herumlaborieren, nicht noch ein Mittel gegen eine x-beliebige Krankheit herstellen. Ich wollte der Menschheit ...«, sagte York und zeigte mit einer großzügigen Handbewegung in den geheimen Raum, »... ein echtes Geschenk machen!«

»Was ist das?«, fragte Delphine.

»Das sind die 999 Sorten des *Possibeliums.*«

»Du hast es schon einmal erwähnt. Was ist es?«

»Es ist ein Stoff, den bereits die Alchemisten gesucht haben. Ein Elixier, das aus tausend Stoffen besteht. Ein einziger fehlt mir noch. Der Stoff wird in verschiedenen Mischungen als *Yorkium* berühmt werden. Ein Wundermittel! Ein himmlisches Pulver, das ich aus irdischen Fehlern gewonnen habe.«

»Und was soll es bewirken, dein Yorkium?«

»Es ermöglicht den perfekten Lebenslauf! Es ist das edelste Elixier, das je gemischt wurde. Ich habe seine Bestandteile in jahrelanger Arbeit von Hand destilliert.«

»Destilliert? Woraus?«

»Aus den Laboranten.«

Yorks Antwort traf Delphine wie ein Blitz. Sie konnte ihr Entsetzen nicht verbergen. Konnte es sein, dass York die Schüler der Kummerschule einzig und allein als Versuchskaninchen hielt? War dies der wahre Zweck der Schule? »Du destillierst etwas aus den Laboranten? Worum handelt es sich da?«, fuhr sie ihn an.

»Ihr persönliches Possibelium. Ein Möglichkeitshormon. Es lagert sich in einem kleinen Teil unseres Gehirns ab, dem Potentialis.«

»Was soll das sein – ein Möglichkeitshormon?«

»Willst du die einfache oder die wissenschaftliche Erklärung?«, fragte York mit einem tückischen Unterton.

»Versuch's zuerst mit der einfachen«, sagte Delphine.

»Possibelium ist all das, was wir nicht tun. Was möglich gewesen wäre. Was wir als Möglichkeit verwerfen. Und ich bin der Erste, der das herausgefunden hat«, sagte York stolz.

»Okay, dann doch die wissenschaftliche Erklärung ...«, murmelte Delphine.

»Possibelium ist etwas, das entsteht, wenn du eine Entscheidung triffst. Wenn du dich für einen Weg entscheidest. Wie Schweiß, den man produziert, wenn man Sport treibt. Wenn man eine Entscheidung trifft, produziert man Possibelium. Es enthält die verworfene Möglichkeit. Das, wofür du dich bei einer Entscheidung nicht entschieden hast.«

»Und wozu brauchst du das?«, fragte Delphine.

»Aus den verschiedensten Arten des Possibeliums habe ich das Yorkium gemischt, ein Serum gegen Fehler, besser gesagt gegen Fehlentscheidungen. Schlimme Fehlentscheidungen, aber auch die kleinen, alltäglichen Fehler. Possibelium ist wie ein Hinweisschild an den wichtigen Gabelungen unseres Lebensweges. Es zeigt die richtige Richtung an.«

Delphine musste ihren Kopf leicht schütteln, um sicher zu sein, dass sie nicht träumte.

»Wie soll das funktionieren?«, fragte sie. »Kannst du mir ein Beispiel geben?«

»Gern. Ein ganz einfaches: Du gehst über die Straße und siehst, wie ein junger Mann von zwei Schlägern übel verprügelt wird. Läufst du weg? Oder hilfst du ihm? Wie entscheidest du dich?«

Delphine wusste nicht, ob sie sich auf dieses Gedankenspiel einlassen sollte. Sie hatte noch keine Ahnung, worauf York hinauswollte. Weglaufen oder helfen? Delphine wusste, es war sinnlos, über einen dritten Weg nachzudenken. Weglaufen *und* Hilfe holen etwa. Reine Theorie. Bei jeder Entscheidung blieben am Ende doch nur zwei echte Möglichkeiten. »Ich helfe ihm! Ich stehe ihm bei. Zu zweit können wir die Schläger vertreiben!«, antwortete Delphine nach kurzem Überlegen.

York seufzte. »Fehler! Völlig falsch! Kein vernünftiger Mensch würde das tun. Du hast deinem perfekten Lebenslauf gerade einen bösen Kratzer verpasst!«

»Was hat das aber mit dem Possibelium zu tun?«, wollte Delphine wissen.

»Im Moment deiner Entscheidung, dem Opfer zu helfen, ist Possibelium entstanden. Es enthält die verworfene Möglichkeit, dem Opfer *nicht* zu helfen und wegzulaufen. Ich habe ein Verfahren entwickelt, Possibelium zu destillieren – es passiert übrigens völlig schmerzfrei. Man benötigt dafür nur einige Kopfhaare, denn Possibelium lagert sich in den Haarwurzeln dicht unter der Kopfhaut ab.«

Delphine musste unwillkürlich an Daphne Roth, das Haarorakel, denken. Doch sie konzentrierte sich schnell wieder, weil sie kein Wort von York versäumen wollte.

York fuhr fort. »Mit dem Possibelium und einigen Zusatzstoffen mische ich ein Antiserum gegen die Entscheidung *Etwas riskieren, um jemandem in Gefahr zu helfen.*«

Delphine prüfte den Blick ihres Großvaters, um festzustellen, ob er übergeschnappt war. Aber seine Augen zeigten, dass er bei klarem Verstand war. Sie spürte, wie ihr abwechselnd heiß und kalt wurde. Konnte es sein, dass sie gerade vom hinterhältigsten Manipulationsprogramm gehört hatte, das je entwickelt worden war? Dagegen waren Dinge wie Gehirnwäsche und Schleichwerbung oder andere Formen der Beeinflussung geradezu harmlos! Arbeitete ihr Großvater mit der Entdeckung des Possibeliums etwa an dem Projekt *fehlerfreier Mensch*? Sie musste mehr erfahren, jetzt, solange es ging, denn ein dumpfes Gefühl sagte ihr, dass der große Paukenschlag Yorks erst noch bevorstand.

»Interessant«, heuchelte sie. »Das heißt, du destillierst das Möglichkeitshormon aus den Haaren der Laboranten und entwickelst daraus ein Mittel gegen falsche Entscheidungen?«

»Richtig, mein Kind. Ich wusste, dass du es verstehen würdest! Du scheinst den messerscharfen Verstand deiner Großmutter geerbt zu haben.«

Delphine musste ihre Wut unterdrücken. »Was hast du noch über dieses Possibelium herausgefunden?«

»Etwas gleichsam Interessantes wie Erschütterndes. Possibelium altert! Es wächst sozusagen mit zunehmendem Alter aus dem Körper heraus. Nur junge Menschen lagern das Possibelium frisch und wirksam ab. Ihre Fehler sind die besten. Der erste Schnitt ist immer der tiefste, du weißt, was ich meine, nicht wahr? Ich führe diesen unglücklichen Umstand auf Entscheidungsroutine bei den Erwachsenen zurück. Unerklärlicherweise stehen sie nicht staunend vor ihren Möglichkeiten, sondern entscheiden oft stumpf und nach Gewohnheit. Die Folge ist minderwertiges oder gar kein Possibelium.« York seufzte.

»Und wie ist es mit einfacheren Entscheidungen? Sagen wir … jemand bringt nie etwas zu Ende?«, fragte Delphine.

York lächelte kurz. »Sehr gute Frage! Wer sich zwischen den Möglichkeiten *Etwas zu Ende bringen* oder *Abbrechen* immer für *Abbrechen* entscheidet, lagert das Possibelium *Zu Ende bringen* ab. Aus diesem Possibelium konnte ich mit einigen anderen Ingredienzien ganz hervorragendes Yorkium entwickeln. Es hat die Wirkung *Wer A sagt, muss auch B sagen*. Jemand, der sich nach der Einnahme des Yorkiums entscheiden muss, wird sich also immer für *Zu Ende bringen* entscheiden, egal, wie es ihn quält. Er kann gar nicht anders.«

»Jetzt verstehe ich, warum du nur Laboranten aufgenommen hast, die schon in jungen Jahren schwere Fehler gemacht haben. Du hast sie benutzt, um ein Zeug zu entwickeln, das die Entscheidungsfreiheit zerstört!«

»Du drückst es falsch aus. Diese jungen Versager hatten ganz hervorragendes Possibelium. Denn sie haben ja alle die dümmsten Fehler gemacht und die Möglichkeit von den richtigen Entscheidungen reichlich abgelagert. Sie waren echte Goldgruben für ausgezeichnetes Possibelium.«

Delphine raufte sich die Haare, aber York kam jetzt so richtig in Fahrt.

»Kennst du die Geschichte vom Struwwelpeter? Oder vom Zappelphilipp? Oder von Paulinchen, das mit ihren beiden Katzen zu einem Häufchen Asche verbrannte? Nichts als gut gemeinte Versuche, Fehlentscheidungen von kleinen Kindern zu vermeiden. Allerdings wirklich dilettantisch! Und die Eltern? Die Pädagogen? Haben sie Erfolg dabei, die Fehlentscheidungsquote bei jungen Leuten zu verringern? Mit dem Yorkium aber haben wir endlich den *Stein der Weisen* in der Hand. Eine Macht, wie Menschen sie noch nie über ihre eigene Natur hatten. Wir können Fehlentscheidungen in allen Altersstufen verhindern. Yorkium ist das Elixier, nach dem die Alchemisten gesucht haben! Wir machen in den entscheidenden Situationen immer alles richtig! Ist das nicht wunderbar?«

Delphine sprang auf. »Yorkium raubt einem doch

nur alle Möglichkeiten, erkennst du das denn nicht?!«, rief sie.

York schüttelte energisch den Kopf. »Nichts raubt es einem, gar nichts! Es eröffnet die Möglichkeit auf ein fehlerfreies Leben. Was könnte schöner sein? Immer die richtige Möglichkeit wählen. Ein Leben ohne Kummer, Leid, Schmerz und Reue!«

Delphine musste sich zusammenreißen. Die Zeit des Taktierens war vorbei. Nein, ihr Großvater war nicht wahnsinnig oder übergeschnappt. Er war so vernarbt von den Wunden seines eigenen großen Fehlers, den er begangen hatte, dass er tatsächlich meinte, er erweise der Menschheit mit seinem Yorkium einen großen Dienst.

»Wer A sagt, muss auch B sagen? Das ist so ziemlich das Blödeste, was ich je gehört habe! Leben heißt, man kann auch immer wieder neu entscheiden. Jeder für sich. Du hast einen Fehler gemacht, den du aus eigener Kraft nicht korrigieren konntest. Das kann passieren. Schicksal. Aber jede Situation ist doch anders. Man kommt doch immer wieder in Neuland, muss neu entscheiden. Nur Roboter kann man auf Entscheidungen programmieren!«

York lächelte sie auf seltsame Weise milde an und schwieg. Für Delphine war das ein Alarmzeichen. Er schien ein Ass im Ärmel zu haben und sich seiner Sache sehr sicher zu sein. Was hatte er vor?

»Großvater, überleg doch mal. Das Yorkium bestimmt den Menschen in seinem gesamten Tun. Er ist dann nicht mehr frei.«

York schien ernsthaft über Delphines Worte nachzudenken. »Du irrst auch hier. Das Yorkium macht in Wahrheit frei. Du hast keine Ahnung von der Hölle, die du bei einer Entscheidung auf Leben und Tod durchqueren musst. Du weißt nicht, dass der Weg zu einer solchen Entscheidung selbst wie ein kleiner Tod ist.«

Delphine spürte, dass er von seinen eigenen Erfahrungen sprach, die ihn sehr mitgenommen haben mussten. Von der einen großen Entscheidung in seinem Leben, die sein Leben völlig verändert hatte.

»Und genau das will ich jungen Menschen ersparen, Delphine! Sie sollen gleich wissen, welches der richtige Weg ist!«

In diesem Moment klopfte es an der Tür zum geheimen Labor. Augenblicklich legte York die Rolle des Großvaters ab und war wieder der Direktor der Kummerschule. Sein Blick und seine Stimme hatten sich völlig verändert, als er ungeduldig rief: »Was denn?!«

Delphine nutzte den Moment der Unaufmerksamkeit und wartete keine Sekunde länger. Sie sprang hoch und wollte das gesamte Regal mit den Gläschen voll von destilliertem Possibelium herunterreißen. Sie musste das Yorkium verhindern, um alles in der Welt. Aber York fuhr herum und hielt sie in letzter Sekunde davon ab, sodass nur einige Gläschen auf den Boden fielen und zersprangen. Schon ging die Tür auf und van Lunteren stürmte mit zwei seiner Assistenten herein. Geistesgegenwärtig packten sie Delphines Hand- und Fußgelenke und hielten sie fest.

»Delphine – sei doch vernünftig! Ich bin schließlich dein Großvater!«, rief York.

»Mein Großvater hieß Leander Knips!«, zischte Delphine. »Er ist vor 38 Jahren gestorben!«

York ärgerte Delphines Antwort und er ließ Dampf ab, indem er van Lunteren anschnauzte: »Was soll diese Störung?!«

Der Kopfjäger konnte mit seinen Schnurrbartspitzen Stimmungen spüren und antwortete demütig: »Ein Zwischenfall, Herr York. Ein Boot ist an der Insel angelandet. Es wurde von einer Person gesteuert, die behauptet, Sie in einer dringenden Angelegenheit sprechen zu müssen!«

»Mich wollen viele sprechen! Aber nicht jetzt!«, sagte York unwirsch.

»Oh doch, genau hier und jetzt! Vor dir habe ich mich nämlich lange genug versteckt!«, rief jemand vom Flur her und stieß die Tür auf.

Als York die Person erkannte, die den Raum betrat, verlor sein Gesicht schlagartig jede Farbe. »Daphne Roth!«, stammelte er, als sei ihm eine leibhaftige Hexe erschienen.

Die Kopfjäger, insbesondere van Lunteren, waren so verblüfft, dass sie den Griff um Delphines Handgelenke lockerten. Das nutzte das Mädchen, um sich loszureißen. Sie rannte auf Daphne zu und umarmte sie.

»Delphine, bitte verzeih mir, aber es hat etwas gedauert, bis ich alles verstanden hatte. Wo sind Finn und Rimini?«, fragte Daphne und sah sich in dem Raum um.

»Für immer in Ypsaland!«, antwortete Delphine niedergeschlagen und berichtete kurz, was sich bis zu ihrem Abschied in Nebelungen ereignet und was sie dort erfahren hatte.

Daphne musste erst ihre Kräfte sammeln, bevor sie ihrer Bestürzung Herr geworden war und wieder reden konnte.

»Zuerst Finn mit dieser Flasche. Er entdeckte zwei junge Menschen, die einen Eid leisteten, auf dem Schiff. Obwohl mir die Geschichte bekannt vorkam, weil jemand sie mir vor langer Zeit erzählt hatte, dachte ich mir nicht viel dabei. Später brachte Finn Rimini – ich wollte einfach nicht zugeben, dass der Junge mich irgendwie an Konstantin York erinnerte. Dann brachte Silber dich mit. Ich dachte, ich sähe deine Großmutter Marie vor mir. Sie war eine sehr, sehr tapfere Frau.«

»Du kanntest Marie?«, rief York heiser und auch Delphine starrte Daphne überrascht an.

»Natürlich kannte sie sie!«, bellte van Lunteren. »Sie war die Hebamme, die das Baby dieser Marie Montague auf die Welt holte!« Der Kopfjäger sah so aus, als ob er Daphne Roth gleich an die Gurgel springen wollte. Doch York wies ihn mit einem Blick in seine Schranken. Einen Augenblick herrschte Stille.

»Das stimmt«, flüsterte Daphne schließlich. »Marie war todkrank und verlassen worden vom Vater ihres künftigen Kindes. Und das warst du, Konstantin!«

»Wie hast du es herausgefunden?«, fragte York mit einem leichten Zittern in der Stimme.

»An dem Abend, als Rimini in Delphine Marie erkannt zu haben glaubte, begann ich mich zu fragen, woher der Junge sie gekannt haben konnte. Ich begann systematisch Haarorakel miteinander zu vergleichen, achtete auf Übereinstimmungen und musste nur zwei und zwei zusammenzählen!«

»Heißt das, du bist im Besitz einiger Haare von diesem Rimini?«, fragte York schnell und Delphine war alarmiert, denn sie kannte Yorks spezielles Interesse für Haare und die darin abgelagerten Substanzen.

»Natürlich«, antwortete Daphne. »Leander Knips bin ich damals vor über 37 Jahren allerdings nicht persönlich begegnet. Er hatte sich längst aus dem Staub gemacht, als ich deiner Großmutter half, deine Mutter zur Welt zu bringen, Delphine.«

Delphine nickte traurig. »Woher kennst du dann aber Konstantin York?«, fragte sie.

»Als er die Kummerschule errichtete, hatte ich den Beruf der Hebamme aufgegeben und begonnen, mich für die Biochemie zu interessieren. Im Eigenstudium brachte ich mir alles Wissenswerte bei und konnte mich bald schon mit ausgebildeten Biochemikern messen. Damals übrigens als einzige Frau in diesem Beruf in der ganzen Stadt! Als Konstantin York in die Stadt kam und ich erfuhr, dass er auch ein großes Labor hier auf der Kummerschule einrichten wollte, habe ich ihm meine Dienste angeboten. Ich habe sein Labor aufgebaut und seinen Geheimen Doktoren ihr Handwerkszeug beigebracht. Ich war es, die ihn auf die Methode des Haarorakels brachte. Als ich zu ahnen begann, wozu er meine Kenntnisse missbrauchen wollte, gerieten wir in erbitterten Streit. Ich fürchtete mich vor seiner Macht, floh vom Kummerfelsen und versteckte mich jahrelang direkt vor seiner Nase. Da er sich selbst beinahe völlig von der Außenwelt isolierte, war das nicht schwer.«

»Daphne, du bist zwar nur eine jämmerliche Alchemistin, aber du weißt ja gar nicht, welchen unschätzbaren Dienst du mir erwiesen hast!«, rief York beinahe heiter.

Daphne sah ihn fragend an.

»Um das Yorkium mit seinen segensreichen tausend Wirkstoffen zu vollenden, brauchte ich noch eine einzige Sorte Possibelium. Damit wäre Yorkium in der Lage, die tausend schlimmsten Fehlentscheidungen zu verhindern, und könnte tatsächlich den perfekten Lebenslauf garantieren! Jahrelang habe ich nach einem Laboranten gesucht, der dieses Possibelium in sich trug, vergebens. Und jetzt kommst du daher und lieferst es mir gewissermaßen auf dem silbernen Tablett!«

»Was meinst du?«, fragte Daphne irritiert.

»Er sucht das Possibelium, das bei seiner eigenen Fehlentscheidung vor 38 Jahren entstanden ist!«, rief Delphine. »Damit wäre das Yorkium vollendet!«

York nickte anerkennend. »Sehr richtig, mein Kind!«

»Aber das Possibelium müsstest du doch in dir selbst tragen«, murmelte Daphne.

»Das schon!«, rief York. »Natürlich habe ich versucht, es aus meinen eigenen Haaren zu destillieren. Ich sah es schon vor mir: *Es lohnt sich nicht und führt nur zu eigenem Schaden, wenn man den Armen hilft, die sich keine Medizin leisten können.* Aber dann der Schrecken, als ich herausfand, dass es zu alt war! Unbrauchbar, nur noch in Resten nachweisbar. Eine deprimierende Erkenntnis! Doch glücklicherweise habt ihr beiden nun an der Fertigstellung des Yorkiums mitgearbeitet. Du, Delphine, hast die Flasche gestohlen. Ein dummes Andenken an eine Fehlentscheidung, die ich selbst einst traf. Wer auch immer mir die Flasche beschert hat – ob die Königin von Ypsaland oder der Kaiser von China –, das spielt nun keine Rolle mehr. Jedenfalls war in der Flasche die Kraft meines eigenen Ichs freigesetzt, mein Ich, nur 38 Jahre jünger! Dadurch habe ich jetzt die einmalige Chance, mein eigenes Possibelium doch noch frisch destillieren und mein Werk vollenden zu können!«

»Das war also der Grund, warum ich dir Rimini unbedingt ausliefern sollte, du gemeiner Kerl!«, rief Delphine außer sich.

York nickte. »Richtig. Aber, Delphine, du hast ja versagt. Du hast den Jungen ziehen lassen, nach Ypsaland oder wohin auch immer. Und du, Daphne, du alte Quacksalberin, hast eine Haarprobe von meinem jungen Ich in deinem Besitz. Das nenne ich Schicksal!«

Delphine war erschrocken, mit welchem Machtwillen York jetzt, nach einer kurzen milden Phase als Großvater, wieder sprach. Er schien die große Chance auf die Fertigstellung des Yorkiums unter allen Umständen wahrnehmen zu wollen. Daphne, die jetzt den Fehler erkannte, York von Riminis Haaren erzählt zu haben, biss sich auf die Lippen. Bevor sie einen Gedanken darauf verwenden konnte, wie sie ihn von seinem Ziel abbringen konnte, sagte er mit der Stimme des eisigen Direktors: »Van Lunteren, hören Sie meine Anweisungen! Sagen Sie Ihren Leuten, sie sollen die beiden in das Sternengewölbe sperren. Es darf ihnen an nichts fehlen! Sie sind morgen meine Ehrengäste bei der Versteigerung. Schließlich haben sie beide großen Anteil daran, dass das Yorkium doch noch rechtzeitig fertiggestellt werden kann!«

Van Lunteren und die beiden anderen Kopfjäger packten Daphne und Delphine und wollten Yorks Befehl sofort in die Tat umsetzen.

»Moment noch!«, befahl York. »Anschließend beschaffen Sie mir aus dem Labor meiner *Kollegin*«, York bemühte sich, seinen ganzen Spott in dieses Wort zu legen, »die Haarprobe eines gewissen Leander Knips, auch Rimini genannt. Sie kann nicht älter als vier Tage sein. Stellen Sie alles auf den Kopf, bis Sie die Probe gefunden haben. Sie muss sofort zu den Geheimen Doktoren, die die Nacht damit verbringen werden, das letzte fehlende Possibelium daraus zu destillieren. Wenn das geschehen ist, bereiten Sie den Gläsernen Saal für die morgige Versteigerung vor. Es war ja so richtig, dass ich an diesem Termin festgehalten habe! Der 1. Februar, der 38. Jahrestag des glorreichen Tages, der alles in Bewegung brachte.«

Van Lunteren nickte und in seinem Gesicht spiegelte sich die Vorfreude auf den morgigen Tag. Auf dem Kummerfelsen würde es von Pulvermischern aus der ganzen Welt wimmeln, es würde eine Atmosphäre herrschen wie in einem Hyänenrudel. Sie alle erwarteten ein Wunder der Wissenschaft, denn nicht weniger war ihnen bei der Einladung angekündigt worden.

»Was hast du morgen vor, Konstantin?«, fragte Daphne.

»Ich werde an diesem historischen Tag der Welt das vollendete Yorkium schenken! Die fähigsten Pulvermischer mit den wenigsten Zweifeln werden dafür sorgen, dass das Yorkium bald allem beigemischt sein wird, was junge Leute zu sich nehmen – Speisen, Getränke, Kosmetik. Ja, selbst an einer akustischen Variante des Yorkiums arbeite ich bereits. Eines Tages werden junge Menschen eine Musik hören, der ich mein Yorkium beigemischt habe, und es wird sie zu einem perfekten Lebenslauf mit allzeit richtigen Entscheidungen befähigen! Es wird das Paradies auf Erden!«

Delphine bemerkte bei einem Blick auf Daphne, dass diese den Kampf noch nicht aufgegeben hatte.

»Wirst du ihnen auch von der unangenehmen Nebenwirkung des Yorkiums erzählen? Wirst du ihnen auch sagen, welchen Preis sie zahlen müssen für dieses Wundermittel?«

»Wen interessieren bei diesen göttlichen Wirkungen schon ein paar belanglose Nebenwirkungen?«, fragte York spöttisch.

»Du kannst doch nicht allen Ernstes verschweigen, welche Folge die Einnahme des Yorkiums hat?!«

An Daphnes Erregtheit konnte Delphine erkennen, dass es sich um etwas sehr Schwerwiegendes handeln musste.

»Bringt sie weg!«, befahl York. Doch die Kopfjäger

zögerten. Offenbar wollten auch sie wissen, welche Nebenwirkungen das Yorkium angeblich haben sollte.

»Daphne, was meinst du denn?«, fragte Delphine. »Los, sag schon!«

Daphne hielt ihren Blick starr auf Konstantin York gerichtet, doch der Direktor der Kummerschule wich aus.

Daphne fiel schwer, was sie zu sagen hatte. Sie rang mit sich, doch schließlich gab sie sich einen Ruck. »Ich bin entsetzt, was aus einem Menschen geworden ist, der einmal für seine poetische und bezaubernde Betrachtung der Naturwissenschaften bekannt war. Ein Mensch, der ein Zauberer der Welt werden wollte, um das möglich zu machen, was andere leichtfertig verwerfen. Zugegeben, du warst damals noch jung. Aber ich kann trotzdem nicht glauben, dass du bereit bist, einen perfekten Lebenslauf zu versprechen und diese jungen Leben doch auf eine verbrecherische Art und Weise zu ruinieren, die abscheulich ist!«

»Was meinst du, Daphne?!« Delphine schrie regelrecht.

»Yorkium, das den perfekten Lebenslauf garantiert, von Fehlentscheidungen befreit und Leiden und Schmerz erspart, hat einen zu hohen Preis. Es verdirbt dir jedes Gramm Leben, das in dir steckt!«

»Wie, Daphne?«, fragte Delphine.

»Weil der Preis für den perfekten Lebenslauf das Wissen um dein Todesdatum ist. Du erfährst den Tag deines Todes und kannst ihn fortan nie wieder aus deinem Gedächtnis tilgen!«

Delphine drohten die Beine wegzuklappen.

»Bringt sie fort!«, rief York energisch und die Kopfjäger gehorchten aufs Wort. Schon zogen sie Daphne aus dem Raum. Doch sie gab nicht auf und schrie: »Ich kann nicht glauben, dass dies der Mann sein soll, für den ich seit über 37 Jahren einen Brief mit mir herumtrage. Einen Brief, für den Marie, die ihn so sehr liebte, ihre letzten Atemzüge geopfert hat!«

»Halt!«, rief York und gab den Kopfjägern ein Zeichen. »Was sagst du da?«

»Nimm ihn dir! Er steckt in der Jacke meines Mantels. Nimm und lies ihn! Hoffentlich rührt die Lektüre dir so sehr das Herz, dass es auf der Stelle stehen bleibt!«

Konstantin York nahm den Brief und begegnete dem Blick seiner Enkelin. »Du darfst der alten Hexe keinen Glauben schenken«, murmelte er, verhinderte aber nicht, dass die Kopfjäger Daphne und Delphine in das Sternengewölbe brachten, tief unter den Fluss ins Herz des Kummerfelsens.

Es war nur wenig später, als im Gesicht Konstantin Yorks ein stummer Schrei des Schmerzes saß wie in einer Wachsmaske. Er lag auf dem Sofa in seiner geheimen Schatzkammer mit allem, was er je aus der Natur erschaffen hatte. Eben noch war er ganz von seinem Plan ergriffen gewesen, morgen, am Todestag seiner großen Liebe, der Welt das Yorkium zu schenken, trotz einer Nebenwirkung, von der außer Daphne Roth bisher niemand gewusst hatte. Doch nachdem er den Brief gelesen hatte, den Marie Montague am 14. Juli 1968, dem Geburtstag ihrer gemeinsamen Tochter Charlotte, an ihn geschrieben hatte, schien sein Herz sich in einem Säurebad aufzulösen. Plötzlich war alles, woran er bis eben beinahe vierzig Jahre gearbeitet hatte, auf den Prüfstand gestellt, nichts war mehr wie vorher.

Er musste das, was er für die wichtigste und richtigste Entscheidung seines ganzen Lebens hielt, ganz neu überdenken, weil alles, was er in seinem Leben erreicht hatte, auf dem Fundament eines erschütternden Irrtums erbaut worden war. Er musste neu entscheiden, neu …

Mit dem Gedanken an dieses Wort stand er von dem Sofa auf und trat ans Fenster. Lange blickte er auf den Fluss. Doch irgendwann schloss er die Augen und sofort zog ihm ein Geruch in die Nase, den er lange nicht mehr gerochen hatte. Es war der Duft von warmem, wehendem Wüstensand …

ENTSCHEIDUNG AM SCHEIDEPUNKT

Sisyphos fuhr die Glasschienen-Achterbahn wie der Teufel. Seit den Zwickmühlen hatte er keine Gelegenheit ausgelassen zu beweisen, dass er der beste Achterbahn-Pilot in der Wanderwüste war. Rasante Talfahrten, bei denen der Sand nur so gegen das Glas des Wagens spritzte. Atemberaubende Tempostrecken über die messerscharfen Grate tückischer Dünen, immer in Gefahr abzustürzen. Auch Schussfahrten durch lange Tunnel, Durchbrüche durch schlimme Verwehungen und kurze Einschienenfahrten mit einem stark zur Seite geneigten Wagen erlebte Silber, sodass er mehr als einmal die Hände vor die Augen geschlagen hatte, weil er nicht sehen wollte, wie sie in ihr Unheil rasten.

Doch das Schauspiel an der großen Brücke über den Nihil stellte alles andere in den Schatten. Der sandige Nebel hüllte alles in einen gespenstischen Schleier. Trotzdem konnte man ein Meer von feinstem, gemahlenem Sand erkennen, das sich gegen die Brücke wälzte und sie bereits zu großen Teilen überflutet hatte. Die Erde bebte. Riesige Krater entstanden schneller, als man zusehen konnte. Ab und zu kündete ein Gurgeln von einer nahenden Umdrehung der Psi, wie die Sandscheuche zu berichten wusste.

Silber dachte immer verzweifelter an Rimini und sorgte sich fast zu Tode um ihn. Vielleicht zu Unrecht, denn wenn er Sisyphos glauben konnte, dann steckte Rimini in Sicherheit hinter den Massen von Sand, die hier alles zu überschwemmen drohten.

Kurz vor der Brücke trat Sisyphos mit voller Wucht aufs Bremspedal und der Wagen kam zum Stand.

»Wir können nicht weiter!«, rief die Sandscheuche.

»Warum nicht?«

»Mit Nihilsand lassen sich keine Glasschienen brennen. Zu fein! Und um über den Strom zu gleiten, dafür ist die Strömung zu stark. Das sollte man nur im äußersten Notfall machen. Zu gefährlich!«

»Ist das so eine Art Treibsand?«, fragte Silber.

»So eine Art?«, rief die Sandscheuche spöttisch. »Der Nihil ist die Mutter allen Treibsands! Was er einmal gepackt hat, das gibt er nie wieder her. Aber es hilft nichts – wir müssen weiter! Ich schätze, die Umdrehung der Psi steht unmittelbar bevor!«

»Wieso passiert das jetzt? Wir sind doch noch laut Fahrplan unterwegs, oder?!«

»Das spielt nun keine Rolle mehr. Irgendjemand, vermutlich dein Freund, hat vor den Nihilfällen den Nihil gestaut.«

»Warum ist das so schlimm?«

»Weil du den Scheidepunkt nur bei normalem Nihilstand erreichen kannst. Und nur auf dem Scheidepunkt kannst du zwischen zwei Möglichkeiten entscheiden und so der Wüste Psi entrinnen. Deswegen bist du ja hergekommen. Zum anderen tritt dieser tückische Treibsand jetzt über die Ufer und überschwemmt alles. Der Treibsand fließt dadurch nicht ab, sondern verdünnt den normalen Sand der Psi. Dadurch rieselt er schneller durch das Nadelöhr der Sanduhr nach unten.«

»Können wir das nicht stoppen?«

»Was heißt *können*? Wir *müssen* es stoppen, wenn du die Psi lebend verlassen willst! Jetzt halte dich fest! Wir müssen zunächst versuchen, über die Brücke zu kommen. Unter deinem Sitz liegt ein Treibsandrettungssieb. Sollten wir in den Fluss stürzen, kugle dich hinein. Es verzögert den Untergang zwar nur, aber immerhin!«

Sisyphos beschleunigte den Wagen, um Anlauf zu nehmen. Die Sandscheuche wollte versuchen, ohne Glasschienen nur auf den Felgen über die Brücke zu fahren. Silber hatte ein mulmiges Gefühl. Zu gut erinnerte er sich noch an die Zweifelsbrücke. Als sie ungefähr in der Mitte der Brücke waren, begann der Wagen, dem der Halt durch die Schienen fehlte, zu rutschen und zu schlingern. Silber krallte seine Fingernägel in die Haltestange vor ihm und trat fast den Fußboden durch. Mit einer Hand hatte er schon das Treibsandrettungssieb gepackt. Doch Sisyphos gelang es, den Sturz des Wagens abzuwenden, indem er eine Vollbremsung hinlegte. Der Bob drehte sich einmal um die eigene Achse und kam zum Stand. Doch nun ließ sich der Wagen keinen Millimeter mehr bewegen. Nicht vorwärts und nicht rückwärts, egal, was Sisyphos auch versuchte.

»Tja, hätte mich auch gewundert«, knurrte Sisyphos.

»Was?«, fragte Silber.

»Wenn der Nihil nicht wieder sein Opfer gefordert hätte. Hier habe ich schon hundert Umdrehungen der Psi erlebt. Hier und manchmal auch dort!« Sisyphos zeigte in die Mitte des gurgelnden Treibsands.

Doch Silber hörte der Sandscheuche nicht mehr zu. Er saß auf der hinteren Bank wie zu einer Steinfigur erstarrt. Seine Augen waren weit aufgerissen und klebten an einem Fleck in den Fluten des Nihils.

»Silber! Was ist mit dir? Rede doch!«, schrie Sisyphos und rüttelte ihn.

»Da … da hinten … sieh doch …«, stammelte er. »Dort ertrinkt jemand im Sand!«

»Wo?«, brüllte die Sandscheuche, aber schon hatte ihr geübter Blick den Körper erkannt. Er trieb unerreichbar mitten im Nihil und würde wohl vom Treibsand verschluckt, bevor er die Brücke erreicht hätte. Sisyphos holte wieder das Fernrohr unter seinem Sitz hervor. Als er den Ertrinkenden im Fokus hatte, murmelte er: »Der Sand zieht und zerrt an ihm, er hat absolut keine Orientierung mehr, weiß nicht mehr, wo oben und unten ist, scheint sich aufgegeben zu haben!«

Als er das Fernrohr weglegte, nahm Silber es schnell an sich und fixierte den Ertrinkenden. »Das ist doch … das … Sisyphos, das ist Konstantin York, der Direktor der Kummerschule!«

»Nie gehört. Wer zum Teufel soll das denn sein?«

»Ein übler Bursche. Einer, der Kinder sterben lässt, bevor sie einen Namen bekommen.« Nie würde Silber den Moment vergessen, als Delphine ihm das auf dem Dach erzählt hatte.

»Dann lassen wir ihn ersaufen!«, riet die Sandscheuche. »Wer hier reingeht, ist selber schuld. Dem ist eh nicht mehr zu helfen.«

»Ich muss aber!«, schrie Silber. »Wenn er hier ertrinkt, dann kann auch Delphine nicht geholfen werden. Sie braucht das Mittel gegen Malaria und York besitzt es!« Silber zog sich seine silbernen Stiefel aus.

Sisyphos rührte sich nicht. »Silber, tu es nicht. Das wäre dein sicherer Tod!«

»Egal. Wir gehen doch eh unter!«

Sisyphos rang sichtbar mit sich, dann fällte er eine Entscheidung. »Du bleibst hier!«, knurrte er. »Wenn hier einer geht, dann ich!« Und schon begann die Sandscheuche ihren Kittel auszuziehen, um nicht von ihm in den Treibsandfluten behindert zu werden.

»Sisyphos, das musst du nicht. Weiß der Teufel, wie

er hier herkommt, aber du kennst den Kerl ja nicht einmal!«

Sisyphos schüttelte den Kopf. »Wenn ich es richtig verstanden habe, dann hängt viel davon ab, dass du rechtzeitig vor der Umdrehung der Psi auf den Scheidepunkt kommst. Gut, das war auch mein Traum, ein Mal pünktlich dort anzukommen, bevor die Psi sich dreht. Und wir hätten es schaffen können! Wir waren ein gutes Team. Aber es sollte nicht sein! Auf dich wartet jemand hinter der Psi, und ich bekomme mit jedem Fahrgast immer wieder eine neue Chance. Werde ich eben beim nächsten Mal von meinem Fluch befreit.« Die Scheuche hatte ihr Gewand abgelegt und stand nun in der Unterwäsche einer Sandscheuche da. Diese erinnerte an das eng anliegende und feinmaschige Kettenhemd eines Ritters und Silber ging der Gedanke durch den Kopf, dass so vermutlich der Leib aus Sand zusammengehalten wurde, damit er nicht vor seiner Zeit zerfiel.

Sisyphos kletterte auf die Kante des Bobs und bestimmte Yorks Position in den Fluten. Sprungbereit warf er einen Blick auf Silber. »Du kennst dich ja inzwischen aus mit meinem Wagen. Tu mir nur einen Gefallen. Sollte ich nicht zurückkommen, lass ihn nicht in die Hände der Yonos fallen. Eher versenk ihn!«

»Sisyphos, was redest du da?«, rief Silber.

»Silber, hör zu. Lass dich von hier an treiben. Stemme dich nicht gegen den alles beherrschenden

Fluss der Psi. Der Wagen hält eine Weile durch. Und solltest du an den Scheidepunkt kommen, was ich dir von Herzen wünsche, dann denk an die Gesetze der Psi. Sie sind tückisch.«

»Sisyphos, das klingt ja nach Abschied. Du kannst mich doch nicht allein lassen! Du bist doch gleich wieder hier, oder?«

Der Blick, in dem er die Antwort der Scheuche lesen konnte, traf Silber mitten ins Herz.

»Hier, das wirst du brauchen können, Silber!«, sagte Sisyphos, ohne auf Silbers Fragen einzugehen. »Leg sie nicht aus der Hand, bis du mit beiden Beinen auf dem Scheidepunkt stehst.« Die Scheuche reichte Silber seine Peitsche. »Und wenn du einem Yono begegnest, denk an die Rechnung, die ich wegen der Zwickmühlen mit ihnen offen habe.«

Ehe Silber etwas erwidern konnte, sprang die Sandscheuche. Kein Sandkorn spritzte, so elegant glitt sie in die Fluten. Mit kräftigen Schlägen begann Sisyphos den tückischen Sand beiseite zu schlagen. Stück für Stück, Sandwelle um Sandwelle kämpfte er sich vorwärts.

»Die Richtung stimmt!«, rief Silber, der das Fernrohr angesetzt hatte und die Position von Konstantin York mit der von Sisyphos verglich. Silber fragte sich, was York hierhergetrieben hatte. Welche Entscheidung hatte er hier in der Psi zu treffen? Hatte der Direktor nicht längst alle Lebensentscheidungen hinter sich gebracht? Und wie war er in den tückischen Sandstrom hineingeraten? Täuschte Silber sich oder machte York keinerlei Anstalten zu schwimmen? Ließ er sich treiben, um hier unterzugehen? Hatte er vielleicht den Lebensmut verloren?

Silbers Blick wanderte zu Sisyphos. Nur noch wenige Schläge und er hatte Konstantin York erreicht. War die Kraft der Scheuche groß genug, um den Ertrinkenden zur Brücke zu schleppen?

York steckte bis zum Hals in den Fluten. Doch mit einem Mal war Sisyphos aus Silbers Blick verschwunden. »Verdammt, Sisyphos, wo bist du?« Hastig schwenkte er die Linse über die Sandfluten. Da! Er tauchte wieder auf! Dicht vor York! Jetzt hatte er ihn erreicht und der Erfolg war sofort sichtbar. Der Körper des Direktors hob sich ein Stück aus den Sandfluten empor. Sisyphos schlang einen Arm unter die Achseln des Ertrinkenden und begann zurückzuschwimmen. Der eine Arm schlug unverdrossen immer wieder den tückischen Sand beiseite und tatsächlich hatte die Sandscheuche schon ein Drittel der Strecke auf dem Weg zur Brücke zurückgelegt. Plötzlich aber zog sie den Arm unter den Achseln Yorks hervor und umklammerte seinen Körper mit den Beinen. Silber erkannte den Grund für diesen Wechsel. Es war nicht etwa Kraftlosigkeit, sondern der Verlust des rechten Arms, der sich in den Sandwellen des Nihils aufgelöst hatte. Der Ärmel des Kettenhemdes schwamm kraftlos in den Fluten. Silber fixierte das schmerzverzerrte Gesicht des mutigen Achterbahnpiloten und spürte, wie ihm die Tränen herunterliefen. Tapfer hielt Silber das Fernrohr auf den Todeskampf, der sich vor seinen Augen abspielte. Sisyphos schien mehrfach laut zu brüllen, wohl auch, um York aus seiner Lethargie zu reißen oder um ihm Mut zu machen. Aber sicher auch, um sich selbst für das letzte Drittel der Strecke anzutreiben. Es mussten unvorstellbare Qualen sein, die die Sandscheuche durchlitt. Silber konnte nichts tun, als unruhig mit der Peitsche zu wedeln. Selbst in die Fluten zu springen, wäre glatter Selbstmord, das war ihm inzwischen klar geworden. Diesen Treibsandstrom konnte kein Wesen aus Fleisch und Blut aus eigener Kraft bezwingen.

Sisyphos war unterdessen so nah an die Brücke zurückgeschwommen, dass Silber sein Keuchen und Raunen hören konnte. Nur noch wenige Meter und er würde die Spitze der Peitsche zu packen kriegen. »Sisyphos, du schaffst das!«, schrie er. »Komm, Sisyphos! Weiter!«, feuerte er ihn an. Jetzt war auch zu erkennen, dass York noch atmete. Er hatte Sand geschluckt, aber er lebte.

Plötzlich tauchte Sisyphos ab! »Geh nicht unter!«, schrie Silber, aber ihm war klar, dass die Sandscheuche nur ihre letzte Möglichkeit ergriff, York vor dem endgültigen Untergehen zu bewahren. Er musste von unten herantauchen und ihn mit dem Kopf stützen, denn gerade hatte sich auch der andere Arm in Sand aufgelöst.

Silber meinte, angesichts seiner eigenen Hilflosigkeit durchzudrehen. »Sisyphos!«, schrie er wie am Spieß. »Halte durch! Gleich hast du es geschafft!« Er sprang jetzt aus dem Wagen und legte sich der Länge nach auf die Brücke. Er reckte sich mit seinem Oberkörper und weit ausgestreckten Armen Sisyphos entgegen. »Noch ein Schlag, Sisyphos! Dann kann uns nichts mehr aufhalten. Wir werden pünktlich am Scheidepunkt ankommen, das verspreche ich dir!«, brüllte er und er konnte förmlich sehen, wie die tapfere Sandscheuche die letzten Kräfte aus sich herauspresste.

Jetzt konnte Silber fast die Schulter Yorks packen und plötzlich bekam der Körper Yorks einen Schub nach vorne, sodass Silber sein Hemd fassen konnte. Mit aller Kraft zerrte er ihn auf die Brücke. Sofort warf er sich wieder auf den Bauch, um jetzt Sisyphos aus dem Sandstrom zu ziehen. Doch dort, wo gerade noch der Kopf von Sisyphos im Nihil zu sehen gewesen war, schwamm nur noch das Kettenhemd. Ein Körper steckte nicht mehr darin. Silber zog es heraus und warf es in einer Mischung aus Wut und Trauer gegen den Wagen. Tränen liefen ihm übers Gesicht und ihn beschlich eine Ahnung, was sich in Kürze mit ihm selbst und Konstantin York ereignen würde. Der Gedanke, dass Sisyphos sich sinnlos geopfert hatte, schmerzte ihn sehr. Aber er trieb ihn auch weiter, denn er war es

Sisyphos schuldig, alles zu geben, um den Scheidepunkt rechtzeitig zu erreichen und dieser Sandhölle zu entkommen. Voller Wut wandte er sich York zu und stieß ihm die Spitze der Peitsche gegen die Brust.

»Das hast du gar nicht verdient!«, schrie er. Aber er bereute es gleich wieder, als er an Delphine und ihre Krankheit dachte. Er sah nach, ob York noch atmete, und befreite seine Augen vom Sand. Doch ihm blieb keine Zeit, Fragen zu stellen. In diesem Moment bemerkte er nämlich, dass er den Boden unter den Füßen verlor! Mit seiner letzten Kraft hievte er den wie benommen wirkenden York in den Wagen und kletterte hinterher. Ein verdächtiges Quietschen unter den Rädern ließ Silber ahnen, dass sie von der Brücke getrieben wurden. Von welcher Brücke?, dachte Silber und stellte fest, dass kein Stück von ihr mehr zu sehen war.

Doch so schnell, wie Silber befürchtete, ging der Wagen nicht unter. Der reißende Nihil verlieh ihm Auftrieb und beschleunigte sein Tempo. Aber dann blieb Silber vor Schreck das Herz stehen. Er erkannte zu seinem Entsetzen, dass der Uferspiegel sank! Alles um ihn herum wurde in den Mahlstrom des Nihils gezogen. Die Psi stand offenbar kurz vor einer Umdrehung.

Sisyphos' Wagen legte noch einmal an Tempo zu, als wenn er seinem ehemaligen Piloten einen letzten Dienst erweisen wollte. Aber mit ebensolcher Geschwindigkeit kreuzte ein Stück voraus plötzlich ein

Boot seinen Kurs. Es schien zwischen dem einen Ufer und dem anderen hin- und herzupendeln. Als Silber aber erkannte, dass auf dem Boot Palmen wuchsen, wusste er, dass es sich dabei nur um eine der schwimmenden Oasen von Eventualien handeln konnte. Er packte den Griff der Peitsche fester. Vor den Yonos, den gefürchteten Bewohnern der Oasen, hatten Cäsar und Sisyphos ihn immer wieder gewarnt. Und tatsächlich, nun war auch eine Gestalt am Rand der Oase auszumachen.

Als sich der Bob der Oase bis auf Hörweite genähert hatte, rief Silber: »Guten Tag!«

»Einerseits ahoi, andererseits auf Wiedersehen!«, schnarrte die Gestalt zurück, die einen seltsamen Anzug mit Schachbrettmuster trug. Auf der Brust prangte das Wappen der Yonos – ein Pendel! Ihr Blick war nicht direkt bösartig. Als Silber im Hintergrund eine weitere Gestalt, die wie ein Zwilling der ersten aussah, an einem kanonenähnlichen Gegenstand stehen sah, begann er fieberhaft über einen Ausweg nachzudenken. Von Konstantin York, der völlig geschwächt auf der hinteren Sitzbank lag, konnte er keine Unterstützung erwarten. Er war sicher, dass die Yonos nur eines im Sinn haben konnten: ihm den Weg zu versperren und ihn davon abzuhalten, rechtzeitig den Scheidepunkt zu erreichen.

»Eventuell sofort anhalten!«, befahl der Yono.

Silber hatte sich ein Bild davon gemacht, wie diese

tückischen Pendler dachten. Sie hassten offenbar nichts mehr als eine Entscheidung und konnten auch nicht begreifen, wie andere sich auf einen Weg festlegten. Silbers Blick ging für einen Moment vorbei an den Kreaturen auf den schwimmenden Oasen und er meinte am Horizont das Dilemmaya- Gebirge in einer Staubsäule versinken zu sehen. Er hatte keinen Zweifel mehr, dass die Umdrehung der Psi bereits begonnen hatte. Wenige Minuten blieben ihm noch, bis ein gewaltiger Strudel ihn und York mitsamt dem Wagen in den Abgrund reißen würde, nur um Augenblicke später eine gewaltige Lawine auf sie niederprasseln zu lassen, die sie zermalmen würde wie Sandflöhe unter den Hufen eines Kamels.

»Heißt das, ich soll augenblicklich anhalten?«, fragte Silber und sah, wie die hintere Gestalt die Kanone mit Treibsand lud. Ein Treffer auf den Wagen würde genügen, um sie jetzt schon untergehen zu lassen wie einen Stein, denn der Sand des Nihils schwappte schon bedrohlich an die Kante des Wagens.

»Jein!«, schrie der Yono. Diese Antwort brachte Silber auf eine Idee. Konnte es so einfach sein? Waren die Yonos dadurch in Schach zu halten, dass man ihnen permanent Entscheidungen abverlangte? Silber wollte es auf einen Versuch ankommen lassen.

»Ach, ihr habt euch also entschieden, mit eurer Treibsandkanone auf diesen Wagen zu schießen?«, rief er.

»Einerseits ja! Andererseits eventuell später!«, brüllte der Yono zurück. Er gab sich Mühe, in den Tonfall seiner Antwort viel Sicherheit hineinzulegen. Doch die Worte sprachen eine andere Sprache.

»Oder auch gar nicht. Je nachdem!«, ergänzte der an der Kanone.

Schon war Silber mit dem Wagen auf die Höhe der schwimmenden Oase getrieben. Er hielt die Peitsche von Sisyphos so, dass er augenblicklich mit ihr zuschlagen konnte. »Das bedeutet, die Entscheidung, mich von der Weiterfahrt abzuhalten, ist definitiv gefallen?«

Silber bemerkte, wie der Yono beim Wort *definitiv* einen gequälten Gesichtsausdruck machte.

»Auf jeden Fall. Oder andersherum: Kommt eventuell drauf an!«, stotterte der an der Kanone.

Silber feuerte nach. »Endgültig? Eindeutig?« Die Yonos zuckten bei den Wörtern, als ob er mit den Fingernägeln über eine Tafel kratzen würde. Sie antworteten nicht mehr.

»Beschlossen? Unumstößlich? Ein für alle Mal? Punktum? Basta?«, rief Silber und verbarg seine Schadenfreude nicht. Die Yonos hatten für ihn ihren Schrecken längst verloren. Er schrie noch einige Wörter zur Oase hinüber und ließ sie völlig verwirrt zurück, ohne dass sie sich entscheiden konnten, von ihrer Sandkanone Gebrauch zu machen.

Silber musste noch ein weiteres Dutzend schwimmende Oasen passieren und sie auf diese Art und Weise handlungsunfähig machen. Er bemerkte dabei, dass die floßartigen Oasen so angeordnet waren, dass sie ein zügiges Abfließen des Nihils verhinderten. War das das Werk von Rimini, wie Sisyphos gemeint hatte? Oder war es schlicht Zufall? Als er an der letzten Yono-Barriere vorbeischwamm, ließ er die Peitsche so heftig gegen die Sandkanone knallen, dass die Oase kenterte und versank. Das war er Sisyphos einfach schuldig!

Noch bei diesem Gedanken drang ein Rauschen an seine Ohren. Zuerst leise, dann wurde es zunehmend lauter und Silber wusste, dass es nur von dem gewaltigen Sandfall kommen konnte, in den der Nihil am Ende seines Weges stürzte.

Als die erste Treibsandwelle in den Wagen schwappte, bemühte sich Silber, sie mit den Händen herauszuschaufeln. Doch schon bei der zweiten gab er auf, der Sand war einfach zu fein, um ihn mit den Händen zu greifen. Der Wagen sank wie alles in der Psi. Das Gurgeln und Mahlen um ihn herum wurde immer lauter.

Silber richtete sich auf und spähte voraus. Was er sah, ließ ihn erstarren. Keine fünfzig Meter vor ihm teilte sich der gigantische Nihil an einer kleinen Insel mitten im Strom. Die zwei Arme des Nihils schieden sich wie ein mächtiges Ypsilon an diesem Felsen und stürzten auf zwei getrennten Wegen tief hinunter. Der eine fiel nach links hinab, der andere schoss rechts in die Tiefe. Die Wucht des feinen Sandes ließ über den Nihilarmen schmale Wolkenbänder von pulverisiertem Sand aufsteigen. In einem halbrunden Bogen legten sie sich über die beiden Seitenarme des Sandfalls. Silber erkannte sie sofort an dem goldenen Glanz, den das Licht ihnen verlieh. »Die Goldenen Tore!«, schrie er und sah unwillkürlich auf den Rücksitz. Es schien ihm, als ob Konstantin York sich allmählich von seinem Todeskampf erholte.

Silber fixierte sofort wieder die Goldenen Tore. Brannten dort in der Ferne hinter dem linken Tor nicht die Feuer der Wanderwüsten-Wetterwarte? Und hinter dem Sandregenbogen des rechten Nihilarms, schimmerte dort nicht der Kummerfelsen? Die Silhouette der Stadt der Kirchtürme und Schlote? Verbreitete dort nicht ein Falke Angst und Schrecken unter den Tauben? Spielte ihm seine Fantasie einen Streich? Nein, Silber war sicher, dass der rechte Arm des Nihils in die Welt der Tatsachen stürzte. Hier, an dieser kleinen Insel, die nicht mehr war als ein Felsen im tosenden Treibsandmeer, entschied sich alles. Hier wurde zwischen den Möglichkeiten geschieden! Was Tatsache und was verworfen wurde, würde hier und nirgends sonst beschlossen.

Silber sprang auf den sandigen Stein des Felsens und reichte Konstantin York die Peitsche in den Wagen. Als York sie mit schwacher Hand packte, zog Silber ihn mit aller Kraft ans Ufer. Der Wagen der Glasschienen-Achterbahn folgte dem Schicksal seines Piloten und versank im Nihil.

»Silber!«, rief plötzlich eine Stimme vom anderen Ende des Felsens.

Silber warf den Kopf herum und sah in Riminis Gesicht. Er rappelte sich hoch und rannte dem Freund entgegen. Sofort bemerkte er aber, dass der Blick des Freundes an ihm vorbeiging.

Rimini starrte wie vom Blitz getroffen auf Konstantin York, der noch immer wie benommen auf dem Felsboden lag.

»Rimini!«, rief er, als sie sich umarmten. »Ich dachte schon, ich sähe dich niemals wieder. Warum bist du nur hierher geflohen? Du hättest gleich in Ypsaland bei Königin Charisma bleiben sollen!«

Rimini schien aus seiner Starre zu erwachen und sah Silber in die Augen. »Um dort als verworfene Möglichkeit zu verrotten? Nein! Ich wollte zurück, zurück zu den Tatsachen. Aber es war mir nicht möglich. Und jetzt hast du ihn hergebracht, damit ich mich an ihm rächen kann. Danke, alter Freund! Er ist es doch, den du da freundlicherweise mitgebracht hast?« Rimini deutete auf York.

Als Silber dem Blick des Freundes folgte, bemerkte er, dass Konstantin York sich aufzurichten begann und auf allen vieren über den Scheidepunkt kroch. Instinktiv, wie eine gerade aus dem heißen Sandstrand geschlüpfte Wasserschildkröte den richtigen

Weg zum Meer kennt, schlug er die Richtung zum rechten Nihilfall ein, der in die Welt der Tatsachen stürzte. Rimini beobachtete jede seiner Bewegungen wie ein Ringrichter den angezählten Boxer.

»Rimini, was hast du vor?«, fragte Silber und musterte seinen Freund.

»Silber, genau hier stand beinah auf den Tag genau vor 38 Jahren ein Junge und musste sich zwischen zwei Möglichkeiten entscheiden. Schau dir an, für was er sich entschieden hat! Was aus ihm geworden ist! Dieses erbärmliche Häuflein Elend dort hinten. Für so etwas verriet er die Zauberer der Welt! Silber, schau ihn dir an, findest du, das hat sich gelohnt? Brauchen wir so etwas?«

Nicht nur der Blick auf die donnernde Sandwelle, die den Himmel verdunkelte und gleich alles zermalmen würde, mahnte Silber zur Eile. Jetzt sollte sich zeigen, ob sein Plan aufgehen würde, den er in dem Moment zu schmieden begonnen hatte, als ihm klar geworden war, dass er selbst nur durch eine eigene schwerwiegende Lebensentscheidung aus dieser Wüste entkommen konnte. Doch wenn er bis hierhin Zweifel gehabt hatte, genau in diesem Moment stand die Lösung für alles vor seinen Augen wie eine aus dem Sand der Psi gebrannte Glasskulptur, klar und transparent.

»Rimini!«, rief Silber. »Du bist mein Freund und ich habe geschworen, eher selbst zu sterben, als dich sterben zu sehen. Uns bleiben nur noch wenige Augenblicke, eine freie Entscheidung zu treffen. Sonst trifft die Entscheidung uns.«

Immer noch behielt Rimini York im Auge, der sich Stück für Stück an die Kante des Scheidefelsens vorkämpfte. Doch plötzlich hielt Konstantin York inne. Er vermied jeden Blickkontakt zu Rimini, zog aber aus der Tasche seiner Hose ein Stück Papier heraus. Wortlos ließ er es zurück und kroch weiter der Kante entgegen, die sich wieder ein Stück weiter geneigt hatte.

Rimini wollte einen Schritt auf York zuspringen, doch Silber hielt ihn zurück. Er ging zu York hinüber und hob das Papier auf. »Gib es ihm, Silber«, krächzte York und kroch weiter.

Silber kehrte zu Rimini zurück und gab ihm das Papier.

Es war der Brief, den Daphne Roth 38 Jahre für Leander Knips aufbewahrt hatte. Rimini brauchte nicht erst den über den Scheidepunkt schwappenden Nihilsand zu bemerken, um zu wissen, wie knapp die Zeit wurde. »Rimini, beeil dich!«, rief Silber.

Ebenso schnell wie er las, schossen Rimini die Tränen über die Backen. Er schluchzte und würgte, doch es war ein anderer Ton als das verzweifelte Wimmern während der Audienz bei Charisma. Silber täuschte sich nicht, als er in Riminis Schluchzen einen leisen Ton der Erlösung wiederfand.

»Sie hat noch gelebt und mir ... ihm hat sie verziehen, Silber!« Rimini konnte nur krächzen. »Sie hat ihm vergeben, dass er sie in jener Nacht verließ. Nur so, schreibt sie in diesem Brief, war es möglich, dass mit ihr nicht auch der gemeinsame Schwur starb. Er sollte ihr zum Gedenken ein Zauberer der Welt werden. Silber, kann ein Mensch das alles aushalten? Sie hat eine Tochter geboren, Silber. Ich hatte eine Tochter und … Delphine ist meine Enkelin …«

Rimini brachte kein Wort mehr heraus und Silber nahm den Freund in die Arme. Beinahe apathisch registrierte Rimini, der bis eben entschlossen war, York wie eine Assel zu zertreten, dass der einst so stolze Direktor der Kummerschule sich vorne auf dem Scheidepunkt aufzurichten versuchte.

»Silber, was soll ich tun?«, flüsterte Rimini.

»Vertrau mir, ich weiß, was zu tun ist«, sagte Silber und beide sahen zu, wie York sich in die Tiefe stürzte. »Wir müssen unsere eigenen Entscheidungen treffen«, sagte Silber.

In dem Augenblick, als York den Scheidepunkt verließ, schien es Silber, dass der Körper des Mannes sich teilte und jede Hälfte in einen Arm des Nihilfalls stürzte. Silber wusste sofort, was das zu bedeuten hatte. Konstantin York hatte die Wüste Psi verlassen, indem er eine schwerwiegende Entscheidung zwischen zwei Möglichkeiten getroffen hatte.

Die Sandflut warf schon ihren düsteren Schatten über den Scheidepunkt. Es hagelte Sand vom Himmel.

Weit über den Felsen hatte sich der Bauch der Welle bereits gewölbt.

»Was tun wir denn jetzt, Silber?«, fragte Rimini, der den Brief von Marie Montague sorgfältig in die Innentasche seiner Jacke steckte.

Silber ging mit Rimini an die Kante des Scheidefelsens und deutete zum Horizont, der sich rapide verdunkelte. »Siehst du die Leuchten der Wanderwüsten-Wetterwarte, Rimini?«

Rimini nickte.

»Spring! Zu den Tatsachen kommst du nie zurück. Aber Ypsaland ist näher, als du glaubst. Diesmal braucht Phos für uns keine Fähre zu bauen und Kryptos sich keine PIN auszudenken. Spring und halte Cäsars Leuchtfeuer im Visier. Noch ehe die Psi untergegangen ist, werden wir wieder zusammen sein.«

Silbers Worte wurden von ohrenbetäubendem Getöse unterbrochen. Das mächtige Windrad einer Zwickmühle schoss wie ein ausgerissener Propeller über ihre Köpfe hinweg und zerbarst im Sand des stürzenden Nihils in seine Bestandteile. Rimini warf Silber einen letzten Blick zu und sprang!

Silber wusste, dass ihm jetzt nicht einmal mehr Sekunden blieben, um sich selbst zu entscheiden. Er stand an der Kante des Scheidefelsens. Noch waren beide Arme des Nihils klar zu erkennen, obwohl der Sand jetzt von oben auf Silber niederprasselte, dass er kaum noch stehen konnte.

Silber wunderte sich. Er hatte sich doch längst entschieden, aber nichts passierte! Plötzlich fiel ihm Sisyphos' Rat ein, sich an die Gesetze der Psi zu erinnern. Silber ging sie im Geiste durch und blieb beim zweiten Gesetz hängen. »Scheiden heißt handeln!«, flüsterte er und begriff das Gesetz im gleichen Augenblick. Er spürte seine beiden Möglichkeiten so stark wie nie zuvor in sich und stürzte sich in die Tiefe.

Möglichkeiten

Finn Hasselblatt kehrte nur noch ein Mal in sein Versteck auf dem Dachboden des Polizeipräsidiums zurück. Das Einzige, das er mitnahm, war eine Mausefalle. Als er ging, spannte er keinen Faden zwischen Ziegel und Dachfenster, keine Sorge vor Entdeckung und keine Furcht vor Schmerz nahm er mit in sein neues Leben. Es war der 1. Februar, ein kalter, aber klarer Tag, und auf dem Weg zum Kummerfelsen wuchs seine Entschlossenheit noch, das zu tun, wofür er sich entschieden hatte.

Als er den Steg zur Insel betrat, der seltsamerweise nicht in der Strömung des Flusses versenkt worden war, bemerkte er einen kleinen Jungen von vielleicht sieben, acht Jahren, der mit einem anderen auf der Bank eines silbernen Motorrollers saß und davon träumte, ihn einst fahren zu dürfen. Finn verscheuchte die beiden nicht, wie er es früher getan hätte, sondern freute sich insgeheim darüber, was es bedeutete, dass dieser Roller, den er nie wieder steuern würde, an diesem Ort, zwischen den alten Werftschuppen, abgestellt war. Während er den Himmel nach einem alten Freund absuchte, fiel sein Blick auf das Hausboot von Daphne Roth, das mit zwei schweren

Tauen an den Basaltblöcken des Kummerfelsens vertäut war.

Finn rannte über den Steg, ohne zu zögern, und quittierte einen stechenden Phantomschmerz in seinem Rücken mit einem Lächeln. Als er durch die große Holztür mit den beiden Flügeln die Kummerschule betrat, fühlte er sich augenblicklich an das Bild einer Raupe erinnert, die gerade mit ihrer Verwandlung in einen Schmetterling begonnen hat. Er bemerkte die zwielichtigen Gestalten, die mit mürrischen Gesichtern raunend und murrend und unter Aufsicht der Geheimen Doktoren Lámass und Smith auf Daphne Roths Hausboot steigen mussten. Er registrierte die Grüppchen von Laboranten, die wie kleine Menschennester an den roten Backsteinmauern der Flure klebten und hinter vorgehaltener Hand die neuesten Spekulationen über das Schicksal des Direktors austauschten.

Die Geheimen Doktoren Gonzales und Jungbluth patrouillierten wie Schatzwächter zwischen der reichen Bibliothek und den üppig ausgestatteten Laborräumen der Kummerschule, die nach Plänen der neuen Direktorin Daphne Roth künftig allen Schülern der Umgebung offenstehen sollte. Der Weg an die Spitze der Schule war für die Biochemikerin frei geworden, nachdem in den frühen Morgenstunden des 1. Februar ein Mann aufgetaucht war, von dem viele behaupteten, es sei der ehemalige Direktor Konstantin

York gewesen. Nachdem er von Bleck van Lunteren und seinen Leuten innerhalb weniger Stunden sein gesamtes Privatlabor und die Schätze seiner Gewölbe hatte von der Insel bringen lassen, war er spurlos und ohne Begleitung verschwunden. Nicht mehr als das rote Sofa vor dem Fenster zum Fluss erinnerte daran, dass die mächtigen Räume im Fundament der Insel einst die Brauküche für Elixiere gewesen war, deren Existenz ebenso umwerfend wie unbewiesen blieb. Von den 999 Sorten des Possibeliums fand sich niemals eine Spur, und auch Mixturen, die im Entferntesten an das Yorkium erinnern konnten, blieben verschwunden, als ob jemand alle Pulver in den Fluss gespült hätte, um die Insel von einem Fluch zu befreien.

Finn fand Delphine im Gläsernen Saal in der Kuppel des Turms, versunken in den Blick auf das Amulett des Äskulap, das auf dem Glasdach prangte. Vor ihr auf dem Rad der Elemente auf dem schwarzen Marmortisch stand die einzige Flasche, die York in der Kummerschule zurückgelassen hatte. Auf den ersten Blick enthielt sie nichts als Pflanzensamen.

Nach einer Umarmung, die in puncto Innigkeit dem Schweregrad des Abenteuers, das Delphine und Finn getrennt und doch auch gemeinsam erlebt hatten, gerecht wurde, war Delphine einen Augenblick versucht, nach demjenigen zu fragen, den Finn Hasselblatt verworfen hatte, doch beide wurden von der

Flugschau eines Falken abgelenkt, die genau zu diesem Zeitpunkt über den Dächern der Kummerschule stattfand.

Einige Tage später besuchte Finn Hasselblatt mit seinem Vater und seiner Schwester ein unscheinbares Grab auf dem zentralen Friedhof der Stadt. Es konnte nur Stunden her sein, dass auf die kleine Grabplatte ein Meisterwerk gesprüht worden war. Es waren die Initialen des 14-jährigen Carsten Kiel, genannt Coco, der vor anderthalb Jahren bei einem tragischen Unfall auf den Bahngleisen von einem Zug erfasst und getötet worden war.

Unter der Führung der erfolgreichen Direktorin Daphne Roth vollzog sich rasch der Wandel der Kummerschule in eine bekannte Forschungsstätte für Jugendliche, die fortan den Namen Marie-Montague-Schule trug. Über die angeblich ebenso heiteren wie zukunftsweisenden geheimen Haarrituale in den Kellergewölben der Schule, die Gerüchten zufolge fester Bestandteil des Unterrichts waren, wurde niemals Näheres bekannt.

Es vergingen nur wenige Wochen, als ein listig dreinblickender Mann in einem feinen Anzug in der Marie-Montague-Schule auftauchte. Es stellte sich heraus, dass er ein Rechtsanwalt war, der einen Auftrag eines gewissen Konstantin York ausführte. Das Vermögen, das York seiner einzigen Enkelin Delphine Blanche hinterlassen hatte, bevor er mit unbekanntem Ziel auf einer kleinen Yacht auf die Weltmeere gesegelt war, machte selbst den Direktor der größten Bank der Stadt der Kirchtürme und Schlote sprachlos.

Eine weitere Hinterlassenschaft Yorks blieb jedoch zunächst ein Rätsel: ein Stück Land von der Größe einer Stadt im Osten des Schwarzen Kontinents. Auf der Grundstücksurkunde hatte York handschriftlich einige Worte vermerkt: »Sorgt dafür, dass sie alle Namen bekommen. Zeit zu säen für die Zauberer der Welt …« Finn Hasselblatt war es, dem der Zusammenhang dieser Worte und der von York zurückgelassenen Flasche einfiel, die auf den ersten Blick nur Grassamen enthielt.

Von da an ging alles sehr schnell. Noch in den Laboren der Pulverschule wurde der Inhalt der Flasche als Samen des *Einjährigen Beifuß* identifiziert, einer Pflanze, die bereits den Ärzten in der Antike bekannt war und auf Lateinisch *Artemisia annua* heißt. Wenige Wochen später brachte man auf dem Grundstück im Osten des Schwarzen Kontinents den Samen in den Boden und begann mit dem systematischen Anbau der Pflanze.

Ein knappes Jahr später wurde eine Zweigstelle der Marie-Montague-Schule auf dem Schwarzen Kontinent gebaut und Delphine Blanche avancierte zur jüngsten Laborleiterin aller Zeiten. In dem Labor wurde aus der Ernte der *Artemisia annua* ein hochwirksames Mittel gegen Malaria gewonnen und zu kleinen Pillen verarbeitet. Um den Preis für die Pillen erschwinglich für viele zu halten, setzte Delphine ihr geerbtes Vermögen und ihre ganze Kraft ein. Die Anzahl der Kinder, die an Malaria sterben müssen und wegen ihrer geringen Lebenserwartung keine Namen erhalten, begann drastisch zu sinken. Was ihr für diese Idee möglich war, verwirklichte Delphine.

Finn Hasselblatt absolvierte eine angesehene Malschule und wurde ein berühmter Künstler, nachdem er es in der Turmfalkenzucht zu einigem Ansehen gebracht hatte. Bevor Delphine und er ein richtiges Paar wurden, fand er eines Abends ein Geschenk vor der Tür seines Zimmers. Es war eine Postkarte, die so abgegriffen war, dass man nur mit viel Fantasie ihren Herkunftsort Rimini erkennen konnte. Nur der Poststempel in Form eines kleinen Ypsilon wies eine Frische auf, die niemals verblassen sollte. Finn Hasselblatt bewahrte die Karte als Andenken an einen Freund und die andere Möglichkeit seines Lebens.

Von Dimitri Clou
ebenfalls bei Thienemann erschienen:

Das Quiz des Teufels

Clou, Dimitri:
Im Zeichen des Ypsilon (Vorsicht, Hochspannung!)
ISBN 978 3 522 17969 0

Einbandgestaltung: init. büro für gestaltung, Bielefeld,
und Rüdiger Trebels
Kapitelvignette: Daniela Chudzinski
Schrift: Goudy und Coop
Satz: KCS GmbH, Buchholz/Hamburg
Reproduktionen: Medienfabrik, Möglingen
Druck und Bindung: Friedrich Pustet, Regensburg

www.thienemann.de